Oliver Susami

Bleib bei uns, denn der Abend kommt

Eine Familiengeschichte

Covergestaltung und Titelbild:
Oliver Susami © 2016

Kontakt und Newsletter: oliversusami@aol.com
www.oliversusami.de

1

Hier muss er geschlafen haben, hierhin ist er geflüchtet ... wenn sie sich wieder gestritten hatten, wenn sie ihn vertrieb ... oder wenn er allein sein musste. Das hatte er ja manchmal, dieser leise, ängstliche Mensch.
Brenner stellt sich seinen verstorbenen Vater als jungen Ehemann vor, mit der zusammengeknüllten Bettwäsche unter dem sehnigen Arm durch den dunklen, mit Eichenbrettern getäfelten Flur schleichend. Er sieht sie regelrecht vor sich, diese hagere Gestalt wie sie die schmale Tür mit den gelben Glaseinsätzen öffnet und, leise wie ein Einbrecher, die Wohnküche betritt. Das alte Sofa ist nicht lang, höchstens 1,70 Meter. Aber Brenners Vater war kein großer, kein stattlicher Mann, wahrscheinlich musste er nur ein bisschen die Beine anwinkeln.
Ganz vorsichtig, als säße ihm die Gicht in den Knien, setzt sich Thomas Brenner auf das alte, staubige Sofa. Im Inneren des schmalen, mit blassem Blütenornament überzogenen Möbels ist eine Strebe gebrochen, der schwere Mann muss an den Rand rutschen, will er nicht einsinken, will er das alte Möbel nicht mit seinem Leib spalten.

Wenn Brenner an seinen Vater denkt, dann stellt er ihn sich ganz ruhig vor, mucksmäuschenstill und fast durchscheinend, wie ein von der Geschichte verwehtes Gespenst. Kaum einmal hat er ihn laut erlebt.

Sechs Jahre ist Karl Brenner, Ehemann, Vater und Großvater, nun schon tot. Wie klang noch gleich sein Lachen?
Ein kleines, abgebrochenes Ha, das sich wie eine Frage anhört. Brenner reibt sich den Nacken und lächelt in sich hinein. Obwohl die Wohnküche seit mehr als vier Jahrzehnten nicht mehr genutzt wurde, obwohl er nie hier gegessen hat, meint er, die Eintöpfe seiner Mutter zu riechen. Kartoffeln und Bohnen, große Stücke gelber Rüben, durchwachsenes Fleisch und schwarzbraune Würzsoße ... Resteverwertung. Es fällt ja nicht von den Bäumen, das Geld, es vermehrt sich nicht raschelnd unterm Kopfkissen!
Brenner starrt den Esstisch an und stellt sich vor, wie seine Eltern hier saßen, still und starr auf der hölzernen, industriell gefertigten Eckbank, noch kinderlos, Ende der sechziger Jahre und völlig unberührt von obskuren Angelegenheiten wie Außerparlamentarischer Opposition und Freier Liebe. Weit und breit kein Che Guevara, kein revolutionärer Hauch, nur Arbeit, der Haushalt und eine klare Vorstellung einer erstrebenswerten Zukunft.
Einmal tief durchatmen, die breite Brust hebt sich und sinkt wieder ein. Thomas Brenner, das einzige Kind dieser sparsamen Leute denkt wieder daran, mit dem Rauchen aufzuhören. Einer dieser schal gewordenen Routinegedanken, die kommen und gehen und kaum mehr stören. Ihn überkommt etwas, das er als Wehmut identifiziert, und es tut ihm leid, dass er seine fast achtzigjährige Mutter nur einmal die Woche besucht, auf der Demenzstation dieser –

so drückte sie es vor ein paar Wochen aus – Verwarteeinrichtung. Weiß sie denn, wie treffend ihre zusammengesetzten Ausdrücke sind? Ahnt sie, dass sie den Rest ihres Lebens „verwartet" … und dass sich ihr Sohn manchmal (aber wirklich nur manchmal!) wünscht, sie würde nicht mehr aufwachen … dass er sich sogar ausmalt, wie friedlich sie im Tode aussehen würde?
Ein Seufzen, ein Ruck, und Brenner ist in der Vertikalen. Auf und ab, auf und ab, wie ein verhaltensgestörtes Raubtier in seinem zu engen Käfig. Er streckt das unrasierte Kinn vor, streicht sich das immer noch dichte Haar nach hinten und sieht sich hektisch um – als suche er nach dem Weg nach draußen, als wittere er eine Bedrohung.
Aber was soll da schon sein? Immer mit der Ruhe, großer Mann, alles ist in Ordnung. 42 Jahre ist der Mensch alt, den wir gerade erst kennenlernen, ein stattlicher, nicht unattraktiver Mann mit breitem Kinn und schmalen Augen, über 1,90 Meter groß und mit einer starken, stabilen Stimme gesegnet. Brenner kann sehr laut sein, wenn er glaubt, laut sein zu müssen. Eigentlich aber – trotz seiner immer wieder hervorbrechenden Wut – ist er ein feinfühliger, fast sanfter Mensch mit einer leichten, im Grunde ungefährlichen Neigung zur Schwermut. Stundenlang kann er die vorbeiziehenden Wolken betrachten, stundenlang den Rücken einer Frau streicheln, stundenlang kann er … ach, was auch immer.
Drei Schritte zum Küchenfenster, zur Seite mit der vergilbten, fast uringelben Spitzengardine. Draußen

wärmt die Abendsonne aber in dem sich selbst überlassenen Haus ist es kühl wie in einer Gruft. Wieder geht Brenner auf und ab, auf und ab, durchmisst den rund zwanzig Quadratmeter großen Raum, lässt die abgewetzten, krummgelaufenen Dielen unter seinen deutlich über neunzig Kilogramm ächzen.
Plötzlich ein langgezogenes Knarren im vertrockneten Holz des Küchenschrankes. Wie die Geräusche eines erschöpften Menschen, denkt Brenner. Lass mich doch in Frieden ... was willst du denn noch von mir? Kannst du mich nicht einfach in Ruhe sterben lassen? Vor drei Wochen war das, Brenner erinnert sich und vergisst einen Moment zu atmen, vor drei Wochen hat sie seine Hände festgehalten und ihn gefragt, was denn jetzt noch komme. Er hatte seiner Mutter – Emma heißt sie, Emma Marie Brenner, geborene Knobloch – geantwortet, als nächstes komme doch das Abendessen. Eine Ausweichbewegung, ein feiges Sich-vorbei-schlängeln.
Lächelnd hatte sie überlegt und dann, mit einem plötzlichen Leuchten in den immer noch schönen Augen, gefragt, ob man denn nicht ein kräftiges Pferd anschaffen wolle. Mit einem Pferd könne man die schwachen Leute transportieren, das sei ja sonst „alles so mühsam hier", man mache sich „ja gerade im Winter die Knochen kaputt". Nein, hatte Brenner seiner demenzkranken Mutter erklärt, ein Pferd sei ausgesprochen teuer, da müsse man das Futter und den Tierarzt bezahlen ... außerdem mache ein Pferd sehr viel Schmutz.

Das mit dem Schmutz hatte sie schließlich eingesehen.
Brenner öffnet einen der weiß gestrichenen Wandschränke, die verzogene Tür wehrt sich erst, springt dann mit einem trockenen Knacken auf. Er berührt das angelaufene Metall eines alten Fleischwolfes, winzige graue Reste kleben in den Löchern und die Kurbel ist verbogen. Dann fährt er mit dem Zeigefinger den welligen Rand eines siebzig Jahre alten Blechtopfes ab und raschelt mit dem Kunststoff einer offenen Packung Plastikbesteck.
Dieses Besteck, überlegt sich Brenner, das muss sein Vater hier deponiert haben, irgendwann nach dem Auszug, bei einem seiner „Ich muss einmal nach dem Rechten sehen"-Besuche. 1973 verließen die Eltern das kleine, in der Mitte des 19. Jahrhunderts errichtete Haus, einige Monate vor Thomas Brenners Geburt und im Todesjahr der unbekannten Schwester, dieses Phantoms. Gab es in den Sechzigern denn schon Plastikbesteck?
Völlige Stille, nicht einmal Vogelgezwitscher. Wie in einem dieser Räume, die mit Schaumstoff ausgekleidet sind. Er zieht eines der Messer aus der Packung und biegt es … biegt es weiter, hört ein Knacken und übt noch mehr Druck aus. Der alte Kunststoff bricht, filigrane Plastikscherben rieseln herab. Dann fährt Brenner seinen langen Arm aus, greift weit in das Dunkel des Wandschranks und ertastet mehrere Glühbirnen. Er nimmt eine, hält sie in Richtung Fenster und sieht, dass der Draht durchgebrannt ist. Warum um Himmels Willen

bewahrten seine Eltern diesen Müll auf? Verrostete Nägel und Schrauben – okay. Abgetragene Unterhemden, aus denen man Putzlappen schneiden kann – in Ordnung. Aber warum kaputte Glühbirnen?
Tief atmet Brenner durch, dann schließt er seine rechte Hand um den Glaskolben und drückt zu. Starr lächelnd, ohne dabei zu atmen, verstärkt er den Druck, wartet darauf, dass die Birne bricht ... und lässt dann locker. Es würde ihm nichts ausmachen, sich zu schneiden, er meint sogar, jeder Mann solle ab und an sein eigenes Blut sehen. Aber er würde die Verletzung seiner Tochter erklären müssen, Jana würde darauf bestehen, seine Hand zu verbinden, sie würde ihm Vorwürfe machen und ihn wie einen dummen Jungen behandeln, der in Pfützen springt und große Hunde mit Steinen bewirft.
Ohne auszuholen, nur aus dem Handgelenk heraus, wirft Brenner die Birne auf den Boden, erstaunlich kraftlos hört sich ihr Brechen an. Dann tritt er die metallene Fassung unter den Küchentisch. Sie stößt gegen die Fußleiste und kommt zurück, rollt ihm direkt vor die Füße. Brenner muss lachen, er wird ruhiger und lässt sich auf das Sofa fallen. Ein lautes Krachen und Brenner sinkt müde lächelnd ein.

—

Nur fünf Minuten später sitzt der Held dieser Geschichte auf der schäbig gewordenen Eckbank, die seine Eltern fast ein halbes Jahrhundert zuvor angeschafft haben. Er stochert in dem Essen, das seine 16-jährige Tochter ihm gemacht hat, und betrachtet ein weiteres Mal die aus der Zeit gerutschte Einrichtung. Gibt es hier denn keine einzige gerade Linie, keine einzige durchgängig weiße Fläche? So viele Farben, so viel Schiefes an den Wänden, so viel alter Schmutz. Herrje, man weiß nicht, wo der Dreck aufhört und die Einrichtung beginnt! Über die Jahrzehnte hat sich alles vermischt, sind die Küchendünste in die Möbel und Tapeten gedrungen, hat sich das ranzige Fett in den Lack gefressen und hat der Staub die vielen hundert Ritzen gefüllt.

Thomas Brenners eigene Wohnung, 56 Quadratmeter balkonloser Altbau, ist wie aus Eis: kalt und klar und glatt. Die Wände leer, die Möbel minimalistisch. Ein Schreibtisch mit einem Thinkpad-Notebook, ein schwarzer Fernseher, die Stereoanlage und zwei weiße Billy-Bücherregale, viel mehr ist da nicht. Das Bett besteht aus zwei Matratzen auf Europaletten und die ausziehbare Couch ist so schlicht, dass sie fast albern wirkt. So fühlt Thomas Brenner sich wohl, so will er das verdammt noch mal haben! Kein Ballast, nichts Unnötiges, kein Kitsch. Postkarten und Briefe, Fotos und Geschenke, Zeugnisse menschlicher Zuneigung? Weggeworfen oder in den Schubladen geschichtet. „Trostlos", so hat Jana die Wohnung ihres Vaters einmal genannt. Da könne man genauso gut in einem Kühlhaus leben, hatte sie gesagt. Nicht einmal einen eigenen Geruch habe die Wohnung.

Genug gegrübelt, Brenner isst seine Nudeln. Er spießt große Batzen auf und zieht sie durch die Paprika-Sahne-Soße; die Gabelzinken zerkratzen den Kunststoff. Kurz hatte er überlegt, die Nudeln auf einen der Teller seiner Eltern zu kippen, aber jetzt isst er sie doch mit dem mitgebrachten Besteck und aus dem Tupperware-Gefäß.
Sogar Nachtisch hat seine Tochter ihm gemacht, in einer kleinen Kunststoff-Box schwimmt ein Block Tiramisu im eigenen braunen Saft. Thomas Brenner hat geschnüffelt und sich geärgert. Alles Kaffee und kein Likör. Meint Jana, er sei auf dem Weg zum Gewohnheitstrinker?
Als er seine Mahlzeit beendet hat, steht Brenner auf und verlässt die Wohnküche. Er geht nach draußen, steckt die Hände in die Hosentaschen und betrachtet die Abendsonne.

2

Mehrere Wochen zuvor und etwa eine Autostunde von dem alten Haus entfernt.

Brenner hat sich freigenommen, will aber nicht nach draußen gehen. Er liegt in seiner abgedunkelten Wohnung und hört „The Blue Note" von Miles Davis, durchsetzt mit dem Geschrei und Gelächter der Nachbarn. Brenner ärgert sich, reibt sich die Augen, presst die Kiefer aufeinander und stöhnt. Dabei ist er kein Wintermensch … und auch keiner dieser zynischen Sommerverächter, die ihre Verachtung pflegen, füttern und kunstvoll in ausgesuchte Worte kleiden. Heute aber wünscht sich Brenner Hagelkörner groß wie Augäpfel, Regenwolken von der Größe Schleswig-Holsteins. Liegend macht er sich Notizen auf einem alten, schon ganz zerknautschten Herlitz-Block:

Der 15. April, einer der ersten warmen Tage und die Stadt eine einzige Bühne. Die Schönen zeigen ihr Fleisch und die Glücklichen ihr Glück. Die Hässlichen und Mutlosen verstecken sich, schlagen Zeit tot und warten auf mieses Wetter.

Drei angemessen schlechtgelaunte Sätze, denkt sich Brenner, daraus könnte man etwas machen … einen kleinen, gemeinen Anti-Sommer-Essay. Andererseits: Wer zum Teufel möchte so etwas lesen? Nicht eine der vielen Zeitungen, für die Brenner in den zwanzig Jahren seiner journalistischer Tätigkeit schrieb, würde so etwas drucken. Nur keine schlechte Laune! Dem Leser ein gutes Gefühl geben, so hatte es der Chefredakteur ein paar Tage zuvor während der täglichen Redaktionskonferenz formuliert, das sei der Schlüssel zum Erfolg! Der Wurm muss dem Fisch … und nicht dem … Wie? Aktualität? Kritische Berichterstattung? Ja natürlich, das auch, selbstverständlich. Rudi Warms hatte diese Punkte angesprochen, Rudi Warms, ein weißbärtiger, ein wenig verlottert wirkender Lokalredakteur mit Schwerpunkt Stadtpolitik, ein nur noch selten bissiger Dinosaurier, kurz vor dem Burnout und kurz vor der Pensionierung. Wenn er endlich Zeit hat, dann will Rudi Warms – wie ein magerer Weihnachtsmann sieht der Kollege aus – Kinderbücher schreiben. Kritische Kinderbücher, aktuelle Kinderbücher, was auch immer.

Brenner steht auf, dreht die Musik leiser und tritt ans Fenster. Er könnte nach draußen gehen, er könnte jemanden anrufen und sich auf zwei, drei, vier, fünf Bier verabreden, er könnte versuchen, eine Frau zu finden, er könnte im nahegelegenen See schwimmen gehen und vielleicht einen Wels sehen. Aber es kommt ihm alles so fad vor, das Saufen unter Kastanien, die großen bunten Plastiksonnenbrillen, die karierten, kurzärmeligen Hemden und die glatte, dezent vorgebräunte Haut der Studentinnen. So verdammt fad und dumm und abgestanden das alles! Gott noch mal, diese blöden Cabrios und all die penetrante Fröhlichkeit, die Radiomoderatoren mit ihren halb gelachten, halb gesprochenen Impera-

tiven: Gehen Sie nach draußen! Nutzen Sie das Wetter! Grillen Sie! Baden Sie! Machen Sie es wie alle anderen! Seien Sie verdammt nochmal aktiv!
In hohem Bogen fliegt der alte Notizblock Richtung Schlafzimmertür.
Fünf Minuten später hat sich Brenners Stimmung weiter verschlechtert. Ruhe, einfach Ruhe, das ist es, was er braucht. Er hat eine Klimaanlage, er hat Musik und notfalls hat er Ohrenstöpsel. Was verdammt treiben die Nachbarn da draußen? Das hört sich an, als würden Sie sich mit rohem Fleisch schlagen. Warum all das Geschrei? Können diese Trottel nicht einfach still die Sonne genießen?
Als Brenner – seine Stimmung hat sich wieder geringfügig gebessert – zum Telefon greift, ist es 17.30 Uhr. Er wählt eine elfstellige Nummer, die er schon häufig gewählt hat.
„Hallo, hier Thomas Brenner. Hat Elena heute Abend Zeit? ... Ja, 19 Uhr ist in Ordnung. Nein, nur eine Stunde ... ja, die Adresse stimmt. Danke."
Neunzig Minuten noch, Brenner geht duschen, putzt sich die Zähne und verschluckt sich am Mundwasser. Er schüttelt das Bettzeug auf, schaltet die Klimaanlage aus und sucht die passende Musik heraus. Yaron Herman? Nein, zu hektisch. Chick Corea? Nein, auch das nicht. Letztlich entscheidet er sich für eine alte Lounge-CD, die er seit Jahren nicht gehört hat. Dann wartet er.
Kurz nach 19 Uhr drückt jemand auf den Klingelknopf und ein verdrehtes La Cucaracca ertönt. Das muss ich ändern, denkt Brenner. Er beeilt

sich, lässt Elena herein und sie umarmen sich. Sie riecht nach Vanille und Apfelshampoo.
„Wie geht es dir?“, fragt Brenner.
„Geht gut. Viel Arbeit. Du siehst kaputt aus, Thomas. Schläfst du nicht?“
Brenner lächelt sie an, er mag die Frau. „Wenn alles so gut klappen würde wie das Schlafen, dann wäre ich zufrieden.“
Lächelnd stemmt Elena die Arme in die Seiten, reckt das Kinn.
„Was hast du Grund, nicht zufrieden zu sein? Du hast große Wohnung für dich allein und Geld. Ihr Deutsche seid komische Leute, wollt nie zufrieden sein. Immer suchen, suchen, suchen nach Probleme.“
Sie zieht ihre Sommerjacke aus und hängt sie an die Garderobe. Sie verhält sich, als wäre sie bei Brenner zu Hause. Dann nimmt sie seine große, warme Hand und führt ihn ins Schlafzimmer. Während sie sich auszieht, legt er die CD ein und sucht die passende Lautstärke. Dann zieht auch er sich aus … Hemd, Hose … und der Rest. Elena schaut ihm dabei zu, sieht auf seine großen, verblichenen Tätowierungen. Sie hat ihn nie gefragt, was diese Bilder bedeuten sollen … und ob sie überhaupt etwas bedeuten.
Eine halbe Stunde lang massiert die Prostituierte den verspannten Nacken ihres Kunden. Sie ist kräftig, hat einen schmalen, sehnigen Körper und blasse, von dunklen Muttermalen gesprenkelte Haut.
„Gut so?“
„Ja, gut. Ein bisschen weiter oben.“
Sie knetet seine Muskeln und denkt dabei an Sovata,

Siebenbürgen … dort wurde sie geboren. Ihre Eltern und Großeltern bauten Mais an und waren stolz darauf, sie wollte weg, seit sie 15 war … England, Amerika, Spanien, ganz egal wohin. In Deutschland arbeitete Elena seit über drei Jahren, monatlich schickt sie 800 Euro nach Rumänien. Sie hat einen einjährigen Sohn, der bei seinen Großeltern lebt und einen Bruder mit einem vergrößerten Herzen, der schnell außer Atem kommt und keine Anstellung lange behält. Früher, acht Jahre ist es schon her und fast schon nicht mehr wahr, war sie Kindergärtnerin.
„Jetzt umdrehen."
Brenner dreht sich um, sie kniet sich über ihn und macht es ihm mit der Hand. Dazu leise, ein wenig schmierige Lounge-Musik. Keine große Sache, keine Schweinereien, ehrliche Arbeit. Deshalb kommt sie gerne zu ihm, deshalb freut sie sich, wenn er anruft. Brenner will nicht küssen, er will nicht ficken, er will nichts an ihr ausprobieren. Manche Kunden behandeln sie wie ein Stück Fleisch, manche sind voller Hass. Aber Brenner ist so, wie sich Elena als Kind einen Bären vorstellte: groß und stark, ein bisschen ungeschickt und manchmal ein bisschen wütend, im Grunde aber gutmütig.
„Gefällt es dir?"
„Ja."
Er betrachtet Elenas straffen Körper. Er weiß, dass sie 36 ist, aber sie könnte sich als Mitte zwanzig ausgeben, die beiden Schwangerschaften – eine davon zu Ende gebracht – haben keine Spuren hinterlassen. Als er kommt, da lacht sie mit ihm. Er mag es, dass

Elena so herzlich lachen kann. Sie lachen über seinen blöden, kleinen Erguss wie über ein Missgeschick, beide wissen ja, dass es eigentlich albern ist, was sie hier tun.

„Hab ich dich getroffen?"

„Nur dich selbst, Thomas. Warte, ich mach weg."

Anschließend – und so ist es immer – liegt er einige Minuten ganz ruhig da, mit geschlossenen Augen und entspannten Gesichtszügen. Die Nachbarn sind weg, die Sorgen sind weg, die Welt ist ein stiller, wohltemperierter Ort. Elena steht auf und geht sich waschen. Nach etwa einer Minute vibriert ihr Smartphone.

„Dein Handy klingelt!"

Nackt kommt sie gelaufen, ihr Körper ist wie ein einziger Muskel. Sie fischt in ihrer Handtasche, findet das große, weiße Smartphone, geht damit in den Flur und flüstert als würde sie mit einem ängstlichen Kind sprechen.

Brenner wiederum liegt da und ärgert sich. Er will nicht, dass sie in seiner Wohnung telefoniert, er will die Dinge getrennt halten. Er will nicht, dass sie hier mit ihrem Sohn, mit ihren Eltern oder mit ihrem herzschwachen (sie hat ihm davon erzählt) Bruder redet, er will nichts von ihrer Familie, ihrem Alltag, ihren Problemen und Hoffnungen wissen. Er will nicht die Mutter und nicht die Tochter, nicht die Schwester und auch nicht das hoffnungsvolle kleine Mädchen mit den strahlenden Augen, das sie früher vielleicht war. Er will das, wofür er bezahlt. Sie soll aus dem Nichts auftauchen, ihren Job machen, und

wieder im Nichts verschwinden. Keine Vermischungen, keine Grautöne.
Immer noch flüstert sie im Flur, stöhnend steht Thomas Brenner vom Bett auf und geht duschen. Als er fertig ist, steht Elena angezogen neben der Wohnungstür. Sie wartet auf ihr Geld.
„Entschuldige. Ich dachte, du telefonierst noch."
„Ist okay."
Hundert Euro waren vereinbart, Brenner gibt zwanzig mehr. Sie zählt nach und drückt die drei Scheine in die Seitentasche ihrer Jeans.
„Geht dir wirklich gut, Thomas?"
„Ja, alles okay. Ich habe nur viel zu tun im Moment."
Er zögert, holt Luft. „Elena, tut mir leid, dass ich das sage ... aber ich will nicht, dass du bei mir telefonierst. Es ist zu persönlich."
Sie sieht ihn einige Sekunden nur an.
„Ja, ist okay."
„Ich meine es nicht böse", sagt Brenner. „Aber bitte achte darauf. Ich will nichts Persönliches."
„Geht dir wirklich gut, Thomas?"
„Ich will auch nicht, dass du mich fragst, ob es mir gut geht. Es muss dich nicht interessieren, wie es mir geht."
Sie nickt. Dann zieht sie ihre dünne, rosafarbene Jacke an. Brenner tut es leid, was er gesagt hat, er schaut an ihr vorbei und hält ihr die Tür auf.
„Bis dann, Thomas."
„Ja, bis dann. Danke."
Mit leichten, fast lautlosen Schritten läuft sie die Treppe nach unten ... und zugleich kommt jemand

nach oben, Brenner hört das Quietschen von Gummisohlen. Doch bevor er die Tür schließen kann – es wäre ihm unangenehm, sollten seine Nachbarn erfahren, dass er sich Prostituierte bestellt –, biegt ein junges Mädchen um die Ecke. Sie ist klein, hat dunkle Haare und trägt einen großen Bundeswehr-Rucksack auf dem Rücken.

„Hallo, Papa."

Brenner ist, als hätte er einen Schlag gegen die Stirn bekommen. Mit seiner Tochter hatte er nicht gerechnet. Sie wollte doch erst morgen …

„Jana … hallo. Ich dachte …"

Sie bleibt stehen.

„Hast du dir 'ne Nummer gegönnt?"

„Nein, ich …" Brenner weiß nicht, was er sagen soll. Er steht in der Tür und schaut auf seine Tochter hinab. Sieben Stufen zwischen ihr und ihm.

„Du bist so ein blödes Arschloch."

Mit diesen Worten dreht sich das Mädchen um und läuft die Treppen hinunter.

„Jana, jetzt warte doch!"

„Du kannst mich mal!"

Schwer atmend zieht Brenner sich seine großen Schuhe an, nichts wie hinterher! Ob die Nachbarn hinter den Türen stehen und mit gestreckten Hälsen durch die mit Glas gefüllten Löcher schauen? Brenner vermutet es.

Zitternd vor Anspannung steht der 42-jährige in der prallen Sonne. Er riecht den Rauch der öffentlichen Grillstätten, der aus dem nahen Park herüberweht. Seine Tochter, das kleine Mädchen, auf das er und seine Ex-Frau sich damals so gefreut hatten, für das sie in eine bessere Gegend gezogen sind und einen geräumigen, sicheren Wagen angeschafft haben, ist nirgends zu sehen.
Herrgott noch mal …
Brenner läuft nach links, zwanzig Meter die Straße hinunter, schiebt seinen schweren Leib rücksichtslos durch den Strom der Passanten, drängt fremde, nach Schweiß, Parfum, Kaugummi und Frittierfett riechende Körper beiseite, stellt sich auf die Zehenspitzen und schaut über die Köpfe hinweg. Dann dreht er um, läuft in die Gegenrichtung. Wie vom Erdboden verschlungen ist Jana, wie weggewischt … und schon überkommt den Mann die Panik. Zurück ins Haus und schnaufend die Treppen hoch. Wo verdammt ist das Telefon? Hier, gut. Aber sie geht nicht ran, nur die verdammte Mailbox: Hallihallo, hier ist Jana. Wenn du dich nett anhörst, dann rufe ich vielleicht zurück. Gleich macht es Piep und dann kannst du …"
„Jana, geh ran. Es bringt doch nichts, jetzt einfach abzuhauen. Wo steckst du?"
…
Nichts.
„Nimm ab … oder ruf zurück. Es tut mir leid, ich dachte, du kommst erst morgen. Deine Mutter hat gesagt, du kommst erst morgen."

Was für eine bescheuerte Entschuldigung, denkt sich Brenner, fällt mir nichts Besseres ein?

...

Immer noch nichts. Er legt auf und wählt die Nummer eines Freundes.

„Ja?"

„Ich bin es, Thomas. Bist du zu Hause?"

„Ja, wieso?"

„Du musst mir helfen, Jana zu suchen?"

„Jetzt gleich?"

„Ja, jetzt gleich. Sie ist abgehauen. Ich habe Mist gebaut."

„Okay ... bin in einer Minute draußen."

„Beeil dich!"

Brenner legt auf, poltert nach unten, nimmt mit jedem Schritt drei Stufen auf einmal, stößt die Haustür auf und hält Ausschau. Zwei Minuten später kommt Tobias gelaufen, die beiden Männer kennen sich seit Jahrzehnten. Tobias hat eigentlich immer Zeit, er arbeitet von zu Hause aus, hat keine Kinder und eine Frau, die mehr in irgendwelchen Tagungshotels als zu Hause ist.

„Danke, dass du hier bist", sagt Brenner. „Ich gehe rechts runter und du links. Sie ist wahrscheinlich irgendwo reingegangen, in irgendeinen Laden. Sie hat einen großen Rucksack dabei."

„Und wenn Sie die S-Bahn genommen hat?"

Brenner schaut sich um, schaut über die gerötete Glatze seines Freundes hinweg. Brenner ist über einen Kopf größer als Tobias. Nichts, kein Mädchen mit Rucksack.

„Sie ist in der Nähe. Sie sitzt irgendwo."
„Hast du Angst, dass Sie mit jemandem mitgeht?"
Brenner schüttelt den Kopf, beißt sich auf die Lippen. Immer noch dreht er den Kopf.
„Das macht sie nicht mehr, das ist vorbei. Los jetzt!"
„Habt ihr Streit gehabt?"
„Jetzt red nicht. Los jetzt!"
Eine halbe Stunde später findet Brenner seine Tochter. Er ist durch Kneipen, Restaurants, Klamottenläden und düstere, nach Desinfektionsmittel und altem Zigarettenqualm riechende Spielsalons gelaufen, er hat in Schaufenster und Hofeinfahrten geschaut, hat sogar hinter Müllcontainern gesucht. Fünfmal hat er sie angerufen und ihr auf die Mailbox gesprochen. Und dann findet er seine Tochter in der Gemüse- und Obstabteilung eines REWE-Supermarktes. Jana hält einen Bund grünen Spargel in der rechten Hand, in der Linken eine Tüte mit Bio-Äpfeln. Ihr Rucksack ragt ihr fast bis zum Scheitel und die Schnürsenkel an ihrem rechten Schuh sind offen.
Leise tritt Brenner von hinten an sie heran. Er will ihr die Hand auf die Schulter legen … und wagt es nicht. Er weiß nicht, wie sie reagieren wird. Schließlich spricht er sie an.
„Jana …"
Sie dreht sich zu ihm um. Er sieht ihr an, dass sie geweint hat. Aber die Kleine hat sich im Griff, tut so, als wäre nichts gewesen, lächelt ihn sogar an.
„Ach Jana, was soll denn das?", fragt Brenner. Als sie ihm antwortet, da spricht sie so schnell, dass er sie

kaum versteht. Als wolle sie unter ihrem Wortschwall jede Gefühlsregung begraben.
„Ich dachte, ich könnte einen Salat für uns beide machen. Du isst wahrscheinlich nur ungesundes Zeug wenn ich nicht da bin und … Ich wollte einfach noch ein paar Sachen einkaufen und dann wieder zu dir kommen … wegen dem Salat, damit du mal was Gesundes isst und nicht immer nun Dreck."
Sie windet sich an ihm vorbei, gibt ihm einen Klaps auf die Schulter, den er sehr seltsam findet, und läuft zwischen die Regale. Er folgt ihr durch den klimatisierten, um diese Zeit noch gut besuchten Supermarkt. An der Kasse besteht er darauf, den Einkauf zu bezahlen.
„Warte bitte einen Moment, ich muss Tobias anrufen. Er sucht dich."
„Hast du dir solche Sorgen um mich gemacht?"
„Ja, habe ich."
„Du hast richtig Angst um mich gehabt, oder?"
Brenner antwortet nicht, er sucht Tobias` Nummer. Seine großen, verschwitzte Finger gleiten über das Display des teuren Smartphones.
„Denkst du, dass ich vor ein Auto laufe oder was?"
In ihrer Stimme ist Aggression, sie fordert ihn heraus.
„Warte, Jana. Sei einen Moment ruhig."
„Denkst du, dass ich es wie Opa mache?"
Brenner atmet durch, bevor er spricht. Er muss vorsichtig sein, Jana wäre imstande, wieder wegzulaufen.
„Hör auf mit deinen Spielchen. Wir reden später

über alles. Und das mit Opa war ein Unfall."
Sie lacht nur leise auf.
„Hast du Angst, dass ich dir eine Szene mache, hier, vor all den netten, anständigen Leuten? Hast du Angst, dass ich die Tüte auf den Boden werfe und herumschreie?"
„Hör jetzt bitte auf."
Sie sprechen kein weiteres Wort ... bis er seine Wohnungstür aufschließt. Die Einkäufe hat er auf den weiß gefliesten Boden des Treppenabsatzes gestellt.
„Warum bestellst du dir Nutten, Papa? Hast du es so nötig?"
„Hör auf mit dem Scheiß", murmelt Brenner. Er ist müde und er merkt, dass er Kopfschmerzen bekommt. Sein Nacken ist verkrampft und seine Kehle fühlt sich trocken an. So gerne würde er ein Bier trinken und eine Aspirintablette nehmen.
„Wieso zahlst du fürs Ficken, warum gehst du nicht zurück zu Mama?" Sie schaut ihn ausdruckslos an und Brenner findet (zum wievielten Mal?), dass sie für ihr Alter zu erwachsen aussieht. „Mama könntest du umsonst ficken."
„Hör auf, Jana. Ich warne dich!"
Er ist sich sicher, dass die Nachbarn hinter den Türen stehen. Jedes verdammte Wort hören sie mit. Am liebsten würde er seine Tochter in die Wohnung zerren, sie ins Bett stecken und hundert Decken auf sie werfen. Still und friedlich müsste sie unter den vielen Decken liegen, ein braves, dankbares Kind.
„Vor was warnst du mich?", fragte Jana.

„Vor überhaupt nichts. Außerdem habe ich nicht mit ihr geschlafen“, zischt Brenner. „ Sie hat mit den Nacken massiert.“
Seine Tochter neigt den Kopf und verzieht das Gesicht. Sie glaubt ihm nicht. Für sie ist er eine lächerliche Figur, ein nicht mehr junger Mann, der es in seiner unappetitlichen Geilheit nötig hat, sich junges Fleisch zu kaufen. Bestimmt findet sie ihn ekelhaft, ein Ausbeuter ist er für sie, jemand, der die Not verzweifelter Frauen ausnutzt.
„Ich habe wirklich nicht mit ihr geschlafen. Das kannst du mir glauben oder auch nicht, spielt keine Rolle. Jetzt komm rein, ich hasse diese Treppenhaus-Diskussionen“.
In Gedanken fügt Brenner hinzu: Die hatte ich mit deiner Mutter schon zu Genüge.

—

Es ist halb elf, Brenner und seine Tochter essen den Spargel-Mozzarella-Apfel-Salat, den sie gemacht hat. Er ist gut, dieser Salat, nur ein wenig zu viel Knoblauch, ein bisschen zu stinkig für Brenners Geschmack.
Wie ist die Lage? Ruhig … fast friedlich. Man unterhält sich in gedämpftem Ton über die Schule, über die Ferien und ein wenig sogar über Musik. Brenner ist sich sicher, dass seine Ex-Frau – die Schlacht ist sechs Jahre her aber immer noch liegen Leichen herum, damals war Jana gerade einmal zehn Jahre alt – ihm am Telefon gesagt hat, seine Tochter

käme erst morgen. Auch ist er sich sicher, dass sie es mit Absicht getan hat. Sie wollte nicht, dass er seine Tochter gut vorbereitet, mit gefülltem Kühlschrank, bezogener Schlafcouch und überhaupt mit offenen Armen empfängt, sie wollte, dass es für Jana so aussieht, als habe ihr Vater sie ganz vergessen. Sie will – Brenner spürt, wie sich sein Herzschlag beschleunigt –, dass Jana denkt, ihr Vater schere sich einen Dreck um sein einziges Kind.
„Schmeckt es dir?“
„Wie?“
„Ob es dir schmeckt.“
Brenner grinst mit vollem Mund, wie ein Hamster sieht er aus.
„Das ist das Beste, das ich seit Wochen gegessen habe. Ich kann fast spüren, wie mein Cholesterinspiegel sinkt.“
Aber nein ... nein, nein und nein. Ihm ist seine Tochter keineswegs gleichgültig. Wie ein wütender Stier hat er um das Sorgerecht gekämpft ... und doch verloren. Jana ist das einzig Wertvolle, das er – so denkt er manchmal – in seinem Leben hervorgebracht hat. Sie und ... nun ja, vielleicht noch ein paar der Sachen, die er während seiner Berufslaufbahn geschrieben hat. Der große Artikel über Autowerkstätten auf Kuba, in denen sie die alten amerikanische Oldtimer zurechthämmern ... oder der über diesen fast neunzigjährigen Bergbauern, der stur behauptete, sich seit über zwanzig Jahren von Kräutern und Kieselsteinen zu ernähren. Ein paar gute Sachen waren schon dabei ... ein paar Sachen,

auf die er stolz sein kann.
Jana isst ihren Teller leer und steht auf. Es ist schon nach elf.
„Ich geh' noch kurz raus. Ich bin noch verabredet."
„Jetzt noch … mit wem?"
„Mit David."
„Okay, und wer ist das?"
„Nur ein Freund. Es gibt hier in der Gegend so einen neuen Burgerladen, der ganz gut sein soll. Den wollen wir mal ausprobieren."
„Du willst jetzt noch Hamburger essen?"
„Da kann man auch was trinken. Ich esse wahrscheinlich nur Pommes."
Brenner fühlt sich überrumpelt. Am liebsten würde er ihr das Weggehen verbieten: Solange du die Füße unter meinen Tisch stellst, wird getan …
„Du bist 16, du solltest … "
„Ich bin fast 17!", unterbricht Jana ihren Vater. „Außerdem trinke ich ja keine harten Sachen. Denkst du vielleicht, ich besaufe mich mit Wodka?"
„Und wann bist du wieder hier?"
„So in einer Stunde … höchstens in zwei. Wir wollen wirklich nur kurz den Laden ausprobieren."
„Du und dieser David."
Sie schaut ihn einen Moment an. Sie hat große, grüne Augen, die ein klein wenig aus den Höhlen treten, genau wie bei ihrer Mutter. Manchmal wünscht er sich, sie hätte seine schmalen Augen, manchmal wünscht er sich, sie wäre nur seine Tochter. Einmal hat er sogar geträumt, ein Rudel Ärzte würde auf seine Ex-Frau zukommen und ihr mitteilen, dass

dieses Mädchen leider nicht von ihr sei. Was für ein …

„Ja, sag' ich doch. Ich und David."

„Soll ich dich begleiten?"

Ihr Kopf ruckt zurück. Sie schaut ihn an, als hätte er etwas unglaublich Dummes gesagt.

„Quatsch."

„Ich dachte nur …"

Schon ist sie aufgestanden. Wie eine Feder ist sie vom Stuhl hochgeschnellt. Wie viel wiegt sie? 48 Kilogramm?

„Gibst du mir 'nen Schlüssel?", fragt Jana.

„Ich bin noch auf, wenn du kommst."

„Und für später? Ich bin ja noch ein paar Tage hier … oder willst du mich morgen rausschmeißen?"

„Quatsch, ich freue mich, dass du hier bist."

Brenner holt einen der Wohnungsschlüssel und gibt ihn seiner Tochter. Sie versucht, ihn auf ihren Schlüsselring zu ziehen.

„Warte, lass mich mal. Du machst dir die Fingernägel kaputt."

…

„Danke."

„Kein Problem … okay, dann bis nachher. Hab Spaß da draußen."

Ein Kuss auf die Stirn und schon ist sie in den Flur gehuscht. Brenner hört, wie sie mit gedämpfter Stimme telefoniert … dann das Schlagen der Wohnungstür. Er wartet zwei Minuten, dann zieht er sich an und verlässt die Wohnung. „Herrje, was mache ich denn da?", fragt er sich selbst.

Brenner weiß genau, welchen Laden sie gemeint hat, „Burger wie bei Muttern" heißt er und auf der großen verglasten Front klebt das stilisierte Gesicht einer lachenden Frau mit Dauerwelle. Ein teurer Laden mit schickem Publikum, Öko-Fleisch und selbstgebackenes Brot, zwei vegetarische und ein veganer Burger. Vor ein paar Tagen ist Brenner stehengeblieben und hat mit einer Mischung aus Amüsement und gedämpfter Verachtung die Speisekarte gelesen. Als er vor sechs Jahren in diese Gegend gezogen war, kämpfte in dem alten Gebäude ein staubiges, nach verbranntem Öl riechendes Metallwarengeschäft ums Überleben ... später zog ein Dritte-Welt-Laden ein, dann ein Skateboard-Geschäft namens „Skate or die" ... und vor einigen Wochen dann „Burger wie bei Muttern."
Als er um die Ecke biegt, sieht Brenner, dass der Laden auch um diese Zeit noch voll besetzt ist, ein paar Leute stehen telefonierend und rauchend vor der Tür, unter einem der zusammengeschobenen Tische liegt ein großer schwarzer, wie eingeölt glänzender Labrador. Die Augen des Hundes funkeln im Licht der vorbeiziehenden Scheinwerfer.
Brenner schlendert die Straße entlang und nähert sich unauffällig dem großen Fenster mit dem aufgeklebten Frauengesicht. Wieder dieser lästige, Brenners Selbstachtung gefährdende Gedanke: Was zum Teufel mache ich hier? Warum schleiche ich meiner Tochter hinterher? Und dann, noch obendrauf: Was hätte ich davon gehalten, wäre mir mein Vater zu meinen Rendezvous gefolgt?

Einmal Durchatmen und weiter, Brenner drängt sich an einem knutschenden Pärchen vorbei und stellt sich in die Lücke zwischen zwei parkenden Autos. Von hier aus kann er fast den gesamten Laden überblicken.
Aber wo ist Jana? Wenn sie gleich hinter ihm auftaucht, wenn sie ihn gleich an der Schulter berührt, dann wird er ihr sagen müssen, was er hier macht, dann wird er ihr sagen müssen, dass er sich Sorgen macht, dass er immerhin ihr Vater ist und das Recht hat – Ja, verdammt, das Recht! – zu wissen, mit wem sie sich zu später Stunde herumtreibt. Lächerlich wird er sich machen!
Aber da sieht er sie schon. Sie sitzt an einem der hinteren Tische und ihr gegenüber versucht ein leicht dicklicher Junge seinen völlig überfüllten Burger in den Griff zu bekommen. Das Ding ist so hoch wie ein Schuhkarton und wird von einem Holzspieß zusammengehalten, der fast schon ein Pflock ist. Nichts mehr mit Fastfood, dieses Essen macht Umstände.
Brenner streckt das Kinn vor, presst die Lippen aufeinander und geht näher heran, steht jetzt einen Meter vor der dicken Scheibe und hofft, dass seine Tochter nicht den Kopf dreht. Der Junge, dem sie gegenüber sitzt, hat mittlerweile seinen Burger zu fassen bekommen und beißt hinein. Klumpige, orangefarbene Soße quillt hervor und ein großes Tomatenstück fällt auf den Teller. Jana muss lachen und Brenner lacht draußen leise mit. Der Junge sieht nicht gefährlich aus, nicht wie jemand, der seine

kleine Tochter in irgendeiner dunklen Ecke auf den Asphalt drückt, nicht wie jemand, der ihr Drogen andreht oder mit ihr auf dem Beifahrersitz gegen einen Baum fährt. Der Junge sieht wie jemand aus, der keinen Streit anfängt und zuverlässig sein Geschirr abwäscht.

Aber gerade als sich Brenner, beruhigt und froh darüber, nicht ertappt worden zu sein, auf den Weg machen will, überkommt ihn eine heftige Nervosität. Plötzlich hat er einen großen, kantigen Kloß im Hals, plötzlich werden seine Hände feucht. Der breite Mann lächelt irritiert, tritt einen Schritt zurück, schüttelt den Kopf, tritt noch weiter zurück und stößt gegen ein Mädchen, das sich eine Zigarette dreht.

„Entschuldigung."

Sie schaut ihn nur ausdruckslos an und murmelt irgendetwas, das er nicht versteht und das ihn auch nicht interessiert. Absolut sicher ist sich Brenner, dass etwas falsch ist, er weiß nur nicht, was es ist. Stimmt etwas mit dem Jungen nicht? Mit seiner Tochter? Ist es das Lokal? Ist es das Herz? Mit einem schiefen Lächeln tritt der schwere Mann wieder an die Scheibe heran, starrt in das brechend volle Restaurant. „Scheiße", murmelt er. „Scheiße, Scheiße, Scheiße." Er wundert sich über seine Ratlosigkeit, schüttelt den Kopf, ist jetzt fast mit der Nase am Glas. Schon haben ihn die ersten Gäste bemerkt und schauen zu ihm auf. Wie ein armer Irrer muss er auf sie wirken.

Als der Junge, der seiner Tochter gegenüber sitzt – wie war sein Name? Daniel? David? – plötzlich in

Richtung Fenster sieht, senkt Brenner den Kopf und dreht sich schwungvoll um. Ein Vampir, den der Lichtstrahl getroffen hat … fehlt nur noch der Umhang. Er steckt die großen Hände in die ausgebeulten Hosentaschen und macht sich auf den Weg zu seiner Wohnung. Obwohl er immer wieder über sich selbst lacht, obwohl er mehrmals stehenbleibt und in die halbdunklen Schaufenster starrt, kriegt er sie einfach nicht aus seinem Kopf, diese irritierende Gewissheit, dass etwas ganz und gar nicht in Ordnung ist. Er versucht, über sich selbst zu lachen, er versucht, sie ins Lächerliche zu zerren, diese Gewissheit … aber es gelingt ihm nicht.

Kurz nach eins hört Brenner die Wohnungstür, dann Janas Schritte im Flur und nur Sekunden später die Klospülung. Wie schnell man in ihrem Alter pinkeln kann.

Gerne würde Brenner zu seiner Tochter gehen und sie fragen, ob alles okay ist. Aber er beherrscht sich, liegt wie ein großer, trockengelegter Fisch im Dunkel seines kargen Schlafzimmers, hört seinen eigenen Atem und fragt sich, was vor weniger als neunzig Minuten mit ihm geschehen ist? Warum diese Nervosität? Woher diese überwältigende Gewissheit, dass etwas nicht …

Brenner stöhnt auf, reibt sich die Augen und flüchtet sich in die Erinnerung daran, was Elena mit ihm gemacht hat. Er stellt sich ihren schönen Körper vor, ihr Lachen, ihren kantigen Akzent.

Manchmal überlegt Thomas Brenner, ob er sich wohl in Elena verlieben könnte. Manchmal fragt er sich, ob

er sie überhaupt noch erkennen würde, die Liebe.
Gegen zwei Uhr schläft er ein.

Anfang der 70er Jahre

Eine großgewachsene Frau mit weichen, fast kindlichen Gesichtszügen und ein Mann mit ernstem, ein wenig nervösem Ausdruck, sitzen an einem glänzenden, noch nach frischem Lack riechenden Esstisch. Sie halten Händchen und versuchen, glücklich zu sein. Ein wenig blass sehen die beiden aus, als hätten sie die letzten Jahre an der Grenze ihrer Kräfte gelebt. Das ungeborene Kind tritt, ein Junge soll es diesmal werden, ein kräftiger, unzerstörbarer, ganz und gar gesunder Junge, sogar den Namen haben sie schon: Thomas. Über den Tod ihres ersten Kindes sprechen sie nur selten, wenn sie damit anfängt, dann sagt er, man müsse in die Zukunft schauen ... und wenn er das gesagt hat, dann verlässt er das Zimmer. Sie bleibt dann zurück mit ihrem Schmerz und sagt sich, dass er ja Recht hat mit seiner Zukunft. Sie sind in eine neue Wohnung gezogen, haben Möbel, Geschirr, Bettdecken, Pfannen und Töpfe, Gardinen und sogar das Telefon zurückgelassen. Alles hat man neu anschaffen müssen! Ein Geld hat das gekostet! Aber er wollte es so und sie hat nicht widersprochen. Nur keinen weiteren Zusammenbruch.
Sie sitzen da und halten Händchen.
Vor zwei Wochen ist Emma Brenner mit dem Autobus in die Stadt gefahren und hat sich dort die Yellow Submarine-Platte von den Beatles gekauft. Sie mag die Musik und sie mag Paul McCartney. Erst hatte sie Angst, ihr Mann würde sich über sie und ihre Musik lustig machen, würde von „Negermusik“

sprechen oder sogar sagen, sie sei zu alt für solchen Lärm. Aber er hatte mitgehört und gemeint, die Lieder hätten „einen guten, klaren Rhythmus“ und „eine sinnvolle Struktur.“ Wie ein Musikkritiker hatte er dahergesprochen. Und dabei hat er doch, Emma kennt ihren Ehemann, nicht die allergeringste Ahnung von solchen Dingen.

3

Kurz nach sechs ist Brenner aus wirren Träumen erwacht, kurz nach sieben ist er aus seinem zerwühlten Bett gestiegen, hat sich etwas angezogen und sehr behutsam seine Tochter geweckt. Kurz nach acht trifft er gewaschen, deodoriert und mit Müsli im Bauch in der Redaktion ein. Wohnung und Arbeit liegen nur zwei Kilometer auseinander, mit dem Fahrrad sind das – Brenner fährt schnell, kürzt ab, ignoriert Verkehrsregeln, hat über die letzten drei Jahre mehr als 300 Euro an Strafen bezahlt – weniger als fünf Minuten.

„Morgen, Thomas."

„Morgen, Stefan."

Pitzke heißt der Mann, mit dem Brenner sich sein gläsernes Büro teilt, Stefan Pitzke, ein hyperaktiver 37-jähriger mit Halbglatze, leichter Trichterbrust, Schnappatmung und einer Vorliebe für großkarierte Hemden und schwere russische Armbanduhren, nicht unsympathisch aber auch kein guter Freund des Mannes, der gerade die Glastür aufdrückt. In Pitzkes Nähe wirkt Brenner wie ein Bär, der gerade aus dem Winterschlaf erwacht ist.

„Thomas, hör zu! Der Chef hat gemeint …"

„Warte, ich brauche meinen Kaffee. Gib mir zwei Minuten."

Brenner stellt seinen Rucksack ab (sofort kippt das Ding um) und schaltet den Computer ein. Das übliche Ritual, jeden Morgen dasselbe, in den dreißig

Sekunden, die das Gerät zum Hochfahren braucht, geht Brenner seinen Kaffee holen. Schwarz mit viel Zucker, so trinkt er ihn seit Jahren. Beim Hinausgehen hört er das Trappeln von Pitzkes Fingerspitzen auf der Tischplatte und stöhnte leise auf. Der junge Kollege hat die Eigenheit, im Abstand von sieben bis zehn Tagen seine Tics zu wechseln. Mal verdreht er den Hals, als wolle er seinen Kopf loswerden, mal reibt er sich die Nasenflügel rot, dann wieder knackt er mit den Handgelenken, runzelt rhythmisch die Stirn oder trommelt auf Gegenstände ein. Seit zwei Tagen ist der Tisch dran.

„Okay, was hat der Chef gemeint?"

Brenner nimmt einen Schluck und Pitzke sprudelt los.

„Der ist sauer, du hast die Sache mit der Mauer nicht fertig gemacht, der hat gelesen, was du geschrieben hast, du hast ihm gestern versprochen, dass du was aus der Sache machst und …"

„Herrje, die Mauer!" Brenner hat diese verdammte Mauer völlig vergessen, er hat den halbfertigen Artikel abgespeichert und vergessen. Ihm ist diese historisch wertvolle Mauer völlig egal, seinetwegen können sie den Steinhaufen noch heute in die Luft jagen. Lächerlich! Eine Mauer.

„Thomas", Pitzke spricht den Namen seines Kollegen fast flehend aus. „Mach den Artikel fertig. Du bist zwar schon eine Weile hier, aber alles kannst du dir auch nicht erlauben. Echt jetzt, der war richtig angepisst! Ich an deiner Stelle …"

„Hör auf, zu quatschen, Stefan. Ich krieg das hin."

Brenner sagt es, lässt sich in seinen Schreibtischstuhl fallen, packt die Tischkante und zieht sich heran. Schnaubend wühlt er im Papier, zwei Minuten später hackt er auf die speckige, abgenutzte Tastatur ein. Der Mann hat Routine, er ist schnell ... und er weiß, was der Chefredakteur haben will. Eine halbe Stunde später ist – tata! – der Artikel fertig. Und er ist nicht nur fertig, er ist auch gut! Brenner hat den historischen Wert der Mauer herausgestellt, er hat ein paar Persönlichkeiten der Stadtgeschichte eingebaut, er hat ein bisschen skandalisiert, ausreichend emotionalisiert und abgerissen, tja, abgerissen wird sie doch, die verdammte Mauer. Fehlerprüfung und weg damit! Gute, professionelle Arbeit, das tägliche Brot des Lokalredakteurs. Anschließend Konferenz und kurz nach neun ein Gespräch mit einem der Fotografen, die (vergeblich) eine Anhebung des Bildhonorars fordern.

Nachdem er dem Fotografen seinen guten Willen und seine Nichtzuständigkeit versichert hat, interviewt Brenner eine Dame, die in Namibia Fair-Trade-Projekte aufzieht. Brenner ist die Frau auf Anhieb unsympathisch, arrogant und selbstbesoffen wirkt sie auf ihn. Trotzdem bringt er das Gespräch professionell über die Bühne und schreibt einen wohlwollenden Zweispalter. Anschließend arbeitet er ab, was die freien Mitarbeiter geliefert haben, macht ein bisschen Layout, hobelt hier und dort die weniger gelungenen Schnörkel ab – noch so ein Spruch des Chefs: Die Leser haben keine Zeit für eure Ausschweifungen! – und dann ist auch schon

Mittagspause. Während er den breiten Redaktionsflur entlang schlendert, zieht Brenner sein Smartphone aus der Tasche. Eine Nachricht von Jana, abgeschickt um 11.45 Uhr … also mitten im Unterricht.

papa geh mal in den burgerladen und schau die fotos an.

Als Brenner sein Smartphone gerade wieder wegstecken will, trifft eine zweite Nachricht ein:

burger wie bei muttern in paulstrasse.

Er will ihr antworten, will seine Tochter fragen, ob ihre Nachrichten Teil eines blöden Witzes sind. Aber er erinnert sich an die vergangene Nacht, an dieses deutliche Gefühl, etwas stimme nicht. Und so marschiert Brenner kurz entschlossen los, durchquert mit großen Schritten den Flur, nimmt die Treppe und verlässt das Redaktionsgebäude. Er schließt sein Fahrrad auf, schwingt sich auf den schmalen Ledersattel und tritt hart in die Metallpedale.

Als der eilige Radfahrer ihm die Vorfahrt nimmt, brüllt ein Taxifahrer etwas aus dem offenen Fahrerfenster. Kurz hat Brenner Lust, den Schreihals aus seinem gelben Ford Mondeo zu zerren.

—

Als Brenner vor „Burger wie bei Muttern“ steht, ist die Hälfte der Mittagspause bereits vorbei. Brenner schwitzt und sein Magen knurrt. Außerdem bekommt er säuerlichen Mundgeruch, wenn er längere Zeit nichts zu sich nimmt.

Brenner schließt sein Fahrrad ab und tritt an die

große Scheibe. Um diese Zeit hat das Restaurant geschlossen, die Stühle und Bänke sind hochgestellt und der schlauchartige Gastraum liegt im Halbdunkel. Ein Gewirr aus Holzstreben versperrt die Sicht.

Okay, was ist … was ist hier los? Welche Fotos meint Jana? Brenner geht vor der Scheibe auf und ab, stellt sich auf die Zehenspitzen und beugt den Rücken. Aus jedem ihm möglichen Winkel schaut er in den Raum, erkennt auch, dass Bilder an den Wänden hängen, sieht jedoch nicht, wer oder was auf ihnen abgebildet ist. Als er mit seinem Smartphone in den Raum leuchtet, hört er hinter sich eine Stimme.

„He! Was machen Sie da?"

Langsam, fast widerwillig, dreht Brenner sich um. Eine etwas 40-jährige Frau kommt über die Straße, sie trägt eine dunkelgrüne Schürze – die Blumenhändlerin von gegenüber.

Wieder leuchtet er in den Raum, erkennt die untere Hälfte eines der Bilder. Darauf: ein großer dunkler Hund und die Beine eines stehenden Mannes. Eine alte Schwarzweißaufnahme.

„Hier ist geschlossen", ruft die Frau. Ihre Stimme klingt nach tausend Zigaretten und nun auch deutlich aggressiver. „Was treiben Sie da?"

Brenner dreht sich wieder um. „Ich leuchte. Damit ich etwas sehe" Schon ist sie bei ihm. „Darf ich Sie fragen, was Sie von mir wollen?"

Die Frau sieht verwirrt aus, gleichzeitig wirkt sie fest entschlossen, nicht klein beizugeben. Sie steht zwei Meter vor ihm, stemmt die kurzen Arme in die Seiten

und weiß nicht, was sie von dem großen, verschwitzten Mann halten soll.
„Ich rufe die Polizei, wenn Sie hier spionieren."
„Was?"
„Ich rufe die Polizei!"
Brenner zuckt die Schultern. „Von mir aus."
„Wenn Sie denken, Sie könnten hier irgendwas ausspionieren, dann …"
„Wieso sollte ich denn …"
„Sie spionieren hier herum", keift sie ihn an. „Ich rufe jetzt die …"
„Glauben Sie wirklich, dass ich am helllichten Tag hier einbrechen will? Sind Sie besoffen?"
„Jetzt beleidigen Sie mich auch noch! Ich rufe …"
„Wissen Sie was", unterbricht Brenner die wüten-de Frau, „wir machen ein Spiel. Sie rufen die Polizei und ich rufe die Feuerwehr. Wenn die Polizei zuerst da ist, dann haben Sie gewonnen und ich lade Sie richtig schick zum Essen ein. Wenn aber die Feuerwehr schneller ist, dann laden Sie mich erstens zum Essen ein, gehen zweitens mit mir ins Bett und drittens darf ich mir etwas Hübsches aus Ihrem Kleiderschrank aussuchen."
Sie schaut ihn nur an.
„Was sagen Sie dazu, gnädige Frau? Was verdammt nochmal sagen Sie dazu?"
Plötzlich duzt sie ihn.
„Bist du behindert oder was?"
Brenner stöhnt auf, geht zu seinem Fahrrad und fummelt den Schlüssel ins Schloss. Eine klein wenig zittert seine rechte Hand. Er wickelt die Kette um

den Rahmen, schwingt sich in den Sattel und tritt hart in die Pedale. In vier Minuten ist seine Pause zu Ende.

—

Sechs Stunden sind vergangen. Zum zweiten Mal an diesem Tag, diesmal satt, frisch geduscht und in einem nach Waschpulver duftenden Baumwollhemd, steht Brenner vor dem Burger-Laden. Er hat mit seiner Tochter gesprochen und sie hat ihm versichert, dass auf mehreren der Bilder, die in dem Restaurant hängen, ein Mann zu sehen sei, der „total genau wie du aussieht". Dass er ihr heimlich gefolgt ist, dass er sie und den Jungen beobachtet hat, das hat Brenner verschwiegen.

Tür auf und hinein. Es ist laut und heiß in dem nicht sehr großen Raum, alle Tische sind besetzt. Bestellungen werden gebrüllt und elektronische Musik dröhnt. Über allem der Geruch gebratenen Fleisches, gemischt mit Zwiebeln, Bier und Frittierfett.

Er sieht sie sofort, die alten Fotografien. Es sind vier und nicht er ist der Mann auf diesen Bildern, von den bunten Wänden starrt ihn grau und hager das Gesicht seines Vaters an. Absolut sicher ist sich Thomas Brenner, dieses spitze Kinn, die leicht abstehenden Ohren und die kleinen, tief liegenden Augen, eine magere Version seiner selbst. Um die dreißig muss Karl Brenner gewesen sein, als diese Bilder aufgenommen wurden.

„Alles voll", ruft einer der Kellner, ein bärtiger

Mittzwanziger in einem zerrissenen Ramones-Shirt.
„Ja-ja … is okay. Ich schau nur was."
Brenner starrt die Bilder an, denkt überhaupt nicht daran, wieder zu gehen. Eine heftige Abneigung erfasst ihn, er weiß nicht, woher diese Fotografien kommen, er weiß nur, dass sie hier nicht hingehören. Schon setzt er sich in Bewegung, drückt sich an den Gästen vorbei in den hinteren Teil des Raumes.
„Ist hier noch frei?"
An dem dunklen Holztisch, der unter dem Bild steht, auf dem Brenners Vater mit dem schwarzen Hund posiert, sitzen zwei Pärchen. Studenten, denkt Brenner.
„Nein, tut mir leid", antwortet einer der beiden jungen Männer. Er trägt eine Schiebermütze und sein knochiger Oberkörper steckt in einem Holzfällerhemd. Brenner lächelt ihm zu und quetscht seine 95 Kilo in die Lücke zwischen Wand und Student. Er nutzt seine Körpermasse und drängt den Jungen zur Seite.
„Entschuldigung …" beginnt eine der Frauen. Sie zieht das Wort in die Länge und betont es wie eine Frage.
„Bin gleich wieder weg. Kein Grund zur Beunruhigung."
Während sie ihn kopfschüttelnd anstarrt, pflückt Brenner das Bild von der Wand. Putz rieselt herab. Dann dreht er das Bild um und macht sich daran, die Rückwand vom Rahmen zu lösen.
„Was machen Sie denn da?", fragt die andere Frau am Tisch. Als Brenner ihr nicht antwortet, steht sie

auf und läuft Richtung Theke. Einer der Männer folgt ihr und nur fünf Sekunden später kommen die beiden mit einem der Burgerbrater an. Brenner hebt die Rückwand aus dem Rahmen, legt sie beiseite und versucht, eine Ecke der Fotografie zu greifen. Seine Finger sind zu dick.

„Hey, Kumpel, kommst du kurz mit nach draußen?"

Der Burgerbrater hat sich zu ihm gebeugt und lächelt ihn an. Brenner lächelt zurück.

„Kleinen Moment noch, ich mache das nur schnell fertig."

Jetzt hat er eine Ecke zu fassen bekommen. Vorsichtig zieht er das Bild von der Glasscheibe, rollt es zusammen und steckt es in die Seitentasche seiner dünnen Sommerjacke. Dann steht er auf und folgt dem jungen Mann nach draußen. Er ist froh, der Hitze und dem Zwiebeldunst entkommen zu sein, wischt sich den Schweiß von der Stirn.

„Alles okay mit dir?"

„Sicher", antwortet Brenner. Die beiden Männer stehen sich im Abstand von wenig mehr als einem Meter gegenüber.

„Wirklich alles okay?"

Brenner nickt. „Mhm."

„Okay … gut … dann gib mir jetzt das Foto zurück und hau ab. Ich kann auch die Polizei rufen."

Fast muss Brenner lachen. Das zweite Mal heute, dass jemand seinetwegen die Polizei rufen will.

„Hör mir mal zu", beginnt Brenner. „Ich bin kein Irrer, der darauf abfährt, in irgendwelchen albernen Hipster-Läden die Dekoration zu klauen. Ich will

bloß nicht, dass Fotos meiner Eltern bei euch da drin hängen." Er zieht das Bild aus der Tasche und tippt dem grauen Mann ins spitzte Gesicht. „Dieser Kerl hier ist mein Vater ... und ich habe nicht die geringste Ahnung, wie sein Foto in euren Burger King kommt. Schon einmal vom Recht am eigenen Bild gehört? Warum hängt ihr überhaupt Bilder von fremden Leuten in euren Laden? Ist das so eine Retro-Scheiße? Wollt ihr den Gästen weismachen, dass euer Laden Tradition hat?"
Der junge Mann antwortet nicht.
„Bist du der Chef hier?", fragt Brenner.
„Also im Moment ..."
„Gehört dir der Laden?"
„Nein, ich ... warte mal."
Der junge Mann geht drei Schritte den Bürgersteig hinunter und zieht im Gehen sein Smartphone aus der Tasche. Brenner wartet, während der Junge telefoniert, schaut den Passanten nach und den Gästen auf die Teller. Für seinen Geschmack sind die Pommes zu dick und zu blass. Schon hat der Burgerbrater sein Telefongespräch beendet.
„Okay, warte hier. Der Chef ist in fünf Minuten hier, der wohnt gleich um die Ecke."
Brenner nickt und lächelt dem jungen, bunt tätowierten Mann zu.
„Dankeschön."
„Ja ... klar. Ist das echt dein Vater auf dem Bild?"
„Hundert Prozent."
Als weniger als fünf Minuten später ein mittelalter, gedrungener Mann auftaucht, weiß Brenner sofort,

dass er diesen Menschen schon einmal gesehen hat. Der Typ steigt aus einem himmelblauen Mercedes CE, den er in zweiter Reihe geparkt hat.
„Sind Sie der Besitzer dieses Restaurants?“, fragte Brenner sehr freundlich. „Tut mir sehr leid, sollte ich für Unruhe gesorgt haben … aber es gibt ein kleines Problem mit Ihrer Dekoration. Sagen Sie, woher kennen wir uns?“

„Und der Arsch hat wirklich 200 Euro verlangt?“
Es ist fast neun, Brenner und seine Tochter sitzen sich gegenüber und nagen an Hähnchenschenkeln. Jana hat Coq au vin gemacht.
„Pass ein bisschen mit den Kraftausdrücken auf“, sagt Brenner. „Deine Mutter ist sowieso der Meinung, ich übe einen schlechten Einfluss auf dich aus.“
„Zumindest hast du überhaupt einen Einfluss. Mama interessiert sich einen Dreck für mich.“
„Das stimmt doch nicht“, antwortet Brenner. „Sie hat nur viel um die Ohren. Und ja, der *Arsch* hat wirklich so viel verlangt.“
Während er das sagt, versucht er, seine Freude zu verbergen, seine Freude über das, was Jana gerade gesagt hat. Er hat gekämpft und verloren, er hat sich damit abgefunden, seine Tochter nur jedes zweite Wochenende zu sehen. Aber immer war da diese Überzeugung: Ich könnte besser für sie sorgen, ich würde sie mehr lieben, sie hätte mich und ich hätte sie verdient.

„Und hast du ihm die 200 bezahlt?“, fragt Jana.
„Hundertfünfzig. Er hat gnädigerweise mit sich handeln lassen.“
„Und wie viel hat er für die Kommode bezahlt?“
„Weiß ich nicht mehr genau, zwanzig oder dreißig … höchstens vierzig.“
„So ein Arsch.“
„Ja, so ein Arsch. Einer von vielen … und jeden Tag werden neue geboren. Eine lange Reihe unterschiedlich großer, unterschiedlich glänzender Ärsche.“
„Vielleicht übst du wirklich schlechten Einfluss auf mich aus.“
„Quatsch.“
Brenner beißt in seinen Hähnchenschlegel. Er schmeckt Basilikum und Thymian, Rosmarin und Weißwein, es ist Monate her, dass er etwas so Gutes gegessen hat. Jana hat Omas gute Teller gefunden und sogar eine weiße Spitzentischdecke, von der Brenner nicht einmal wusste, dass sie noch existierte. Wenn sie doch nur bei ihm bleiben könnte, sie könnten zusammen – da ist sich Brenner sicher – ein gutes Leben haben. Er würde ihr bei den Hausaufgaben helfen, er würde sie trösten, wenn sie traurig ist, er würde mit ihr nach Sizilien und in die Vereinigten Staaten reisen, er würde …
Schmerzhaft wird Brenner bewusst, dass seine Gedanken unsinnig sind, Jana ist kein kleines Mädchen mehr, sie wird in zwei Monaten 17. Bei den Hausaufgaben wird er ihr nicht mehr helfen können … höchstens noch in Deutsch. Und zusammen in

Urlaub fahren? Peinlich wäre er ihr, sie würde ihrer eigenen Wege gehen und ihn an irgendwelchen Hotelbars sitzenlassen.
„Alles okay mit dir?", fragt Jana.
„Ja … wieso fragst du?"
„Du wirkst so nachdenklich."
„Ich überlege nur, wann mir zuletzt etwas so gut geschmeckt hat."
Lächelnd steht sie auf.
„Ich komm gleich wieder. Muss nur schnell pissen."
„Lass gut sein, Jana."
Brenner lehnt sich zurück und denkt nach. Fast ein Jahr ist es her, dass seine Mutter in das Pflegeheim zog, halb freiwillig, halb auf Drängen ihres einzigen Sohnes. Nur wenige ihrer Möbel und persönlichen Gegenstände konnte sie mitnehmen, der Großteil landete auf dem Müll … und eben auf dem Flohmarkt. Zweimal war Brenner dort gewesen, einmal hatte er in der Kälte und einmal in der Sonne gestanden, um das zu verkaufen, was seine Eltern im Laufe ihrer Leben zusammengetragen hatten. Brenner hatte es nicht übers Herz gebracht, einfach alles wegzuwerfen, er hatte gehofft, die Sachen kämen in gute Hände und würden Wertschätzung erfahren. Wenn ihm jemand unsympathisch war, dann hatte er sich geweigert, diesem Jemand etwas zu verkaufen.
Die Klospülung und das Geräusch nachfließenden Wassers. Brenner steht auf, nimmt seinen Teller und schiebt mit der Gabel die Reste in den Mülleimer. Dann leckt er sich das Fett von den Lippen und lehnt sich an die Küchentheke.

Die kleine Kommode, an sie erinnert sich Brenner noch ganz genau. Die hatte im Wohnzimmer seiner Eltern zwischen dem Fernseher und einer großen, staubigen Topfpflanze gestanden, ein dunkelbraunes Möbel mit dürren Beinen und zwei ewig klemmenden Schubladen. Sein Vater hatte Schlüssel und ein wenig Werkzeug darin aufbewahrt ... was man eben so braucht im Alltag: Schraubendreher, Klebeband, ein Metermaß, ein Teppichmesser ...
Brenner stellt die Teller in die Spüle und lässt das Wasser laufen. Er hört die Badezimmertür und dann die Schritte seiner Tochter. Sie ist leicht, wiegt weniger als fünfzig Kilo. Sie ist schlank und flink, jung und schön, eines der Mädchen, in die man sich leicht verliebt. Dieser David, der sah schon in Ordnung aus, denkt Brenner, kein Macho, kein ...
„Soll ich dir helfen?", fragt Jana.
„Nein, musst du nicht. Du hast gekocht, ich wasche ab. So haben wir das doch früher immer gemacht."
„Okay."
Pfeifend geht Jana Richtung Wohnzimmer. Brenner macht den Abwasch und ärgert sich über die 150 Euro, die er bezahlt hat. Hinter den Schubladen, so meinte Mr. Burgerladen, die 27 Bilder seien in einem vergilbten Umschlag an der Innenseite der Kommode gewesen, direkt hinter den Schubladen. Ob der Umschlag beschriftet gewesen sei, hatte Brenner den untersetzten, nach Selbstgerechtigkeit stinkenden Mann gefragt, ob vielleicht ein Brief dabei gewesen sei. Nein, kein Brief und auch nichts anderes, ein einfacher Umschlag und darin die Fotos. Und jetzt

bitte her mit dem Geld!

„Hättest du dem überhaupt was zahlen müssen?", ruft Jana aus dem Wohnzimmer. „Du hast auf dem Flohmarkt ja nur die Kommode verkauft und nicht die Fotos. Du hast ja nicht gewusst, dass da noch Fotos drin sind."

„Hätte ich ihn verklagen sollen?"

„Oder du hättest die Fotos einfach dort gelassen. Oma hätte das bestimmt nicht gestört."

„Aber mich hätte es gestört. Ich will nicht, dass die Bilder meiner Eltern als ironische Deko in irgendeinem Hipster-Laden hängen."

„Oma hätte es jedenfalls nicht gestört", wiederholt Jana. „Die würde sich sogar freuen … die würde sich geschmeichelt fühlen."

„Aber deinen Opa hätte es gestört. Und der ist auf den meisten der Bilder drauf."

Eine Pause tritt ein, Brenner poliert geduldig die Gläser. In den letzten Jahren hat er eine seltsame Abneigung gegenüber Kalkflecken entwickelt. Plötzlich wieder Jana:

„150 Euro, was für ein Arschloch!"

Kurz nach elf verlässt Brenner sehr leise die Wohnung. Jana sitzt im Gästezimmer vor ihrem Notebook und lacht mit einer Freundin. Fast eine Stunde haben sich Vater und Tochter unterhalten, dann wollte er mit ihr zusammen die 27 Schwarzweißbilder anschauen. Aber Jana meinte, sie wäre müde, ob man das nicht auf morgen verschieben

könne? Sie seien doch bestimmt etwas Besonderes, diese Bilder … da müsse man doch „so richtig wach“ sein beim Anschauen.
Okay, dann eben morgen.
Brenner holt sein Fahrrad aus dem Keller. Es ist leicht, er kann es mit einer Hand hochheben und die Treppe nach oben tragen. Vor der Haustür klemmt er die Lichter an, schwingt sich auf den Sattel und fährt in die warme, mit Geräuschen gefüllte Nacht der Großstadt.
Ein Kilometer, zwei Kilometer, drei Kilometer. Schnell ist Brenner, für ihn gelten keine Verkehrsregeln, er tritt so heftig in die Pedale, dass seine Oberschenkel schmerzen, er überfährt rote Ampeln, kürzt über den Bürgersteig ab und ignoriert Zebrastreifen. Früher, fast zwanzig Jahre ist es her, da hatte er immer seine Metallkralle dabei. Damit schlug er tiefe Schrammen in den Lack der Wagen, die ihm die Vorfahrt nahmen. Blitzschnell war ich damals, denkt Brenner, schnell und frei. Keine Verantwortung, kein Unrechtsbewusstsein, keine Selbstzweifel, Straßenkampf. Und während er immer härter in die Pedale tritt, während er den Schmerz in seinen Schenkeln noch steigert, wünscht er sich zwanzig Jahre zurück. Alles noch einmal, all die Chancen und all die Frauen, all der Spaß. Mehr, mehr, mehr würde er machen, besaufen würde er sich am Leben, seine Kralle würde er noch haben.
Während Brenner amüsiert erkennt, was für ein sentimentaler alter Esel er im Laufe der Zeit geworden ist, erreicht er auch schon „Burger wie bei

Muttern." Der Laden ist geschlossen, die Stühle sind hochgestellt … und eine winzige Frau mit buntem Kopftuch wischt den Boden.

Brenner fährt weiter, er fährt in die Richtung, aus der dieser Halsabschneider in seinem alten, himmelblauen Mercedes kam. 150 Euro! Er hätte dem Typen die Nase brechen sollen! Wie sagte gleich der Burgerbrater? Gleich um die Ecke … in fünf Minuten da. Brenner fährt einen Kilometer die Straße hinunter und beginnt dann, die Nebenstraßen abzusuchen. Pünktlich um Mitternacht hat er den Wagen gefunden, der Mercedes parkt schutzlos und frisch gewaschen am Straßenrand.

Okay, immer mit der Ruhe. Hundert Meter weiter stellt Brenner sein Fahrrad ab. Dann läuft er seelenruhig, mit federnden Schritten und den Händen in den ausgebeulten Taschen, zurück zu dem Mercedes. Er kniet sich hin, als wolle er seine Schuhe binden, und sticht eins, zwei, drei den rechten Vorderreifen ab. Dasselbe mit dem rechten Hinterreifen, drei schnelle Stiche mit dem langen, schlanken Klappmesser und schon neigt sich der Wagen pfeifend zum Bürgersteig. Brenner steht mit knackenden Knien auf, spaziert einmal um den Block und kehrt zufrieden grinsend zu seinem Fahrrad zurück.

Auf dem Nachhauseweg lässt er es ruhig angehen. Er hält, braver Bürger, der er ist, an mehreren roten Ampeln und sogar an einem dieser albernen Stoppschilder.

Gern geschehen.

Ende 1970

Ein Freudentag! Das Kind ist unterwegs, das erste Kind. Man hat Sekt getrunken und edel gegessen: Suppe, Fleischgericht und Nachspeise, fast vierzig Mark hat man bezahlt. Danach ins Kino und immer heraus mit dem Geld! Man lebt nur einmal und nicht schlecht dabei!

Jetzt sitzt Emma wieder in dem alten Haus, Karl ist auf Toilette. Che Guevara, Außerparlamentarische Opposition, Freie Liebe und Vietnam? Sie leben nicht auf der Rückseite des Mondes, diese Leute, natürlich haben sie von alldem gehört. Aber sie haben ihre eigenen Sorgen, sie wollen nicht die Welt verbessern, sie haben genug damit zu tun, ihr eigenes kleines Glück zu sichern. Schon seit Monaten will Karl seinen Chef – Karl ist Mechaniker in einer Fabrik, die Teile für Nähmaschinen herstellt – um eine Gehaltserhöhung bitten. Ängstlich schiebt er dieses monströse Vorhaben vor sich her, viermal hat er bereits vor dem Spiegel geübt. Und Emma, diese großgewachsene, nicht unattraktive Frau mit den weichen Gesichtszügen, macht sich Sorgen um ihren Mann. Sie weiß nicht, was sie davon halten soll, dass er überall diese Heiligenbilder und Bibelsprüche aufgehängt hat. Manchmal kommt er ihr vor wie ein altes, verbittertes Weib, das nur noch die Religion hat. Und dann ist da wieder dieser junge, optimistische Mann, der furchtbar charmant sein kann, wenn er nur in der richtigen Stimmung ist.

Ich müsste ihn irgendwie davon wegbringen, denkt

Emma, ich müsste sie ihm irgendwie vergällen, die Religion. Aber wie anstellen? Sie streicht sich über den Bauch und wiegt – er ist immer noch auf Toilette, ihm war ein bisschen schlecht nach dem Sekt und dem vielen Essen – eine ihrer schweren Brüste in der rechten Hand. Vielleicht wird es ja besser, wenn das Kind da ist, denkt sie.
Erst letzte Nacht hatte sie wieder überlegt, auf dem Sofa in der Küche zu schlafen. Lange, gruselige Gebete hatte ihr Mann gemurmelt: Herr, vergib uns … Herr beschütze uns … Herr, sei bei uns … Sie war mit ihrem Bettzeug die Treppe hinunter und durch den dunklen Flur gegangen, hatte sich erst auf das Sofa und schließlich auf die Eckbank gesetzt. Dann, es war kurz nach eins, war sie lauschen gegangen. Keine Gebete mehr, nur noch gleichmäßiges, leises Schnarchen.
Die Nacht in der Küche war ihr erspart geblieben.

4

Jana ist vor ihrem Vater aufgestanden, er hört sie eine ihm unbekannte (aber sehr angenehme) Melodie pfeifen und dazu mit dem Geschirr klappern.
Brenner liegt platt auf dem Rücken, hat die Decke ans Fußende geschoben und denkt daran, sich frei zu nehmen. Sowieso ist nicht viel zu tun, die Kollegen werden das Blatt auch ohne seine Hilfe füllen. Er könnte, so überlegt Brenner, während er sich den haarigen Bauch kratzt, seiner Tochter eine Entschuldigung schreiben, sie würden sich ins Auto setzen und irgendwo hinfahren. Früher wollte Jana immer in diese großen Vergnügungsparks, Phantasialand, Holiday-Park, Europapark, mit großen Augen und offenem Mund (ein breites Lächeln auf Brenners Gesicht, beim Gedanken an seine 8-jährige Tochter) stand sie vor den Achterbahnen, in die sie nicht hinein durfte. Ein kleines, ein unterernährt wirkendes Kind war Jana damals, eine halbe Portion … aber voller Leben. Erst nach der Scheidung legte sie an Gewicht zu und Brenner hatte sich mit dem lächerlichen Gedanken herumzuschlagen, dass vielleicht er der Grund dafür war, dass seine Tochter in ihren ersten neun Jahren nicht richtig wachsen konnte. War seine Nähe schädlich, giftig, hemmend? War sie ohne ihn …
Aufgestanden! Zu viel Denkerei, überhaupt zu viel Blödsinn im Kopf. Brenner schlüpft in seinen grünen, ein wenig ausgebleichten Morgenmantel und schlurft

Richtung Badezimmer. Als er sich zehn Minuten später an den gedeckten Frühstückstisch setzt, fragt ihn seine Tochter, wo er letzte Nacht gewesen sei.
„Ich wollte aufs Fahrrad, ich konnte nicht schlafen."
„Erzähl keinen Quatsch, du gehst doch nie vor zwölf ins Bett. Warst du im Puff?"
Sie sieht ihn herausfordernd an … mit ihren großen Mädchenaugen in dem noch weichen, noch kindlichen Gesicht. Nicht jetzt, denkt Brenner, nicht am frühen Morgen. Er gießt sich Kaffee ein und schaut aus dem Fenster.
„Ich habe genug davon, immer angelogen zu werden. Ich bin kein kleines Kind, das man schonen muss. Wenn du zu Nutten gehst, dann … "
„STOPP!", blafft Brenner seine Tochter an. „Ich war nicht im Puff, ich war seit über zehn Jahren nicht im Puff. Und das mit Elena ist meine Sache, das hat dich nicht zu interessieren. Ich frag dich auch nicht, was du mit diesem Typen aus dem Burgerladen machst, diesem David oder wie der heißt."
Sie lehnt sich zurück, vergrößert die Distanz, scheint ein wenig breiter zu werden, ein wenig an Masse zuzunehmen. Ihre Worte kommen ganz ruhig, herausfordernd ruhig.
„Dann sag mir doch einfach, wo du gestern Nacht noch warst."
Brenner lacht auf. Aber es ist ein unsicheres, brüchiges Lachen.
„Was bildest du dir ein, Jana? Ich bin dein Vater und wenn hier jemand jemandem Rechenschaft schuldig ist, dann du mir. Ich bin derjenige, der auf dich

aufpassen muss, nicht umgekehrt." Er schüttelt den Kopf. „Was denkst du eigentlich, wer du bist?"
Schweigen. Von draußen das Geplapper der Nachbarn.
„Warum kannst du mir nicht antworten?" Jana stellt ihre Frage ganz ruhig. „Warum kannst du nicht ehrlich sein?"
„Ich bin ehrlich", murmelt Brenner. Und ich will einfach nur in Ruhe frühstücken, denkt er.
„Das bist du nicht", antwortet Jana, „schon wieder lügst du mich an."
„Ich ..."
Etwas stockt, etwas blockiert. Brenner erstarrt, schaut ins Leere. Und dann, einer plötzlichen, ganz erstaunlichen Einsicht folgend, beginnt der große müde Mann zu erzählen. Drei Minuten Wahrheit, keine Ausflüchte, kein „Das geht dich nichts an". Brenner weiß nicht, wie Jana reagieren wird. Wird sie vielleicht gar stolz auf ihn sein? Wird sie sich freuen, einen Vater zu haben, der immer noch Mumm hat, der immer noch verbotene Dinge tut?
Aber sie schüttelt den Kopf, schaut ihn mit müden Augen an und lehnt sich im Stuhl zurück. Sie reagiert wie eine enttäuschte Mutter, die gerade erfahren hat, dass ihr dummes Kind schon wieder einen Klassenkameraden geschlagen hat.
„Warum machst du immer solche Sachen, Papa?"
„Ich mache nicht *immer* solche Sachen. Der Kerl hat mich um 150 Euro beschissen und dafür kann er sich jetzt eben neue Reifen kaufen. Ich ... "
Sie unterbricht ihn.

„Als ich sechs Jahre alt war hast du dich mit einem anderen Autofahrer geprügelt, ich musste das mitansehen, ich bin hinten im Auto gesessen und habe gehofft, dass dir nichts passiert. Ich habe total geheult und hatte Angst um dich. Du hast auch mal besoffen die Mülltonnen von den Nachbarn in Brand gesteckt, ich weiß, dass du das warst. Wem willst du eigentlich was beweisen mit deinen Aktionen?"
„Höchstens mir selbst", sagt Brenner. Seine Stimme ist leise, voller unterdrückter Aggressivität. Am liebsten würde er den Tisch umwerfen, die Wände eindrücken, etwas aus dem geschlossenen Fenster werfen ... die Mikrowelle vielleicht ... oder sich selbst.
„Und warum?"
„Soll das hier ein Verhör werden?"
Jana atmet aus, schaut auf die Tischplatte.
„Kannst du mir nicht einfach antworten?"
Brenner schüttelt den Kopf, sein Nacken verspannt sich. Er überlegt, ob er noch irgendwo Aspirin hat. Aber dann spricht er doch.
„Keine Ahnung warum. Manchmal brauche ich das einfach ... man muss sich eben wehren, man darf nicht alles einstecken. Mein Vater hat immer alles eingesteckt, hat sich immer klein gemacht und mitgespielt, ich ... ich wollte das eben ..."
„Wenn du nicht immer Mist bauen würdest, dann wären du und Mama noch zusammen."
Tief durchatmen. Ruhig bleiben. Halt deine großen Hände still, Brenner.
„Nein, das stimmt nicht. Daran lag es nicht",

verteidigt sich der in die Ecke gedrängte Mann. „Und stell mich nicht so hin, als wäre ich irgendein Gewohnheitsverbrecher. Ich gehe jeden Tag zur Arbeit, ich habe noch nie jemanden ernsthaft verletzt, ich zahle meine Steuern und … ach Scheiße! Ich weiß nicht, was deine Mutter dir alles über mich erzählt. Glaubst du, dass ich sie geschlagen habe oder was?"
„Das hat sie nie gesagt."
„Aber glaubst du es?"
„Keine Ahnung."
Schon fällt ihm nichts mehr ein. Schon sind die verfluchten Kopfschmerzen da, ein kleiner, pochender Muskel direkt hinter den Augen. Er schaut auf die Uhr über dem Küchentisch und steht auf. Schluss mit der Diskussion. Und nein, er hat sie nie geschlagen, nicht ein einziges Mal. Dutzende Ohrfeigen hat er im Laufe der Jahre kassiert … und nicht ein einziges Mal hat er zurückgeschlagen.
„Musst du nicht langsam los?", fragt Brenner seine Tochter.
Jetzt steht auch sie auf. Sie fängt an, das Geschirr zusammenzuräumen.
„Du hättest zumindest ein paar Tage warten können. Wahrscheinlich steht heute Nachmittag die Polizei vor der Tür."
„Ach Quatsch", ruft Brenner. Er lächelt seine Tochter an. „Mich hat niemand gesehen. Ich weiß ja, wie so etwas geht."
Er hofft, dass sie sein Lächeln erwidert. Aber sie schaut ihn nur traurig an. Misslungen, schon wieder misslungen.

„Und er weiß ja nicht, wie ich heiße", fügt Brenner zaghaft hinzu.

—

Zwei Stunden später unterbricht Brenner – Patsch! Schlag auf den Tisch! – seine Zeitungsarbeit. Er bittet Kollege Pitzke, ihn zu entschuldigen, und schon ist er, mit seinem Kaffee in der rechten Hand, einer zerschlissenen Ledermappe in der linken Hand, sowie einem entschlossen-grimmigen Ausdruck auf dem Gesicht, unterwegs in das von einigen Kollegen nur „Gruft" genannte Archiv. Der fensterlose Raum liegt vier Meter unter der Erde, ein staubiges Überbleibsel aus vordigitaler Zeit, einer der stillsten Orte, die Brenner kennt und außerdem angenehm kühl. Man könnte sterben dort unten, wochenlang würde man friedlich zwischen den Schränken liegen, ohne von den Lebenden behelligt zu werden. Einen großen, stinkenden Fleck würde man hinterlassen.
Brenner nimmt die Treppe, lächelt einer der Sekretärinnen zu, ignoriert das Vibrieren seines Smartphones, geht tiefer, tiefer, tiefer und erreicht die schwere Brandschutztür, hinter der sich das Papier stapelt. Ganz am Ende des Raumes, verdeckt von mannshohen Schränken aus fast schwarzem Holz, steht eine Missgeburt von Schreibtisch: schief und schmal, die unebene Tischplatte übersät von Schrammen, eines der dünnen Krummbeine fast einen halben Zentimeter über den Boden hebend.
Okay, erst mal ausgleichen …

Brenner faltet eine vergilbte Zeitungsseite und schiebt sie unter, dann zieht er einen Hocker heran, setzt sich und legt die Ledermappe auf den Tisch. Fast zwei Minuten sitzt er so da, bevor er die Mappe öffnet und die alten Schwarzweißfotos vor sich ausbreitet. Auf der alten Glühbirne, die schutzlos von der Decke baumelt, schmort der Staub – ein trockener, leicht bitterer Geruch. Es ist Wochen her, dass jemand hier unten war.

Wieder vibriert das Smartphone, Brenner windet es aus seiner Hosentasche und schaltet es ab. Man müsste einen Kanarienvogel mitnehmen, denkt er, ... wer weiß schon, wie viel Sauerstoff noch in diesem Raum ist. Wie die Bergleute damals, wenn der Vogel von der Stange fällt, dann nichts wie raus. Vielleicht, so überlegt Brenner weiter, können sich in einem ungenutzten, schlecht gelüfteten Raum schädliche Gase sammeln, Ausdünstungen der vergilbten, mit Lügen, Halbwahrheiten und Belanglosigkeiten gefüllten Zeitungen. Und woraus besteht eigentlich Druckertinte?

Brenner schmunzelt über seine Paranoia und beugt sich über die Fotografien. Zwölf der 27 Bilder zeigen Brenners Vater, einen jungen, schlanken, nicht besonders schönen Mann in ordentlicher Kleidung und mit ernstem Gesichtsausdruck. Auf drei Bildern steht ein großer, dunkler Hund neben ihm, auf vier Bildern posiert der Vater zusammen mit Menschen, die Brenner ebenso wenig kennt wie den Hund.

Überhaupt weiß er so gut wie nichts über die Vergangenheit seiner Familie, seine Großeltern väterlicherseits hat Thomas Brenner nicht kennengelernt, sie starben noch vor seiner Geburt. Was er aber weiß: dass es vor ihm ein anderes Kind gab, ein Mädchen, das im Alter von nicht einmal zwei Jahren an einem Darmverschluss starb.

Brenner lehnte sich zurück und versucht, sich an den Namen seiner Schwester zu erinnern, sie müssen ihn doch erwähnt haben! Aber die Namen, die ihm einfallen, sind albern und falsch, Produkte seiner Vorstellungen darüber, wie Mädchen früher hießen. Wieder einmal empfindet Brenner leisen Hass auf seine Eltern. Warum mussten sie ihr Kind, das doch sowieso tot war, auch noch totschweigen? Konnten sie nur so mit dem Verlust leben? Sie zogen ja auch aus dem alten Haus, in dem die Kleine – Marlene? Hieß sie Marlene? Marie vielleicht? – aufwachsen sollte, in die Dreizimmerwohnung, in der er, das zweite Kind, der Ersatz, den Großteil seiner ersten 18 Jahre verbrachte.

Mit einem langgezogenen Stöhnen legt Brenner die Bilder seines Vaters beiseite. Er dreht den Kopf und blickt starr zwischen die Regale ... als hätte er die Anwesenheit eines Phantoms gespürt, als hätte er die Ausdünstungen eines fremden Körpers gewittert.

Gut, weiter.

Sechs der verbliebenen 15 Bilder sind Landschaftsaufnahmen und die Landschaft wirkt mediterran. Brenner weiß, dass sein Vater in seinem Leben nur ein einziges Mal einen längeren Urlaub gemacht hat, seine Mutter hat es ihm erzählt. Mit dem VW Käfer ist er hinunter nach Italien gefahren, irgendwann in den Fünfzigern. Entstanden diese Bilder in diesem Urlaub? Sind das Mittelmeer-Zypressen auf diesem unscharfen Foto?

Die letzten neun Bilder, die Bilder, die noch nicht säuberlich zu Stapeln geschichtet sind, verwirren Thomas Brenner. Sie zeigen die menschenleeren Zimmer des alten, am Rande eines 600 Seelen-Dorfes gelegenen Hauses, aus dem seine Eltern kurz nach dem Tod ihres ersten Kindes auszogen. Brenner kennt das Haus, seit dem Tod seines Vaters vor sechs Jahren fährt er einmal im Monat hinaus, um nach dem Rechten zu sehen. Der Wunsch Karl Brenners, hundertmal wiederholt, sogar noch auf dem Sterbebett: Das Haus müssen wir behalten, das gehört zur Familie.

Bisher respektiert Brenner den Wunsch seines Vaters, irgendwann wird er das Haus aber doch verkaufen, das leere Gehäuse zu Geld machen, bevor es knirschend in sich zusammensackt.

Welchen Grund mag sein Vater, so überlegt Brenner, während der wieder und wieder die Bilder durchgeht, dafür gehabt haben, die menschenleeren Zimmer zu fotografieren? Hat er vielleicht doch mit dem Gedanken gespielt, das Haus zu verkaufen? Wollte er eine Anzeige mit Fotos aufgeben? Ach Quatsch, viel zu teuer so etwas … für einen Geizhals wie ihn.

Brenner dreht die Bilder um, auf den Rückseiten sind blasse Stempel eines Fotoateliers, komplett mit

Datum und Adresse. Die Bilder der Zimmer wurden 1965 aufgenommen, noch vor der Hochzeit, noch bevor sich Brenners Eltern überhaupt kannten ... aber da ist er sich schon nicht mehr sicher.
Als er ein weiteres Mal die Bilder betrachtet – eines nach dem anderen, jedes rund eine Viertelminute – da bleibt Thomas Brenners Blick an einer der Aufnahmen hängen. Zusammen mit einem schüchtern lächelnden Mädchen steht Karl Brenner in einem Garten. Im Hintergrund sind gestutzte Büsche zu erkennen und Obstbäume mit schwerer Frucht, mehrere Blumenbeete und eine große Schubkarre mit Holzrad. Brenners Vater trägt Anzug und Krawatte, schaut ernst aber nicht unglücklich in die Kamera und hält einen zerknautschten Hut in der rechten Hand.
Aber es ist noch etwas auf dem Bild. Brenner reckt den Kopf, nähert seine schmalen, von wulstigen Lidern umgebenen Augen dem Schatten, den er entdeckt hat. Links hinter seinem Vater, im Gewirr der Blätter, Äste und Früchte, da ist etwas Verschwommenes, etwas Geisterhaftes, etwas, das wie ein aufrecht stehender Mensch aussieht. Brenner runzelt die Stirn und glaubt an Einbildung, er legt das Bild weg, lehnt sich zurück und schließt die Augen. Nach zehn Sekunden ein weiterer Versuch und ... ja, sie ist immer noch da, diese verschwommene, geisterhafte Gestalt, nun noch deutlicher als zuvor.

Er wird Ärger bekommen … aber das ist ihm gleich. Ärger kommt und Ärger geht. Fast zwei Stunden hat Brenner im Archiv verbracht, gebeugt über alte, schon ganz ausgeblichene Schwarzweißfotos, vor Anspannung zitternd und nicht fähig, die Füße stillzuhalten, eingezwängt zwischen Tonnen von Papier in einem fensterlosen, nach Vernachlässigung riechenden Zimmer.
Bin ich verrückt?, fragt er sich, bilde ich mir etwas ein? Auf sieben weiteren Fotos glaubt er, eine geisterhafte Gestalt erkannt zu haben, auf zwei Bildern hat er sogar Gesichtszüge ausgemacht.
Nein, nicht verrückt! Da ist etwas! Zielstrebig, konsequent, mit festen, ausholenden Schritten, steuert Brenner auf das Zimmer der Bildredaktion zu, die Ledermappe mit den Fotografien hält er wie eine Kostbarkeit, eingeklemmt unter seinem fleischigen Oberarm, seine lächerlich große, an einen tönernen Bierkrug erinnernde Kaffeetasse hat er im Archiv vergessen.
Tür auf ohne anzuklopfen.
„Kannst du mir einen Gefallen tun?“
Der Kollege, ein Pfeife rauchender Routinier namens Manfred-Maria Schächtele, schon seit über dreißig Jahren dabei, dreht sich schwungvoll um. Auf dem 32″-Bildschirm, hinter dem Schächtele gut gelaunt seine Arbeitstage absitzt, brennt gerade ein Haus ab. Brenner weiß, um welches Haus es sich handelt, er hat den Artikel redigiert.
„Ich brauche deine Hilfe, Manfred.“
„Immer mit der Ruhe, mein lieber Thomas. Worum

geht es denn?“
Brenner zieht acht Bilder aus der Mappe, patscht sie auf den großen, eierschalenfarbenen Schreibtisch.
„Kannst du die für mich einscannen?“
Als Schächtele nach den Fotos greift, streckt er seine rote, knotige Nase vor … als hoffe er, etwas zu erschnüffeln.
„Klar, aber warum …“
„Und kannst du mir zeigen, wie man etwas deutlicher herausholt?“
Mit geübtem Daumen blättert der Bildredakteur die Bilder durch.
„Immer mit der Ruhe, Thomas. Was meinst du mit ‚deutlicher herausholen‘?“
„Okay, hör zu. Wenn auf Fotos etwas blass und verschwommen ist, wenn man etwas nicht gut erkennt, wie kann man das deutlicher machen?“
„Nun ja, einscannen, Kontrast anheben und dann …“
„Warte!“ Brenner räumt einen Stuhl frei, setzt sich neben seinen Kollegen. „Zeig mir, wie das geht.“
„Ja, gleich. Immer mit der Ruhe, Thomas.“
„Sag nicht dauernd ‚Immer mit der Ruhe‘, zu mir, okay?“
„Ja-ja, nur keine Hektik.“
Schächtele zieht eine Schublade seines Schreibtisches auf. In einer Schale aus Messing liegen drei schöne, gekonnt gerollte Joints. Er nimmt einen heraus und wedelt damit vor Brenners großer, ein wenig schiefer Nase. „White Russian, beste Qualität. Steckt pfundweise Liebe drin.“
„Willst du mir das Zeug verkaufen?“, fragt Brenner.

„Wenn nicht, dann hör auf Werbung dafür zu machen. Zeig mir einfach, wie das mit den Bildern geht. Es ist wichtig. Wir können später was zusammen rauchen."

—

„Schaust du dir Pornos an?"
Brenner sitzt vor seinem Notebook. Er hat nicht gehört, dass seine Tochter hereingekommen ist. Ihre Frage klingt eher gelangweilt als neugierig.
„Nein, ich schaue mir KEINE Pornos an", ruft Brenner. „Ich gehe nicht in den Puff und ich schaue mir auch keine Pornos an. Aber ich hätte das Recht, mir den ganzen Tag lang Pornos anzuschauen", murmelt er weiter. „Ich bin ein erwachsener Mann."
Jana hat kaum gehört, was ihr Vater gesagt hat. Sie zieht ihre Jacke und ihre Schuhe aus, kommt ins Wohnzimmer und stellt sich hinter ihn.
„Du riechst nach Gras."
„Na und?"
Sie lehnt sich vor, schaut auf den Monitor.
„Warum hast du das eingescannt?"
Er antwortet ihr nicht. Wie gebannt starrt er auf eines der Bilder seines Vaters. Er fragt sich, ob Jana ihn auch sieht, den durchsichtigen Mann im Hintergrund. Der kiffende Bildredakteur, er hat ihn gesehen.
…
„Ich geh mal was zu Essen machen."
„Jana, warte. Schau auf den Bildschirm."

Sie beugt sich über das Notebook.
„Ja klar, das ist Opa. Sonst noch was?"
„Schau bitte genauer hin."
Brenner vergrößert das Bild, zoomt auf den Oberkörper der Gestalt im Hintergrund. Das Alter des Mannes kann Brenner nicht schätzen, zu verschwommen sind die Gesichtszüge. Er glaubt, einen Schnurrbart und dunkles Haar zu erkennen.
Plötzlich Jana:
„Scheiße, was ist das denn? Da steht einer direkt hinter Opa."
„Dann siehst du ihn auch?"
„Natürlich seh ich ihn. Da steht einer."
Brenner schließt das Bild, ruft ein anderes auf. Sein Vater, zusammen mit dem schwarzen, zotteligen Hund, vor einem langen, hölzernen Tor, das Thomas Brenner nie zuvor gesehen hat.
„Schau. Hier ist er auch, dieser Mann."
„Wo?"
„Rechts neben meinem Vater. Er trägt Hut und Anzug."
Brenner zoomt ins Bild.
„Erkennst du seine Hand? Dieser weiße Fleck hier, das ist die Hand des Mannes."
„Okay …"
„Und das ist sein Gesicht." Er tippt mit dem Zeigefinger auf den Monitor. „Siehst du es?"
„Ja-ja, ich sehe es. Da läuft es einem ja eiskalt …"
„Warte!"
Brenner schließt auch dieses Foto. Er ruft ein Bild namens „Altes_Haus_3" auf.

„Weißt du, wo das ist?“
„Das ist der Flur in Opas Haus, links geht es zur Küche.“
„Zum Wohnzimmer“, korrigiert Brenner. „Schau genau hin … dort, am Ende des Flurs.“
Erst sieht Jana ihn nicht, sie braucht einige Sekunden, um die Umrisse des menschlichen Körpers auszumachen. Ihr ist unwohl beim Anblick der dünnen, aufrechten Gestalt, leise stöhnt sie auf.
„Warum zeigst du mir das, Papa, willst du mir Angst machen?“
Brenner zoomt ins Bild.
„Nein, natürlich nicht. Ich will nur sichergehen …“ Er beendet den Satz nicht.
„Soll das ein blöder Witz sein? Hast du irgendwas gemacht mit den Fotos?“
„Nein, ich … warte mal. Hast du auch den Eindruck, dass dieser durchsichtige Mann einen Schnurrbart hat … so einen ganz dünnen?“
„Ich kann das nicht erkennen.“
„Es ist immer derselbe Mann“, murmelt Brenner. „Auf acht Bildern ist er drauf. Immer derselbe Mann, immer im Hintergrund … als ob er meinen Vater verfolgen würde.“
„Warum zeigst du mir das, Papa?“
Brenner löst seine Augen vom Bildschirm. Er dreht sich zu seiner Tochter um.
„Ich dachte, es interessiert dich vielleicht. Außer-dem bist du hereingekommen und …“
„Das ist verdammt unheimlich.“
„Du bist kein Kind mehr, Jana.“

Sie dreht sich ruckartig um und läuft Richtung Küche. Brenner brüllt ihr hinterher:
„GLAUBST DU AN GESPENSTER? KANNST DU JETZT NACHTS NICHT MEHR SCHLAFEN?“
Zehn Minuten später entschuldigt er sich bei seiner Tochter. Er nimmt sie in den Arm und streichelt ein wenig ungeschickt ihr dichtes dunkles Haar. Würde sie es nach oben binden, denkt Brenner, sie könnte Gold und Diamanten darin verstecken. Und dann: Sie riecht wie ihre Mutter, genau wie ihre Mutter, wahrscheinlich benutzen sie das gleiche Shampoo.
„Hast du eine Idee, wer dieser durchsichtige Mann ist?“, fragt ihn Jana.
„Nein … nicht die geringste.“

—

Als Brenner vier Stunden, zwei Zigaretten und ein schweres Abendessen später in seinem großen, auf alten Europaletten ruhenden Bett liegt, ist er derjenige, der nicht schlafen kann. Er denkt an den durchsichtigen Mann, er überlegt, in welcher Beziehung sein Vater zu dieser Erscheinung stehen könnte. Und er ärgert sich darüber, dass er selbst anfängt, an Gespenster zu glauben … gerade hat er sich im dunklen Raum umgeschaut, als befürchte er sich von Ungeheuern umstellt. Wenn da ein geisterhafter Mann auf den Fotos ist – so weist Brenner sich zurecht–, dann deshalb, weil jemand ihn in die Fotos hineinmontiert hat. Es ist überhaupt nichts Unheimliches an der Sache! Aber wer sollte so etwas tun?

Und aus welchem Grund?
Verschwitzt und verärgert steht Brenner auf, es ist schon kurz vor drei. Leise, mit kleinen, tapsenden Schritten geht Brenner in die Küche und seine großen feuchten Füße hinterlassen Spuren auf dem Parkett. Ein Silberfisch flüchtet unter die Geschirrspülmaschine und aus dem Wohnzimmer dringt leises, gleichmäßiges Schnarchen. Es tut ihm gut, die Geräusche seiner Tochter zu hören, er ist froh, nicht alleine zu sein in der kahlen Wohnung. Wenn sie ihn doch nur fragen würde, so überlegt er, wenn sie ihn doch nur fragen würde, ob sie bei ihm bleiben dürfe. Sie ist alt genug, sie sollte selbst entscheiden dürfen.
Brenner klappt sein Notebook auf und starrt, schon während das Betriebssystem hochfährt, auf den matt glänzenden Bildschirm. Als der Begrüßungsjingle ertönt, geht sein dicker Finger zur schlanken Mute-Taste, dann nimmt er sich eines der Schwarzweißfotos, dreht es um und versucht, im fahlen Licht des Bildschirmes den schon ganz verblassten Stempel zu entziffern.
Nach einer halben Minute ist er sich sicher: David Seis, Fotoatelier, Kernweg 36. Ort und Postleitzahl allerdings sind nicht zu erkennen. Brenner sucht im Netz, er findet Seis nicht. Aber er findet in einer Kleinstadt, ganz in der Nähe des Elternhauses seines Vaters, den Kernweg 36. Kein Foto-, nein, ein Nagelstudio namens „Hollywood Nails“ ist in dem Gebäude. Brenner notiert sich die Telefonnummer und tapst zurück ins Bett. Die Schlafzimmertür lässt er offen, er will die Geräusche seiner Tochter hören.

1977

Der Junge ist viereinhalb Jahre alt, und er ist gesund. Seit einem halben Jahr bindet ihm seine Mutter morgens um acht die Schuhe, bringt ihn in den Kindergarten und holt ihn zum Mittagessen wieder ab. Sie musste hart darum kämpfen, den Jungen in den evangelischen Kindergarten zu schicken, sie will ja, dass er mit Gleichaltrigen zusammen ist. Was ihr Mann dagegen hatte? Ganz genau weiß sie es nicht. Denkt er, sein Sohn wäre schlechtem Einfluss ausgesetzt? Will er, dass sie den ganzen Tag zu Hause bleibt und sich um das Kind kümmert? Nur einmal hat sie angedeutet, sich vielleicht eine Arbeit zu suchen … und er hat fast zwei Tage nicht mit ihr gesprochen.
Überhaupt: Die Wohnung ist vermintes Gebiet. Er spricht kniend seine Gebete, sie macht das Radio an. Er hängt seine Reliquien und Bibelsprüche auf, sie hängt sie zitternd, voller Angst vor seiner Reaktion, wieder ab und legt sie in die Schublade. Zumindest ist er nicht brutal, denkt sie, zumindest schlägt er nicht … und wir haben ja auch gute Zeiten, dann lacht er mit mir, dann ist er ein ganz normaler Mensch.
Fast jeden Abend liest der Vater – sie hasst es, aber was kann sie schon dagegen tun? – seinem Sohn aus der Heiligen Schrift vor. Der Junge erkennt das Zwanghafte daran, er sträubt sich gegen die abendliche halbe Stunde, will fort, will zu seinen Spielsachen, und will, dass der Vater, den er doch auch

liebt, das Zimmer verlässt und nicht wiederkommt.
Der Vorleser wiederum spürt den Unwillen des Jungen, spürt ihn ganz deutlich ... und dann, dann wird er wütend, springt mit rotem Kopf auf und läuft in dem engen Kinderzimmer umher, während sein Sohn mit eingezogenen Schultern an seinem kleinen gelben Schreibtisch sitzt.

Einmal, Wochen ist es her, hat Karl Brenner grob die Hände seines Jungen gepackt und sie hart auf die Seiten der schweren, in schwarzes Leder gebundenen Bibel gepresst. Thomas hat seine kleinen Hände so halten müssen ... als würde sich das Geschriebene vom Papier lösen und durch die Haut dringen. Und der Vater ist dicht hinter ihm gestanden, hat dem Jungen die eigenen Hände auf die Schultern gelegt, Hände, die für einen erwachsenen Mann nicht groß waren, die aber die schmalen Schultern des Kindes vollständig bedeckten.

Fast zwei Minuten hatte sie gehalten, diese seltsame Konstellation, die Hände des Vaters auf den Schultern des Jungen und die Hände des Jungen auf dem alten Buch. Der Vierjährige hatte das schnelle Atmen gehört und die Wärme des vor Wut bebenden Körpers gespürt ... und dann hatte er leise zu weinen begonnen.

Erst als sein Vater, der schimpfend das Zimmer verlassen hatte, nicht mehr zu hören war, hatte Thomas es gewagt, die Hände von der aufgeschlagenen Bibel zu nehmen.

Am nächsten Morgen, auf dem Weg zum Kindergarten, vertraute er sich seiner Mutter an.

5

Als es vor rund einem Jahr nicht mehr ging, als Brenners Mutter kurz nach ihrem 78. Geburtstag anfing, den Herd anzulassen und Schmutzwäsche im Backofen zu schichten, als sie die irritierten Nachbarn geheimnistuerisch nach ihren Geburtsorten fragte und die Toilette mit Hausmüll verstopfte, da kamen – er hatte sich wirklich informiert, er hatte sich wirklich angestrengt – zwei Heime in Betracht. Eines lag weit außerhalb der Kleinstadt, in der Emma Brenner fast vierzig Jahre gelebt hatte. Idyllisch gelegen war es, umgeben von Feldern, Wäldern, Wiesen und Weihern … und Brenner hatte sich eingebildet, seine nach wie vor unternehmungslustige Mutter könne irgendwo in dieser Idylle zu Tode kommen. Weggelaufen und in freier Natur erfroren, verdurstet, in einen Graben gestürzt, was auch immer. Wie ein rollstuhlgerechtes, in freundlichen Farben gestrichenes Gefängnis war ihm das katholische Heim vorgekommen, fehlte nur noch das Hinweisschild: Weglaufen zwecklos. Punkt. Keine Zivilisation im Umkreis von dreißig Kilometern. Punkt. Niemand wird dir helfen. Punkt.

Das andere Seniorenheim (sie nennen es nicht so, sie nennen es „Residenz“), das, für das sich Thomas Brenner letztlich entschieden hat, liegt inmitten eines Neubaugebietes, vor den Häusern parken Kombis, SUVs und Minivans, auf den verkehrsberuhigten Straßen spielen Kinder Fußball und einmal im Jahr veranstaltet das Heim ein großes Straßenfest mit Musik, Bratwurst und Tombola. Die Heimbewohner sollen Teil der Nachbarschaft sein, so das Konzept. Und trotzdem hat Brenner, sobald sich die große, automatische Glastür hinter ihm schließt, zuverlässig das Gefühl, eine andere Welt zu betreten. Ein Zwischenreich ist das Heim, ein nach Desinfektionsmitteln riechender Ort für diejenigen, die in der Welt keinen anderen Platz mehr haben, eine „Verwarteeinrichtung."

Brenner parkt eine Straße weiter, vor dem Pflegeheim ist nichts mehr frei. Es ist Samstag und die Familien besuchen ihre Alten.

„Willst du Oma wirklich die Bilder zeigen?", fragt Jana. Vater und Tochter sitzen im aufgeheizten Auto, Brenners Passat ist Baujahr 92 und hat keine Klimaanlage.

„Hast du Angst, dass sie sich aufregt?", fragt er zurück.

Jana öffnet die Tür und stellt ihren rechten Fuß auf die Straße. Sie trägt Flip-Flops und Brenner hat ihre blau lackierten Zehennägel bemerkt.

„Weißt du noch, als du das Foto von Opa abnehmen musstest, weil sie Angst vor ihm hatte?"

„Sie hatte keine ... keine richtige Angst, sie hat ihn bloß nicht erkannt und wollte nicht das Bild eines fremden Mannes in ihrem Zimmer haben. Zwei Wochen später hat sie es selbst wieder aufgehängt. Du weißt doch, wie sich ihr Zustand ändert, an einem Tag kann man fast normal mit ihr reden, am nächsten denkt sie, ich wäre ihr Großvater." Brenner wischt sich den verschwitzten Hals, fächelt sich mit der flachen Hand Luft zu. „Dich nennt sie ja ab und zu Patricia, so hieß ihre Schwester. Sie hat keine Angst, sie bringt nur alles durcheinander."

„Was hoffst du, dass sie dir sagt?"

Brenner atmet tief ein und wieder aus.

„Puh, keine Ahnung. Vielleicht kennt sie die Fotos, ihr Langzeitgedächtnis funktioniert ja einigermaßen … meistens zumindest."

„Du glaubst also, dass sie diesen durchsichtigen Mann im Hintergrund kennt?"

„Lass uns hineingehen und es herausfinden."

Als Vater und Tochter die große, mit hellen Holzmöbel ausgestattete Wohnküche betreten, läuft laute, aufdringliche Volksmusik.

„Was für ein Scheiß", flüstert Jana, ihr Vater nickt lächelnd. Seine Mutter hört Abba und die Beatles, auch Elvis und Peter Kraus, aber die Pflegekräfte sind der Ansicht, jedem über Siebzig nur noch Schlager und Volksmusik zumuten zu können. Brenner geht zum CD-Spieler und dreht die Musik leiser. Zwei Pflegerinnen und vier Bewohner sind im Raum, niemand protestiert. Jana hat sich bereits zu ihrer Großmutter gesetzt.

„Hallo Oma. Alles gut bei dir?"

Die schmale, schlicht gekleidete Frau schiebt langsam, mit einem milden Lächeln, ihre randlose Brille nach oben. Brenner hält Abstand, mit zwei gleichzeitig auftauchenden Personen, so weiß er aus Erfahrung, ist seine Mutter überfordert.

„Hallo, meine Beste. Welcher Tag ist denn heute?"

Leise stöhnt Brenner auf. Seine Mutter hat wieder diesen Feine-Leute-Tonfall, mit dem sie ihre Verwirrung zu überspielen versucht. Er kennt ihn gut, diesen Tonfall.
„Es ist Samstag", antwortet Jana. „Wie geht es dir, Oma?"
Sie hält der Enkelin ihre faltige Hand hin.
„Man erkennt es möglicherweise an der Haut. Ich bin nicht mehr sehr jung."
„Du bist ja auch meine Oma. Omas sind nie sehr jung. Aber ich finde, du hast immer noch sehr schöne Haut."
Ein Strahlen auf dem schmal gewordenen Gesicht. Für Komplimente ist sie empfänglich, viel zu wenige hat sie in den vierzig Jahren ihrer Ehe bekommen.
„Ich bin deine Enkelin, Jana ... die Tochter von Thomas, deinem Sohn."
„Ach, der Thomas. Er hatte ja immer so viele Schwierigkeiten, der Junge. Ist er denn auch dabei?"
Jetzt tritt Brenner an den Tisch. Er beugt sich zu seiner Mutter, will ihr einen Kuss auf die Wange geben. Aber sie weicht erschrocken zurück.
„Mama, ich bin es. Erkennst du mich?"
Sie streckt ihm ihre Hand hin und er nimmt sie. Sie drückt seine große Hand wie die eines Fremden.
„Entschuldigen Sie meine Aufmachung", flüstert sie. „Es ist sehr privat hier, man hat nicht viel Umgang. Trotzdem hat dieser Ort natürlich seine Vorteile."
„Du sieht gut aus, Mama. Du bist nur ein bisschen dünn. Isst du auch genug?"
Emma Brenner wendet sich an ihre Enkelin: Wer

denn der freundliche Mann sei, er komme ihr „ja sehr bekannt“ vor.
„Das ist doch dein Sohn, der Thomas“, flüstert Jana verschwörerisch zurück. „Er hat ein bisschen zugenommen, deshalb erkennt man ihn nicht so gut.“
„Ach so“, flüstert Emma Brenner, „er ist dick geworden.“ Und dann, an ihren Sohn gewandt:
„Nimm doch Platz, es ist ja immer angenehm, wenn man Besuch bekommt. Leider kann ich nicht viel anbieten, was wiederum an den Vorräten liegt.“
Brenner setzt sich. Der Stuhl quietscht auf dem hellblauen Linoleum. Einer der anderen Bewohner, ein untersetzter Mann in einem kirschroten Rollstuhl, klopft mit den Knöcheln auf die Tischplatte und stimmt aus voller Brust „Hoch auf dem gelben Wagen“ an. Aber noch bevor er beim Schwager ist, verstummt er wieder, fällt zurück in seine Gedanken.
Brenner wischt sich den Schweiß von der Stirn.
„Du siehst wirklich dünn aus, Mama. Ich glaube, du hast abgenommen.“
„Findest du? Denkst du, dass es im Bereich des Möglichen liegt?“
„Ja, du siehst mager aus. Bald passen dir deine Klamotten nicht mehr.“
Emma Brenner winkt ihren Sohn heran, nähert ihre Lippen seinem Ohr. Ihr Atem riecht schal, als hätte sie lange nichts zu sich genommen.
„Es gibt ja nicht jederzeit Mahlzeiten“, flüstert sie. „Sie wirtschaften sehr genau in letzter Zeit. Man möchte ja nichts vergeuden in diesen schweren Zeiten.“

„Was für schwere Zeiten denn?“, fragt Brenner.
„Na man hört doch so viel! Überall wird doch rationiert! Informierst du dich denn überhaupt nicht?“
„Okay, Mama, ich werde mal mit denen reden.“
Auf einmal wirkt die alte Frau panisch, schaut ihn flehend, mit weit aufgerissenen Augen an.
„Aber nicht, dass du Schwierigkeiten mit den zuständigen Behörden bekommst. Es gibt nämlich Anlaufstellen, an die man sich sehr genau wenden muss. Über die genauen Formulare weiß ich leider nicht Bescheid, da musst du dir selbst behilflich sein. Aber wirklich, nicht dass wir hier Schwierigkeiten bekommen, man muss alles sehr genau abwägen.“
Jana lehnt sich zu ihrer Großmutter, nimmt die Hand der 79-jährigen. Vor rund zwei Jahrzehnten, bevor sie innerhalb eines Jahres weiß wurde, hatte Emma Brenner noch Janas Haarfarbe, ein sehr dunkles Kastanienbraun.
„Dein Sohn kennt sich schon aus“, flüstert Jana. „Der weiß, mit wem er sprechen muss. Mach dir keine Sorgen, Oma.“
„Meinst du?“
„Ja wirklich, der kennt sich aus.“
Eine Schwester läuft vorbei, Brenner nickt ihr zu. Am Nebentisch zieht ein Mann den Rotz hoch und spuckt in den Suppenteller, der vor ihm steht.
„Es gibt aber noch etwas“, flüstert Brenners Mutter. „Ein Sache, die beredet werden muss.“
„Was denn?“, fragt Brenner. Seine Stimme klingt gereizt, dieser geheimnistuerische Ton geht ihm

furchtbar auf die Nerven.
„Wenn ich nicht da bin …“, beginnt Emma Brenner. Und dann, in strengem Ton und mit erhobener Stimme: „Hörst du mir zu?“
„Ja, Mama. Ich höre dir zu.“
„Wenn ich nicht da bin, dann klopfen bisweilen Leute an mein Fenster. Es könnte sein, dass ich gesucht werde in meiner Abwesenheit.“
Er atmet durch, drückt die Hand der alten Frau. Das mit den Leuten, die an ihr Fenster klopfen, das hat sie schon so oft erzählt. Mittlerweile hat er es aufgegeben, über ihre Worte nachzudenken.
„Hör mal, Mama. Wenn dich jemand sucht, dann muss derjenige sich vorne an der Rezeption melden. Dort wird ihm dann gesagt, wohin er gehen muss und an wen er sich wenden muss.“
„Sind so die Regeln?“
„Ja, so sind die Regeln, das läuft hier alles nach bestimmten Regeln ab. Schließlich muss alles sein Ordnung haben.“ Brenner schiebt seinen Stuhl zurück. „Ich komm gleich wieder, ich werde mal mit einer von den Schwestern reden. Die müssen darauf achten, dass du genug isst.“
Plötzlich, mit einer schnellen, ansatzlosen Bewegung, packt Emma Brenner den Arm ihres Sohnes. Plötzlich einer dieser seltenen klaren Momente, plötzlich spricht sie so, wie sie immer gesprochen hat, nicht mehr mit dieser lächerlichen Feine-Leute-Stimme.
„Thomas, eine Mutter sollte sich Sorgen um ihren Sohn machen, nicht umgekehrt. Verlass dich darauf,

ich esse, wann immer ich Appetit habe."
„Ach, Mama …"
Er lässt sich zurück auf den Stuhl fallen. Ihm steigen die Tränen in die Augen und rasch senkt er den Blick. Ungeschickt, mit zitternden Fingern und zugeschnürtem Hals, fischt er die Fotos aus seiner Tasche. Es sind acht, es sind diejenigen, auf denen er einen durchscheinenden Mann erkannt hat. Er hat die Bilder digitalisiert, nachbearbeitet und an einem Automaten im Drogeriemarkt ausgedruckt. Deutlich ist auf den Bildern die geisterhafte Gestalt zu erkennen, der durchscheinende, altmodisch gekleidete Begleiter seines Vaters. Jetzt ganz behutsam, auf keinen Fall die alte Frau erschrecken.
„Okay, Mama … schau mal. Ich habe Fotos von Papa und vom eurem alten Haus gefunden. Willst du sie dir ansehen?"
Sie winkt ab. „Ach, die alten Geschichten."
„Vielleicht nur ganz kurz, Mama. Guck mal, auf den Bildern ist ein Mann, den ich noch nie gesehen habe. Vielleicht weißt du ja, wer das ist." Brenner breitet die Bilder auf dem Tisch aus. „Man erkennt diesen Mann leider nicht so gut, er ist ein bisschen verschwommen."
Emma Brenner rückt ihre schmale Brille zurecht, streckt das Kinn vor und beugt sich über die Fotos. Sie zeigt auf Karl Brenner, verstorbenen ihren Mann. 1969 haben sie geheiratet, 1971 kam die Tochter zur Welt und 1972 starb sie. Ein Jahr später wurde der Junge geboren, der nun, fast hundert Kilogramm schwerer und mit Querfalten auf der Stirn, zu ihrer

linken sitzt.
„Mit ihm habe ich zusammengelebt“, sagt Emma Brenner sehr leise, „erst in einem Haus und dann in einer Wohnung. Er ist gestorben und ich war auf der Beerdigung. Danach haben wir Kuchen gegessen.“
„Genau. Vor sechs Jahren ist Papa gestorben. Erkennst du auch den anderen Mann?“
Emma Brenner lehnt sich zurück. Sie schüttelt den Kopf.
„Es ist ein Schlamassel mit den Worten. Findest du nicht auch?“
„Lass dir Zeit, wir haben keine Eile.“
Sie scheint zu überlegen. Dann nimmt sie eines der Bilder und faltet es in der Mitte. Die beiden Männer sind verschwunden, umgeklappt. Sie legt das Bild auf den Tisch, richtet es exakt zur Kante aus und nimmt sich das nächste.
„Was machst du da, Mama?“
Sie nickt ihm zu, faltet lächelnd das nächste Bild.
„Mama, warte mal.“ Brenner greift nach dem Foto, will es ihr wegnehmen. Aber sie fährt ihn an: „LASS MICH!“
Und da lässt er sie. Müde lehnt Brenner sich zurück und sieht seiner Mutter zu. Sie faltet alle acht Bilder, fährt jeden Falz mit dem Fingernagel nach und schiebt die Fotos zu einem Stapel zusammen. Mit verschränkten Armen und zufriedenem Gesichtsausdruck sitzt sie vor ihrer Arbeit.
„Hast du diesen Mann jetzt erkannt oder nicht?“, fragt Brenner nach etwa einer halben Minute. „Kommt er dir irgendwie bekannt vor?“ Er schaut zu

seiner Tochter, sie sieht besorgt aus, ihre Augen wandern zwischen Vater und Großmutter. Nach einigen Sekunden wiederholt Brenner seine Frage.
Aber Emma Brenner schüttelt nur den Kopf. Sie presst die Lippen zusammen und sieht sich um … als glaube sie sich von Spionen umgeben.
„Mama, bitte antworte mir. Ich habe den Einruck, dass du ihn kennst“ Und als sie schweigt: „Warum hast du die Bilder zusammengefaltet? Willst du den Mann nicht sehen?“
Wieder vergeht fast eine halbe Minute. Er meinte schon, sie habe den Faden verloren.
„Das ist gar kein richtiger Mensch mehr. Weißt du, es sind viele Männer gestorben, wir Frauen mussten nehmen, was noch da war.“
„Wo sind Männer gestorben?“
„Nach dem Krieg doch! Viele sind doch gestorben.“
„Du meinst im Krieg, im Krieg sind viele Männer gestorben.“
Hektisches Nicken.
„Ja-ja, natürlich. Sie mussten ja kämpfen.“
„Weißt du, wie der Mann heißt?“
Sie redet weiter, als hätte sie die Fragen ihres Sohnes nicht gehört.
„Da war doch dieser … dieser Schlamassel. Erinnerst du dich nicht? Der Goebbels hat immer im Radio gesprochen mit seiner scharfen Stimme … und der Großvater hat immer gesagt „Hinkebein quasselt wieder“ und das Radio ausgemacht. Aber es hat ja niemand nichts sagen dürfen gegen die Nazis. Und der Hitler hat ja wirklich viel geleistet, der kam ja …

der kam ja aus ganz einfachen, aus ganz primitiven Verhältnissen." Emma Brenner macht eine Pause und fast muss Brenner lachen. Als sei die Herkunft das Schlimmste an dem Mann. Im Flüsterton spricht sie weiter: „Wirklich, geleistet hat er viel … auch wenn natürlich nicht alles so … so schön war, wie es … wie es immer gesagt wurde. Im Kino zum Beispiel, da hat das ja immer so zackig ausgesehen mit den Paraden … aber es war ja auch viel Langeweile."
„Mama, hör mir zu. Die Person auf den Fotos, der durchsichtige Mann, ist der im Krieg gestorben?"
Der Dicke am Nachbartisch räuspert sich, klopft auf den Tisch. Schon hebt er zu singen an. Diesmal: „Es klappert die Mühle am rauschenden Bach, klipp-klapp, klipp-klapp, klipp-"
„SEIEN SIE STILL!", ruft Brenner. „GESUNGEN WIRD SPÄTER!" Jana schaut ihren Vater an und schüttelt den Kopf.
„Okay, Mama, jetzt konzentriere dich. Der Mann ist im Krieg gestorben, das hast du doch gesagt, oder?"
„Es könnte sein", antwortet Emma Brenner. „Es ist nicht alles ganz durchschaubar für mich. Wollen wir denn nicht über angenehme Dinge reden?"
„Nein, Mama, ich will jetzt eine Antwort von dir."
Sie schürzt die Lippen und öffnet weit die Augen. Sie sieht aus wie ein Kind, das einem viel zu großen Gedanken nachgeht. Dann, wenige Sekunden später: „Er muss wohl aus der Verwandtschaft gewesen sein. Denkst du nicht auch, Thomas?"
„Verwandtschaft von Papa?", fragt Brenner. „Verwandtschaft von deinem Mann?"

Plötzlich klatscht sie in die Hände.
„Nun wollen wir uns aber wirklich einmal den erfreulichen Dingen des Le-“
Er greift nach ihrem Arm.
„Nein, Mama, ich will wissen, wer dieser ...“
„Jetzt bedräng sie nicht so“, unterbricht Jana ihren Vater. „Sei nicht so grob zu ihr.“
Als Brenner seiner Tochter gerade sagen will, dass sie sich verdammt nochmal nicht einmischen soll, reißt Emma Brenner sich los.
„Jetzt müsste auch bald das Abendessen kommen“, sagt sie in resolutem Ton. „Oder ist es vielleicht noch zu früh? Die Sonne scheint ja so herrlich!“
Sie steht auf, legt sich ihre dünne Strickweste um die Schultern und geht in Richtung ihres Zimmers. Brenner stöhnt, verdreht die Augen und schaut ihr nach, schließlich packt er die säuberlich gefalteten Bilder in seine Tasche.
„Was fällt dir überhaupt ein, hier irgendwelche Leute zurechtzuweisen?“, zischt Jana. „Du kannst dem alten Mann doch nicht das Singen verbieten.“
Brenner ist wütend und er schwitzt. Hätte ich sie bloß nicht mitgenommen, denkt er.
„Sei nicht so scheiß moralisch, Jana.“ Und dann leiser, fast geflüstert: „ Sei um Himmels Willen nicht so scheiß moralisch.“
Jetzt auf und hinterher. Brenner geht seiner flüchtenden Mutter nach, nimmt sie an der Hand und führt sie zu ihrem Zimmer. An der Tür hängt, mit dünnem, schon ganz brüchigem Klebeband befestigt, ein Foto von ihr. Daran soll Emma Brenner erkennen,

welches der zwölf Zimmer das ihre ist.
„Okay Mama, tut mir leid, wenn ich zu auf-dringlich war. Aber es interessiert mich eben."
Sie schaut ihn mit großen Augen an. Mit fortschreitender Demenz bekommt seine Mutter wieder etwas kleinmädchenhaftes. Wie ein hilfloses Kind sieht sie manchmal aus, wie ein hilfloses Kind, das nicht weiß, wie es in diesen faltigen Körper geraten ist.
„Ich verstehe überhaupt nicht, was Sie meinen."
Er lässt den Kopf hängen, atmet durch. Am schlimmsten ist es, wenn sie ihn wie einen fremden Menschen behandelt, wenn sie ihn siezt oder sogar mit „Mein Herr", anredet.
„Ist nicht so wichtig, Mama. Wir müssen dann auch wieder los."
„Ach so. Könnten Sie mich denn eine Weile mitnehmen?"
Sie schaut ihm direkt in die Augen.
„Ach, Mama ..."
„Es wäre ja nur für kurze Zeit. Ich bin leider nicht sehr mobil, ein neues Auto wäre zu teuer und das alte ist leider nicht auffindbar. Ich vermute ja, dass es hinter meinem Rücken verkauft wurde."
Schon hat sie Tränen in den Augen. Wirklich: Ein 79-jähriges Kind, das nicht weiß, wie ihm geschieht.
„Okay, ich muss nur schnell alles einpacken, dann hole ich den Wagen. Das dauert so eine halbe Stunde."
„Besitzen Sie denn einen eigenen Wagen?"
„Ja, ich hole ihn gleich."

Sie lächelt.
„Einen Mercedes?“
„Nein, einen Volkswagen.“
„Ach, einen Volkswagen! So einen hatten wir früher auch. Warten Sie, ich zeige Ihnen, wo der Aufzug ist. Kommen Sie denn auch wirklich wieder?“
„Ja, Mama, natürlich. Ich komme wieder. Und bitte hör auf, mich zu siezen.“
Nachdem auch Jana sich verabschiedet hat, verlassen sie die Station. Emma Brenner bleibt ängstlich vor der mit Papierblumen beklebten Glastür stehen, den Aufzug hat sie ihnen nicht gezeigt.
„Das ist gemein von dir“, flüstert Jana.
„Was ist gemein von mir?“
„Dass du ihr sagst, dass sie mit uns kommen kann.“
„Was soll ich denn machen? Wenn ich nein sage, dann diskutiert sie mit mir. Außerdem hat sie es in fünf Minuten wieder vergessen.“
Brenner dreht sich um und sieht, dass eine der Schwestern mit seiner Mutter spricht. Emma Brenner lacht laut auf, lässt sich am Arm nehmen und geht mit der jungen Frau mit.
„Es ist trotzdem gemein“, flüstert Jana, „ich würde dich oder Mama nie so behandeln, nur weil ihr dement seid.“
„Da bin ich ja beruhigt“, murmelt Brenner.

Vierzig Minuten später, noch ganz unter dem Eindruck des wöchentlichen Besuchs in der Seniorenresidenz, sitzt Brenner schlaff und schief auf seinem Wohnzimmersofa. Er sieht aus, als hätten gewaltige Pranken ihn zerknautscht und dann achtlos hingeworfen ... und er fühlt sich ausgelaugt, würde am liebsten ins Bett kriechen und mit der Decke über dem Kopf den Tag verschlafen.

Auf der Rückfahrt sagte seine Tochter – als sie endlich, endlich wieder mit ihm sprach – dass Oma doch „ganz zufrieden“ wirke, dass sie doch „irgendwie auch“ ihren Spaß habe. Er wusste nicht, ob ihr Satz mehr Frage oder mehr Feststellung war und beließ es bei einem gemurmelten „kann sein“.

Jetzt aber, eine halbe Stunde später, geht ihm die Bemerkung seiner Tochter im Kopf herum. Hat Jana denn nicht Recht? Die 79-jährige, die langsam wieder zum Säugling wird, lacht und tratscht und stellt ihre Fragen. Begeistert unterhält sie sich mit den anderen ... wie sagt man? Bewohnern? Patienten? Insassen? Ein kleines, hämisches Lachen, ein Anflug von Zynismus gefolgt von schlechtem Gewissen. Sie hat ja ihren Spaß, denkt sich Brenner, sie lacht und sie singt ... und fünf Minuten später hat sie wieder vergessen, dass sie gerade gelacht und gesungen oder sich über die gezuckerten Himbeeren auf dem Großküchen-Nachtisch gefreut hat. Aber vielleicht, so denkt Brenner weiter, vielleicht bleibt ja das Gefühl. Vielleicht ist das ja die Demenz: Man hört einen Witz und lacht. Dann vergisst man den Inhalt des Witzes aber der Körper erinnert sich an die Freude, die man empfand als die Pointe zündete. Dopamin und Serotonin bleiben im Blut und ...

Brenner steht vom Sofa auf, schmunzelt über sein Halbwissen und überlegt, sich entweder ein Bier aus dem Kühlschrank zu holen oder beim Nagelstudio anzurufen. Wahrscheinlich ist Samstagnachmittag sowieso niemand mehr da. Es gewinnt das Sowohl-als-auch und noch während das Freizeichen ertönt, nimmt Brenner einen Schluck. Anschließend ein herzhafter Rülpser, so viel Freiheit muss sein. Jana ist draußen und genießt ihr junges Leben.
„Hollywood Nails, Tanja am Telefon."
Im Hintergrund läuft Helene Fischer … das einzige Lied, das Brenner von dieser Frau kennt.
„Hallo, mein Name ist Thomas Brenner."
Plötzlich der Gedanke, die Zeitung zu nennen, für die er arbeitet. Das würde ihm Autorität verschaffen, das würde seine Fragen legitimieren, das würde sie …
„Hallöchen", säuselt Tanja.
„Hallo, ähm … meine Frau war letztlich bei Ihnen", lügt Brenner. „Und mir kam die Adresse Ihres Studios so bekannt vor. Das war doch Kernweg 36, oder?"
„Ja … schon."
„Ich habe gestern den ganzen Tag überlegt, woher ich diese Adresse kenne. Kann es sein, dass in dem Haus, in dem Sie jetzt sind, dass dort vorher ein Fotostudio war?"
„Nee, also …"
„Es kann sein, dass das schon lange her ist."
„Ja gut, da müsste ich …"
„David Seis hieß der Fotograf, ihm gehörte das

Studio. Er war ein Bekannter meines Vaters." Das könnte sogar stimmen, denkt Brenner. „Ich habe gestern den ganzen Tag darüber nachgedacht. Bitte entschuldigen Sie, dass ich Sie mit meinen Fragen belästige."

„Nein, kein Problem. Ich müsste nur mal die Chefin fragen. Ich bin erst drei Monate hier."

„Das wäre wirklich sehr nett von Ihnen."

„Ja … nee, ist kein Problem."

Ein trockenes Knacken und honigsüße Warteschleifenmusik. Brenner grapscht nach der Bierflasche, hebt sie schnell und geistesabwesend zum Mund, schlägt sich den Rand des Flaschenhalses gegen die Schneidezähne und flucht. Dann nimmt er einen großen Schluck.

„Herr Brenner?"

Die Stimme einer etwas älteren Frau, ein wenig rau, ein wenig lädiert, nicht unangenehm. Brenner drückt mit der Zunge gegen seinen rechten Schneidezahn, er fühlt sich fest an. Ebenso der linke.

„Ja hallo, ich hatte gerade schon mit Ihrer Kollegin gesprochen. Ich wollte wissen, ob …"

„Ja-ja, ich weiß. Wann soll denn das gewesen sein mit dem Fotostudio?"

Im Hintergrund läuft jetzt Werbung für ein Möbelhaus: Die größte Auswahl an Wohnideen auf über 30.000 Quadratmetern!

„Ich weiß nicht genau, wie lange das Studio bestand. In den Sechzigern jedenfalls …"

Ein lautes, dunkles Lachen.

„In den Sechzigern habe ich noch in die Windeln

gemacht. Wissen Sie was, Herr Brenner, ich gebe Ihnen mal die Nummer meiner Vermieterin, die wohnt ja hier im Haus. Haben Sie ein gutes Gedächtnis? Falls nicht, sollten Sie mitschreiben. Und wenn Sie sich mal die Nägel machen lassen wollen, dann kriegen Sie 15 Prozent Rabatt. Sagen Sie einfach, dass Sie der Typ mit dem Fotostudio sind. Auch Männer brauchen Pflege!“

6

Eine weitere fast schlaflose Nacht. Von zehn bis zwölf hat Brenner zusammen mit seiner Tochter ferngesehen, dann ist sie, an seine Schulter gelehnt und dabei kleine Unverständlichkeiten murmelnd, eingeschlafen. Ganz vorsichtig, als sei das Mädchen aus Glas und Seide gemacht, hat er Jana auf das Sofa gelegt, ihr ein Kissen untergeschoben und sie zugedeckt. Anschließend hat er sich die Zähne geputzt, sich auf sein Bett gesetzt und an die geisterhafte Gestalt auf den Fotos gedacht: Hat mein Vater tatsächlich geglaubt, auf den Bildern sei ein Verstorbener zu sehen? Warum hat er diese Fotos so gewissenhaft versteckt? Hatte er Angst vor diesem Verstorbenen, vor diesem … Gespenst? Warum die Fotos der leeren Räume? Wollte er wissen, ob dieser Schemen, dieser Spuk, im Haus ist? Haben meine Eltern deshalb das alte Haus verlassen?
Als Brenner nervös und unzufrieden seine Wohnung verließ war es kurz nach zwölf. Er ging in die nächste Bar, kippte zwei schnelle Bier und einen Whisky und glotzte so lange einen jungen, ebenso unkultiviert wie streitlustig wirkenden Mann an, bis dieser ihn fragte, ob er „auf die Fresse" wolle. Brenner hatte sich bereits aufgerichtet und wollte gerade seine Ansichten bezüglich des Sexuallebens der Mutter seines Kontrahenten äußern, als der Barkeeper eingriff: „Brenner, hau ab. Wenn du Streit suchst, dann woanders. Hier machst du keinen

Ärger."
In einer etwas weniger schäbigen Bar hatte Brenner still und friedlich weitergetrunken. Als das Geld alle war, da war er grübelnd und fast schon wieder nüchtern zwei Stunden durch die Straßen seiner Stadt marschiert. Er hatte mehrere große Ratten, einen jungen Fuchs und ein sich anbrüllendes Schwulenpärchen gesehen. Und als er nach Hause zurückkehrte wurde es bereits hell.
Jetzt ist es kurz nach neun und unser zugleich müder und nervöser Held setzt sich an den gedeckten Küchentisch.
„Papa, du siehst scheiße aus."
„Dankeschön. Hast du wieder mal deine Liebe zu Kraftausdrücken entdeckt?"
„Du hast nicht geschlafen, oder?"
Brenner streckt sich, spannt seine Rückenmuskeln, kneift die Augen zusammen.
„Kaum. Ich überlege die ganze Zeit, was es mit diesen Bildern auf sich hat."
Gähnend schmiert er Butter auf eines der Brötchen. Hoffentlich riecht sie nicht den Alkohol, denkt er, … vielleicht besser den Mund geschlossen halten.
„Mama hat angerufen."
„Aha."
„Vor zwanzig Minuten."
„Okay … und was wollte sie?"
„Sie wollte nur wissen, wie es mir geht."
Er legt das Messer weg, sein Nacken ist verkrampft. Er bewegt seinen Kopf, dreht ihn in alle Richtungen, als wolle er ihn aus seinem Körper herauswinden.

„Denkt sie, du verhungerst bei mir?"
„Quatsch."
„Oder glaubt sie vielleicht, du gehst nicht zur Schule, wenn du bei mir bist?"
„Hör auf, Papa. Sie wollte nur wissen, wie es mir geht. Was hast du überhaupt für ein Problem?"
„Ich weiß nicht, wovon du redest. Könnten wir vielleicht in Ruhe frühstücken?"
Mit dem Messer in der Hand schwankt Brenner zwischen Himbeermarmelade und Camembert, merkt, dass es ihm völlig egal ist, was auf seinem Brot klebt, entscheidet sich dann für den Käse.
„Können wir mal reden, Papa?"
„Das tun wir doch."
„Ich meine, richtig reden. Was war das gestern mit diesem alten Mann, der gesungen hat? Du kannst doch nicht einfach jemanden so zurechtweisen. Du hast dich benommen, als wärst du der Chef von dem Heim. Und das mit den Autoreifen, so etwas macht man als erwachsener Mann einfach nicht, das ist nicht normal."
Brenner sitzt da und betrachtet sein völlig zerdrücktes Brötchen. Wieder diese Wut, diese verdammte Wut. So gerne, so verdammt nochmal gerne würde er den Tisch umwerfen.
„Du bist manchmal so extrem aggressiv", sagt Jana. „Du kochst innerlich. Aber eigentlich hast du Angst."
Ein leises, gemeines Lachen. Was für eine erbärmliche Küchenpsychologie, denkt er. Wahrscheinlich hat sie das aus irgendeinem bescheuerten Film, aus einem dieser ätzenden Frauenfilme, in denen die

ganze Zeit nur über Befindlichkeiten …

„Hör auf zu lachen, ich meine das völlig ernst. Du hast Angst und kämpfst dagegen an. Du musst dir irgendetwas beweisen und deshalb baust du ständig Mist. Wie ein Hund, der vor lauter Angst beißt.“

„Ich baue nicht *ständig* Mist“, knirscht Brenner. „Und was bitte soll dieser komische Hundevergleich?“

„Tut mir leid.“

Er nickt ihr zu. Sie ist sechzehn, denkt er. In diesem Alter glauben sie, über alles Bescheid zu wissen. Die Arroganz der Jugend, denkt er. Ich sollte auf den Tisch schlagen, denkt er.

Doch plötzlich, als hätte jemand ein Ventil geöffnet, schwindet der Druck. Ganz weich wird Brenner, er erkennt die Sorge im Gesicht seiner Tochter, er ist bestürzt darüber, wie sie ihn ansieht. Verschwunden ist die Lust, sie anzublaffen, sie zu fragen, was sie sich denn überhaupt erlaube, sie gar – dann hau doch ab, wenn du mich für so einen Psychopathen hältst! – aus der Wohnung zu werfen.

„Okay … in Ordnung, Jana. Hast du in einer Stunde Zeit?“

„Ja … wieso?“

„Weil ich eine Stunde brauche, um zu mir zu kommen. Du willst reden? Gut, reden wir. Aber vorher muss ich duschen und meinen Kaffee trinken. In einer Stunde setzen wir uns zusammen und vielleicht kann ich dann einige deiner Fragen beantworten.“

„Versprichst du mir, ehrlich zu sein?“

„So ehrlich, dass es wehtut“, sagt Brenner. Er weiß

selbst nicht, wie viel Ironie in seiner Antwort steckt.

—

Neunzig Minuten sind vergangen. Thomas Brenner hat ausgiebig geduscht, er hat sich die Zähne geputzt und die schwarz-grauen Stoppeln aus seinem müden Gesicht geschabt. Anschließend ist er zehn Minuten mit geschlossenen Augen auf seinem Bett gelegen und hat dem durch die Doppelverglasung dringenden Straßenlärm gelauscht. Als er ins Wohnzimmer ging saß Jana auf dem Sofa und tippte etwas in ihr Smartphone. Als Brenner sich neben sie setzte, steckte sie das Ding weg.
„Okay, da bin ich. Willst du mich etwas fragen oder soll ich einfach erzählen?"
„Erzähl einfach."
„Gut … einen Moment nur."
…
„Einen Moment …"
Ehrlich will Brenner sein, so ehrlich, dass es schmerzt. Und so tischt er seiner 16-jährigen Tochter, mit klarer, fester Stimme, kein Zittern und kein Stocken darin, die Peinlichkeiten der letzten Jahre auf. Von dem Antiaggressionstraining erzählt er ihr, zu dem er verurteilt wurde, nachdem er während eines Kinobesuchs einen laut telefonierenden Jugend-lichen von seinem Sitz gezerrt und ins Gesicht geschlagen hatte. Sogar die Gesprächstherapie, die er vor drei Jahren begonnen und vorzeitig abgebrochen hatte, beichtet er seiner

Tochter … außerdem die Besuche von Elena, die missglückten Beziehungen und die Kneipenschlägerei, nach der er mit Verdacht auf Milzriss ins Krankenhaus musste. Zwei Jahre ist das her, Brenner war, wild um sich schlagend, über einen Stuhl gefallen.

„Warum hast du mit der Therapie aufgehört?"

„Weil dieser Seelenklempner während der Sitzung eingeschlafen ist."

„Echt?"

„Ja, ich habe meine Sachen genommen, bin zur Tür raus und habe ihn schlafen lassen."

Eine Lüge. Ganz kann Brenner es nicht lassen. Tatsächlich hatte er, während der siebzehnten Sitzung war das, es ging um die Scheidung und den schmutzigen Kampf ums Sorgerecht, einen Nervenzusammenbruch erlitten. Anschließend hatte er sich geschämt und die restlichen Sitzungen abgesagt.

Als Brenner einige seiner Geheimnisse offenbart hat, fragt Jana ihn nach seinem Vater, ihrem Opa. Sie will wissen, wie „die Beziehung zwischen euch" war.

Lange denkt Brenner nach. Ihm passt das Wort „Beziehung" nicht, der Ausdruck hat so etwas Therapeutisches.

Dann antwortet er doch: „Ich weiß es nicht."

Als Jana ihn nur ansieht, da sagte er: „Nicht besonders innig, eher oberflächlich. Er war halt mein Vater, kann man sich ja nicht aussuchen, mit wem man verwandt ist."

Sie sagt nichts.

„Na ja, wir hatten nicht viel miteinander zu tun."

„Dafür hast du aber ziemlich geheult bei seiner Beerdigung."

„Daran erinnerst du dich noch?"

Jana nickt und Brenner überlegt, wie alt sie damals war. Neun oder zehn ... oder doch schon elf?

„Okay ..." Er holt tief Luft. „Mein Vater war ein sehr ängstlicher Mensch, er hatte immer so verdammt viel Angst vor allem." Leise lacht Brenner auf. „Ich habe das als Kind natürlich gespürt."

„Vor was hatte er Angst?"

„Das ist ja das Komische, Jana. Ich weiß es nicht einmal. Er hatte einfach Angst, immer diese Angst, für mich war er ein ängstlicher alter Mann. Ich habe ihn immer mit den Vätern meiner Schulfreunde verglichen, die waren viel jünger, viel ... viel lebendiger, die sind mit ihren Söhnen in den Zoo oder zu Fußballspielen ... oder sie haben Sie mal zur Arbeit mitgenommen. Mein Vater ist nicht ein einziges Mal mit mir in den Zoo gefahren; kannst du dir das vorstellen, Jana? Ich wollte immer, dass er mal mit mir in den Zoo fährt, das war fast so eine Art fixe Idee damals. Die anderen Väter haben mit ihren Söhnen ..."

„Dann warst du eifersüchtig auf deine Freunde?"

„Ja was denkst du denn? Natürlich war ich eifersüchtig! Ich wollte auch einen Vater, der etwas mit mir macht, der nicht immer nur ängstlich zu Hause herumsitzt. Und dann war da noch die Sache mit der Religion."

„Du meinst diese Sprüche, die er sich aufgehängt hat?"

Brenner lehnt sich ächzend zurück. Er nimmt die Hände hinter den Kopf und spannt seine kräftigen Nackenmuskeln. Das Gespräch ist kaum im Gange und schon fühlt er sich, als hätte er gerade einen Boxkampf absolviert – über die volle Distanz und ohne Vorbereitung.

„Ja, auch … du hast das ja noch mitbekommen. Überall diese Heiligenbilder und die ganzen Bibelsprüche. Als ich zehn oder so war wurde es mir peinlich, Freunde nach Hause einzuladen … ich habe das dann vermieden, ich wollte nicht einmal mehr meinen Geburtstag feiern. Meine Mutter hat mir erzählt, dass sie sich wegen der Religion oft gestritten haben, sie war nie besonders gläubig und wollte das ganze Zeug nicht immer um sich haben. Manchmal hat sie die Sachen abgehängt und einmal ist er ausgerastet. Er hat sie aus der Wohnung geworfen und sie ist zu den Nachbarn geflüchtet, weil sie dachte, dass er ihr hinterherkommt. Früher, im alten Haus, dort muss es noch viel schlimmer gewesen sein. „Auf Knien ist er vor den Bildern herumgerutscht“, so hat deine Oma das mal gesagt, genau so.“

Wieder atmet Brenner ein und wieder aus. Es kostet ihn Überwindung, von seinen Eltern zu sprechen, etwas in ihm versucht, ihn daran zu hindern. Aber Brenner ist stark, er zwingt sich.

„Als ich noch ein Kind war, musste ich dreimal am Tag mit ihm beten … und über meinem Bett hing einer dieser Sprüche: ‚Bleib bei uns, wenn es Abend wird‘ … oder ‚Sei bei uns, denn der Abend kommt‘,

ich weiß nicht mehr genau." Hart lacht Brenner auf. „Ich weiß es wirklich nicht mehr", spricht er viel lauter, viel lebhafter weiter, „obwohl ich jahrelang unter diesem Spruch eingeschlafen bin. Ich musste auch dauernd in seiner scheiß Bibel mit ihm lesen. Immer kam er mit seiner scheiß Bibel an."
„Weißt du, warum Opa so extrem religiös war?"
„Ich habe vor ein paar Jahren mal mit meiner Mutter darüber geredet. Sie meinte, er war schon immer sehr gläubig, schon als sie sich kennengelernt haben ... also Ende der Sechziger. Extrem wurde es aber erst, nachdem meine Schwester gestorben ist, das hat ihm wohl irgendwie einen Knacks versetzt."
„Wann war das?"
„72 oder 73, ungefähr ein Jahr vor meiner Geburt. Ich habe letztlich versucht, mich an ihren Namen zu erinnern. Aber ich bin einfach nicht drauf gekommen. Ich weiß nicht einmal, wo sie die Kleine beerdigt haben ... ob es noch irgendwo ein Grab gibt. Sie sind nie mit mir zu ihrem Grab gefahren, obwohl es ja irgendwo eins geben muss." Brenner wischt sich übers Gesicht, schließt für einen kurzen Moment die Augen. „Ich habe auch keine Unterlagen über ihren Tod gefunden und deine Oma sagt nichts, sie sagt einfach nichts dazu. Vielleicht wurde das Grab schon abgeräumt ... keine Ahnung. Es ist wirklich lächerlich."
„Wahrscheinlich hat ihm der Tod seiner Tochter wirklich einen Schock verpasst", sagt Jana.
„Klar! Das hat ihm ganz sicher einen Schock verpasst", antwortet Brenner. „Er war danach auch

in Kur … so haben meine Eltern das zumindest genannt." Brenner zuckt mit den Schultern. „Kur … was auch immer."
„Und weil dein Vater so ängstlich und so labil war, spielst du jetzt den harten Mann und baust ständig irgendeinen Mist. Hast du Angst, so zu werden wie er?"
„Das ist Trivialpsychologie der übelsten Sorte", murmelt Brenner.
„Aber es hört sich doch plausibel an, oder?"
„Nur weil sich etwas plausibel anhört, muss es nicht stimmen."
„Okay, muss es natürlich nicht. Aber ich habe den Eindruck … hörst du mir zu?"
Brenner lehnt sich zurück und verschränkt die Arme. Abwehrhaltung. Seine Tochter wartet, bis er stillsitzt.
„Ich habe den Eindruck", fährt sie fort, „dass du immer noch im Kampf mit deinem Vater bist. Alle paar Tage musst du dir beweisen, dass du nicht so bist wie er. Alle paar Tage musst du irgendwo den starken Kerl spielen, musst dir beweisen, dass man dich nicht unterkriegen kann."
Was für eine Klugscheißerei! Wie alt ist sie? 16? Sie hört sich an wie 56, wie eine 56-jährige, in Batiktücher gewickelte Sozialarbeiterin.
„Okay, okay, du hast wahrscheinlich recht", poltert Brenner los. „Mein Vater war ein Feigling und religiöser Spinner, ich bin ein Angsthase, der sich wie ein Arschloch benimmt, weil er ums Verrecken kein Angsthase sein will … und du bist die einzig Normale in der ganzen verblödeten Familie. Herz-

lichen Glückwunsch! Willst du 'nen Orden dafür? Soll ich dir 'nen Kuchen backen?"
Sie antwortet nicht, sieht ihn nur mit großen, traurigen Augen an. Wie einen Typen, der gerade eine grandios beschissene Diagnose bekommen hat, denkt Brenner, genau so schaut sie mich an. Wie eine Ärztin, die einem Kranken sagt, dass er es nicht mehr lange machen wird und sich mal besser von seinen Lieben verabschiedet. Brenner weiß, dass Jana Psychologie studieren will, schon mit 13 wollte sie das. Und ich bin ihr großes, fettes Versuchskaninchen, denkt er, das Karnickel, an dem sie übt Genau das gleiche, was sie mir eben erzählt hat, das wird sie später den traurigen Gestalten erzählen, die in ihre Praxis kommen.
„Können wir Pause machen? Ich komme mir langsam vor wie beim Therapeuten."
„Ich muss sowieso aufs Klo", antwortet Jana.
Als seine Tochter wiederkommt, da hat Brenner sich beruhigt. Okay, irgendwie klingt es ja tatsächlich plausibel, was sie sagt. Natürlich hat er sein Leben lang versucht, nicht so zu werden wie sein Vater. Ein religionsbesoffener Angsthase, das war Karl Brenner in den Augen seines Sohnes, ein Duckmäuser, ein Hasenherz, ein Versager, der sich von seiner Frau, seinem Chef und später sogar von seinem Sohn unterbuttern ließ.
„Okay, Jana … ich …"
„Ja?"
Hart muss Brenner schlucken. Wieder dieses Bedürfnis, irgendetwas kurz und klein zu schlagen.

„Ich habe nachgedacht, Jana. Es ist etwas dran an dem, was du gesagt hast. Man wird seine Eltern nicht los, auch wenn man hundert Jahre lebt. Trotzdem ist es mein Leben und …“ Jetzt weiß Brenner nicht mehr, was er sagen wollte. Er verliert den Faden, druckst herum. „Und was ich tue, das tue ich … ähm, also das tue ich, weil ich es will … weil es immer noch von mir kommt … und nicht weil ich meinem toten Vater … weil ich ihm eins auswischen will. Ich habe verdammt noch mal das Recht, als … als eigenständiger Mensch betrachtet zu werden, der selbst … hm …“
„Aber was man will, das kommt ja auch von irgendwoher. Die Wünsche und Bedürfnisse, die man hat …“
„Alles kommt von irgendwoher“, fällt Brenner seiner Tochter ins Wort. „Pass bitte auf deinen Ton auf. Du klingst überheblich.“
Eine Pause. Unbehagliches Schweigen und schlammige Gedanken. Brenner fühlt sich, als wäre er verprügelt worden. Am liebsten würde er sich in sein Schlafzimmer verziehen und die Tür abschließen … oder jemanden anrufen, durch die Kneipen ziehen und sich zielstrebig betrinken.
„Was ist mit den Fotos?“, fragt Jana.
„Was soll mit den Fotos sein?“, fragt Brenner zurück.
„Ich meine … was erhoffst du dir von ihnen? Glaubst du, dass Opa vor den Fotos Angst gehabt hat?“
„Der Alte hatte vor allem möglichen Angst. Der ist abends nicht mehr auf die Straße, weil er dachte, jemand überfällt ihn … wahrscheinlich der Teufel

höchstpersönlich." Brenner hustet und räuspert sich. Sein Rachen fühlt sich trocken an, wie mit Watte ausgelegt.
„Ich meine, ob er Angst vor dem Mann im Hintergrund hatte?"
„Jedenfalls traue ich ihm zu, dass er an Gespenster geglaubt hat. Warum sonst hätte er Fotos von den leeren Zimmern machen sollen? Er wollte wissen, ob diese Gestalt, dieses … dieses Gespenst in seiner Nähe ist, ob es auf einem der Bilder auftaucht. Und auf dem Foto des Flurs war es dann ja auch …" Brenner hebt die Arme über den Kopf und wedelt in der Luft herum. „…, sein verdammtes Gespenst. Wahrscheinlich hat er eimerweise Weihwasser an die Stelle gekippt."
„Hast du schon eine Idee, wer dieser Mann ist?"
„Deine Oma sagte gestern etwas von Krieg. Vielleicht einer der vielen, die im Krieg gestorben sind. Mir selbst kommt der Mann überhaupt nicht bekannt vor."
„Hatte Opa Geschwister?"
„Nein, ich glaube nicht. Allerdings weiß ich fast nichts von meiner Familie väterlicherseits. Dein Opa hat ja nichts erzählt, immer ist er ausgewichen. Und meine Großeltern habe ich kaum kennengelernt." Brenner steht auf, seine Knie knacken. „Ich hol mir ein Glas Wasser."
Jana sieht ihm nach, sieht den tellergroßen Schweißfleck auf seinem Rücken.
„Ach übrigens", ruft Brenner aus der Küche. „Ich glaube zu wissen, wo das Fotostudio war, in dem die

Bilder entwickelt und bearbeitet wurden. In einer Kleinstadt, nur ein paar Kilometer vom alten Haus entfernt."

„Gibt es das Studio noch?"

„Nein, da ist jetzt ein Laden namens ‚Hollywood Nails' drin." Brenner kommt mit seinem großen, kalkfleckigen Glas zurück ins Wohnzimmer. „Aber ich habe die Nummer der Vermieterin, vielleicht kann die mir weiterhelfen. Gestern konnte ich sie nicht erreichen … aber ich versuche es gleich nochmal."

„Vielleicht ist das ja wirklich ein Geist auf den Fotos."

Ganz vorsichtig, wie in Zeitlupe, setzt sich Brenner auf die Wohnzimmercouch. Das randvolle Glas hält er in der rechten Hand.

„Das ist nicht dein Ernst, oder?"

Jana verdreht die Augen.

„Quatsch, natürlich nicht."

„Die Fotos wurden schlicht und einfach manipuliert. Irgendjemand hat diesen durchsichtigen Mann in die Bilder hineinmontiert. Der Kollege, der mir die Bilder eingescannt hat, der meinte, es müsse ein enormer Aufwand gewesen sein, diesen Kerl in die Bilder zu montieren. Derjenige, der das gemacht hat, muss Stunden in der Dunkelkammer verbracht haben."

„Dann wollte jemand Opa Angst einjagen?"

„Sieht so aus", murmelt Brenner. In Gedanken ist er schon ganz bei den alten Fotografien. „Vielleicht weiß ich bald mehr."

Es ist kurz nach vier, Wolkenfetzen haben sich vor die Sonne geschoben, Jana ist unterwegs und endlich hat Brenner die Vermieterin am Apparat. Er bleibt bei seiner Lügengeschichte: Meine Frau war letztlich … und mir kam die Adresse so bekannt … und dieser David Seis war ein Freund meines …
Geduldig hört die alte Dame ihm zu, im Hintergrund läuft das Nachmittagsprogramm eines Privatsenders und einige Male glaubt Brenner das Miauen einer Katze zu hören. Das Geräusch erinnert an das Jammern eines Säuglings.
„Ach, Herr Brenner, das ist schon so lange her, dass der Herr Seis hier drin war. Er hat das Studio ja dann an seine Kollegin weitergegeben."
„Wissen Sie, ob David Seis noch lebt? Wie gesagt, er war ein guter Bekannter meines Vaters. Ich würde ihn gerne besuchen."
Sie antwortet sofort, leiser Spott liegt in ihrer Stimme.
„Wenn der Herr Seis noch leben sollte, dann müsste er in etwa hundertzehn Jahre alt sein. Ich halte es für unwahrscheinlich, dass der gute Mann noch unter uns Erdenbürgern weilt."
„Oh", sagt Brenner. Er sieht den Riss, der durch sein Lügengebäude geht. „Ich dachte wirklich, er wäre jünger gewesen."
Die alte Frau spricht sehr langsam, als würde sie einem begriffsstutzigen Grundschüler seine Rechenaufgaben erklären: „Der Herr Seis war bereits über vierzig, als er sich bei meinen Eltern eingemietet hat, das muss gegen Ende des Krieges gewesen sein. Ich

selbst war damals gerade zehn Jahre alt, ein junges Ding noch."
„Sie erwähnten diese Kollegin, an die Herr Seis sein Studio weitergegeben hat."
„Ja?"
„Wissen Sie zufällig den Namen dieser Frau?"
Wieder dieser spöttische Tonfall:
„War sie denn auch eine gute Bekannte Ihres Vaters?"
„Nein, also … ich …"
„Lassen Sie nur, junger Mann. Sie machen mir nicht den Eindruck, als führten Sie Böses im Schilde. Wenn Sie einen Moment warten würden, ich suche Ihnen den Namen heraus. Lassen Sie einem nicht mehr jungen Mädchen ein bisschen Zeit."
„Ich warte. Danke für Ihre Mühe."
Schritte und entferntes Gepolter. Als würde sie Schränke ausräumen. Dazu das Miauen der bettelnden Katze. Nach zwei Minuten ist die alte Frau wieder am Telefon.
„Bettina Nowak. Soll ich Ihnen buchstabieren?"
Nein, danke. Nowak mit W wie Wilhelm?"
„Exakt."
Nachdem sich Brenner mehrmals bedankt und endlich aufgelegt hat, sucht er im Internet nach Bettina Nowak. Der Name ist verbreiteter als erhofft. Aber dann findet er eine Frau dieses Namens, die ganz in der Nähe wohnt, nur etwa zwanzig Kilometer von dem Ort entfernt, in dem Seis vor rund siebzig Jahren sein Fotostudio eröffnete. Ein Blick ins digitale Telefonbuch und Brenner hat ihre

Nummer. Es kommt Bewegung in die Sache.
Fünfmal das Freizeichen … sechsmal. Als Brenner schon auflegen will, wird der Hörer abgenommen.
„Nowak."
Eine heisere Männerstimme.
„Guten Tag, mein Name ist Thomas Brenner. Könnte ich Bettina Nowak sprechen?"
„Was wollen Sie denn?"
„Sind Sie der Ehemann?"
„Wenn ich richtig informiert bin: ja."
„Ihre Frau hatte doch früher ein kleines Fotostudio, stimmt das?"
„Ja-ja, hatte sie. Was wollen Sie denn nun?"
Diesmal lügt Brenner nicht.
„Ich habe vor ein paar Tagen einige Fotos gefunden, die aus dem Studio Ihrer Frau stammen … beziehungsweise aus dem Studio, dass sie von David Seis übernommen hat. Ich werde nicht so recht schlau aus diesen Fotos und würde mich deshalb gerne mit Ihrer Frau unterhalten. Es hört sich vielleicht seltsam an, aber diese Fotos zeigen meinen Vater und es wäre wirklich sehr wichtig für mich, mehr über die Bilder zu erfahren."
„Wie war doch gleich Ihr Name?"
„Brenner, Thomas Brenner."
„Warten Sie."
Schritte und leise, unverständliche Worte. Dann wieder Schritte.
„Herr Brenner?"
Eine Frauenstimme.
„Ja, hallo. Ich hatte gerade Ihrem Mann schon gesagt,

dass ich ein paar alte Schwarzweißbilder …"
„Sprechen Sie von den Geisterbildern?"
Er muss schlucken. Seine Finger verkrampfen sich und das Kunststoffgehäuse des Telefons knackt. Damit hat er nicht gerechnet.
„Herr Brenner, sind Sie noch dran? Sprechen wir von denselben Bildern?"
„Ja … ich glaube schon"
„Ist auf den Bilder dieser geisterhafter Mann zu sehen?"
„Ja, ein geisterhafter, durchsichtiger Mann."
„Können wir uns treffen? Wo wohnen Sie denn?"
Er gibt ihr stammelnd seine Adresse.
„Ach, das ist ja ganz in der Nähe. Ich kann in einer Stunde bei Ihnen sein, mein Mann wird mich fahren. Passt Ihnen das?"
„Ja … natürlich."
„Wissen Sie, Herr Brenner, ich habe diese obskuren Bilder nie vergessen. Es gibt Dinge, an die erinnert man sich sein ganzes Leben lang. Fast könnte man sagen, dass ich auf Ihren Anruf gewartet habe."

Bettina Nowak hat nicht zu viel versprochen. Weniger als eine Stunde ist vergangen, als Brenner vom Sofa aufspringt und mit großen Schritten zur Tür läuft. Er hört das schnelle Klackern von Holzabsätzen auf steinernen Stufen und schon steht sie vor ihm, eine Frau Anfang siebzig, die allerdings deutlich jünger wirkt. Frau Nowak hat langes, schwarzviolett gefärbtes Haar, das sie zum Zopf gebunden trägt, auf ihren Wangen glüht das Rouge und an ihren Handgelenken klimpern rund hundert Gramm Goldschmuck. Auf Thomas Brenner wirkt die schlanke Frau mit der imposanten Oberweite wie eine gealterte Domina, sogar eine hautenge Lederhose trägt sie.

Brenner bittet seine Besucherin herein, bietet ihr Kaffee an. Nein? Wasser vielleicht? Etwas zu essen? Tee?

„Danke, wirklich nicht. Lassen Sie uns gleich zur Sache kommen. Wo sind die Fotos?"

Er lächelt. Ihm gefällt diese direkte Art. Die Frau macht keine Umstände.

„Setzen Sie sich, ich hole die Bilder."

„Gerne. Ich bin ja so gespannt!"

„Und ich bin gespannt, was Sie mir zu den Bildern sagen können ... hier sind sie schon."

Sehr genau betrachtet Bettina Nowak die 16 Schwarzweißfotografien, die acht Originale und die acht nachbearbeiteten. Fast zehn Minuten starrt sie auf die zehn mal fünfzehn Zentimeter großen Bilder.

„Dieser junge Mann ist also ihr Vater?"

„Ja."

„Verstorben?"
„Ja."
„Und dies hier ist das Haus Ihres Vaters?"
„Ja."
Ein sparsames Lächeln auf ihrem Gesicht. Eigentlich lächelt nur ihr Mund, die obere Hälfte ihres Gesichts bleibt seltsam starr. Brenner denkt an Botox.
„Und was hat Ihr Vater getan, dass er von Gespenstern verfolgt wurde?"
„Das versuche ich herauszufinden."
Sie schließt die Augen und richtet ihren Oberkörper auf. Brenner würde sie auf sechzig schätzen, höchstens, eher Mitte fünfzig. Will sie jetzt meditieren, fragt er sich … oder versucht sie nur, sich zu erinnern. Als Bettina Nowak spricht, da hat ihre Stimme etwas Weiches, fast Mädchenhaftes. Verschwunden ist alle Härte.
„Wissen Sie, Herr Brenner, es ist lange her, dass ich diese Fotografien sah, ich war ja ein ganz anderer Mensch damals, nicht die alte Tarantel, die hier vor Ihnen sitzt. Als ich das erste Mal eine dieser Fotografien sah, damals dachte ich doch tatsächlich, ich hätte einen Geist vor mir. 17 Jahre war ich alt, können Sie sich das vorstellen? Ein kleines und furchtbar leichtgläubiges Mädchen war ich. Möchten Sie die ganze Geschichte hören?"
„Ja … sehr gerne."
„Gut, Herr Brenner. Mein Mann wird mit mir schimpfen … aber das bin ich gewohnt. Er wartet im Wagen und ärgert sich."
Sie holt tief Luft, öffnet die Augen und lehnt sich

zurück.
„Ich habe mit 16 bei Herrn Seis meine Ausbildung zur Fotolaborantin begonnen, von Beginn an hatten wir ein sehr gutes Verhältnis. Es waren andere Zeiten damals, es war durchaus nicht ungewöhnlich, dass Lehrlinge mithilfe von Ohrfeigen auf Fehler hingewiesen wurden … selbst weibliche Lehrlinge." Sie hebt die rechte Hand, deutet einen Schlag an. „Herr Seis allerdings hat mich immer sehr korrekt behandelt, er war ein durch und durch anständiger Mann."
Sie schaut Brenner an, als warte sie auf Zustimmung. Er nickt.
„Nun gut, was haben wir gemacht damals? In erster Linie Fotoarbeiten … also Filme entwickelt und Vergrößerungen beziehungsweise Reproduktionen angefertigt. Herr Seis hat auch selbst fotografiert, Hochzeiten, Portraits, Bewerbungsbilder, sogar für die Polizei hat er gelegentlich gearbeitet. Und dann gab es natürlich noch diese etwas spezielleren Arbeiten."
Sie schaut mich an, als hätten wir gemeinsam ein frivoles Geheimnis, denkt Brenner. Er starrt nur ratlos zurück.
„Freikörperkultur, Herr Brenner, Aktfotos … Por-no-gra-fie. Damals war das ja noch etwas sehr Spezielles, etwas, das nur unter dem Ladentisch gehandelt wurde und für das man durchaus ins Gefängnis gehen konnte." Plötzlich flüstert sie. „Mir war aufgefallen, dass der Herr Seis ab und zu die Dunkelkammer abschloss. Aber da ich wusste, wo

sich der Schlüssel befand … und da ich außerdem ungemein neugierig war … nun ja. Wenn Herr Seis unterwegs war, dann bin ich still wie ein Mäuschen in die Dunkelkammer geschlichen und habe mich ein wenig über die menschliche Anatomie informiert."
Sie lächelt Brenner an und Brenner lächelt ein wenig ratlos zurück. Er weiß nicht, worauf sie hinauswill.
„Wissen Sie, man war ja so ahnungslos damals, heute wissen Neunjährige mehr als ich damals mit 17! Stellen Sie sich vor, ich wusste mit 16 noch nicht genau, wie die Kinder gemacht wurden … zwar hatte ich so meine Vorstellungen, ganz sicher aber wusste ich es nicht."
Brenner bemerkt, dass er nervös mit dem rechten Fuß wackelt. Er zwingt sich zum Stillhalten und sofort steigt die Anspannung.
„Und eines Tages dann", spricht Bettina Nowak in ruhigem, leicht ironischem Ton weiter, „eines schönen Tages ist die Kammer wieder abgeschlossen und ich hole mit heißem Herzen den Schlüssel aus dem im übrigen sehr schlechten Versteck. Aber diesmal, nein, diesmal finde ich keine Aktfotos." Sie tippt auf eines der Bilder, darauf ist Brenners Vater mit dem schwarzen Hund zu sehen, rechts hinter ihm, etwa zwei Armlängen entfernt, die durchscheinende Geistergestalt. „Diesmal finde ich dieses Foto hier, genauer gesagt zwölf verschiedene Versionen davon. Sie können sich nicht vorstellen, wie ich mich erschrocken habe in dem kleinen, düsteren Raum! Nichts wie raus und Tür zu, als wäre der Leibhaftige hinter mir her!" Glucksend lacht Frau

Nowak auf. „Sogar gebetet habe ich! Lieber Gott, halte mir nur dieses Gespenst vom Leib!"
„Aber die Gestalt ist doch fast nicht zu erkennen", sagt Brenner.
Sie rückt ein wenig näher.
„Sie müssen bedenken, Herr Brenner: Die Bilder sind mittlerweile sehr alt und schon ein wenig verblichen. Außerdem hingen in der Dunkelkammer mehrere Versionen dieser Fotografie, auf einigen war unser verschwommener Wiedergänger sehr viel deutlicher zu erkennen, Herr Seis muss ausgiebig herumprobiert haben, bis er das Bild haargenau so hatte, wie er es haben wollte." Wieder tippt sie mit ihrem langen, dunkelrot lackierten Fingernagel auf das Foto. „Da steckt Arbeit drin, Herr Brenner, Arbeit, Erfahrung und Können."
„Wissen Sie, wie er es gemacht hat?"
„Nun ja, er hat wohl zwei Negative auf ein Blatt Fotopapier belichtet. Er muss also ein Bild des Mannes besessen haben, der da im Hintergrund zu sehen ist. Das hat er dann ein wenig unscharf gestellt, alles außer dem Mann abgedeckt und dann einfach ausprobiert. Wenn man Zeit hat und sich auskennt, dann ist das ja alles kein Problem. Haben Sie eine Idee, wer dieser Mann war, den der gute Herr Seis in die Fotos ihres Vaters geschmuggelt hat?"
„Auch das versuche ich herauszufinden", antwortet Brenner. „Haben Sie Ihren Chef denn nach den Bildern gefragt?"
„Natürlich nicht! Da hätte ich mich verraten! Aber

lassen Sie mich weitererzählen. Ich habe nämlich mitbekommen, wie Ihr Vater die Bilder abgeholt hat. Und eines kann ich Ihnen sagen: Er wirkte nicht glücklich, wenn er bei uns im Laden stand, weiß wie Zahnpasta ist er gewesen."

„Aber trotzdem ist er immer wieder zu Ihnen gekommen. Das erste Foto ... dieses hier, das stammt noch aus den Fünfzigern, das letzte ist von 1967. Das heißt: David Seis hat fast zehn Jahre lang die Bilder manipuliert, die ihm mein Vater gebracht hat. Warum zum Teufel hat er das getan? Warum hat er sich die Arbeit gemacht?"

„Es sind ja nur acht. Ihr Vater aber war häufiger da, vielleicht vier-, fünfmal im Jahr hat er Filme abgegeben. Erst Schwarzweiß- und später Farbfilme. Merken Sie etwas?"

„Was soll ich merken?"

„Alle Bilder sind Schwarzweiß. Als ihr Vater auf Farbfilme umstieg, hat Herr Seis aufgehört, die Bilder zu manipulieren."

„Und warum?"

„Na weil es verhältnismäßig einfach ist, zwei Schwarzweißaufnahmen zu montieren. Eine Person von einem Schwarzweißbild in eine Farbaufnahme zu montieren, ohne dass es künstlich aussieht, das ist schon ein ganz anderes Kunststück, das hat sich der Herr Seis wohl nicht zugetraut."

„Vielleicht sind das längst nicht alle Bilder. Vielleicht gibt es irgendwo noch viel mehr Fotos."

Sie lächelt ihn an. Ein Hauch von Überheblichkeit darin. Erst jetzt bemerkt Brenner, wie grotesk stark

Frau Nowak geschminkt ist.
„Nun überlegen Sie doch mal, Herr Brenner. Wenn Sie früher Ihre kleine Schwester erschrecken wollten … haben Sie denn eine kleine Schwester?“
Er schüttelt den Kopf.
„Egal, es ist ja nur ein Beispiel. Wenn Sie Ihre kleine Schwester erschrecken wollten, dann durften Sie nicht bei jeder Gelegenheit aus dem Kleiderschrank springen, Sie mussten Ihre Mittel sparsam einsetzen. Wäre auf jedem Foto diese geisterhafte Gestalt zu sehen“, Frau Nowak winkt ab, ihr Goldschmuck klimpert, „das wäre doch albern! Ich jedenfalls glaube nicht, dass weitere Fotos existieren.“
„Hatten Sie den Eindruck, dass sich mein Vater und David Seis gut kannten?“
„Nein, das nicht. Ich hatte aber den Eindruck, dass Herr Seis Ihren Vater nicht besonders mochte. Er hat ihn immer zuvorkommend behandelt, nicht anders als jeden anderen Kunden. Und trotzdem: Er hat Ihren Vater nicht gemocht, ich habe ein feines Gespür für so etwas.“
„Und hat mein Vater mit Herrn Seis über die Fotos gesprochen? Hat er ihn nach dem Mann gefragt?“
„Nicht, dass ich wüsste. Er ist in den Laden, hat seine Filme abgegeben … und ein paar Tage später kam er wieder, um die fertigen Bilder abzuholen. Viele Worte hat er nicht gemacht, scheint ein eher schweigsamer Mensch gewesen zu sein, Ihr Vater.“
„Aber hat er … hat er die Fotos noch im Laden angeschaut?“
„Nein, nie.“

„Und was ist mit den Negativen?"
Sie zuckt mit den Schultern.
„Aber die müssten doch irgendwo sein. Haben die Kunden sie denn nicht wieder mit nach Hause bekommen?"
„Doch, normalerweise schon."
„Aber dann wäre die Sache doch aufgeflogen. Auf den Negativen war doch keine Gestalt im Hintergrund. Oder liege ich falsch? Verstehe ich etwas nicht?"
„Nein-nein, das stimmt schon, was Sie da sagen. Entweder, Herr Seis hat die Negative verschwinden lassen, oder aber ..." Sie zieht ein Stofftaschentuch aus dem Ärmel ihrer Bluse, schnäuzt sich lautstark hinein und stopft das Tuch zurück an seinen Platz. „Oder aber er hat es darauf ankommen lassen. Vielleicht hat Ihr Vater die Negative ja nicht nachgeprüft."
Brenner beißt sich auf die Unterlippe, knetet seine großen Hände. Es fällt ihm schwer, auf der Couch sitzen zu bleiben. Am liebsten würde er durchs Zimmer marschieren.
„Das hätte er bestimmt."
„Ich weiß es wirklich nicht", sagt Bettina Nowak. „Haben Sie denn noch Fragen?"
„Hat Herr Seis Angehörige, mit denen ich reden könnte? Hat er Kinder ... oder vielleicht Enkel?"
Wieder zuckt sie mit den Schultern.
„Sie haben ihn doch gut gekannt, Frau Nowak. Sie haben immerhin das Geschäft von ihm übernommen."

„Tut mir leid, ich weiß es wirklich nicht. Ich glaube nicht, dass Herr Seis jemals verheiratet war. Ich weiß, dass er einen jüngeren Bruder hatte, aber ob der noch lebt …“ Sie winkt ab. „Da kann ich Ihnen leider nicht weiterhelfen. Langsam muss ich auch wieder, meine Telefonnummer haben Sie ja.“
Angestrengt überlegt Brenner, was er sie noch fragen kann. Er will sie nicht gehen lassen, würde sie am liebsten bitten, noch zwei, drei Stunden auf der Couch sitzenzubleiben … einfach für den Fall, dass ihm noch etwas einfällt. Plötzlich die Wohnungstür.
„Gut, Herr Brenner, Sie bekommen Besuch. Es hat mich jedenfalls sehr gefreut.“
Bettina Nowak steht auf, sie streckt ihm ihre Hand hin und das Gold klimpert.
„Mich auch“, murmelt Brenner und greift geistesabwesend die ihm dargebotene Hand. Er hört, wie Jana ihre Schuhe auszieht. Sie kommt ins Zimmer und bleibt verdutzt stehen.
„Äh … Hallo.“
„Guten Tag“, flötet Bettina Nowak. Dann schiebt sie sich an Brenners Tochter vorbei in den Flur. Mit großen Augen schaut Jana ihr nach.
„Auf Wiedersehen, Herr Brenner.“
„Wiedersehen, Frau Nowak, danke für Ihre Hilfe.“
Schon ist sie aus der Wohnung. Zurück bleibt der schwere Duft französischen Parfums. Jana öffnet ein Fenster.

2009

Brenner sitzt eingequetscht, mit drückendem Krawattenknoten und an den Oberschenkeln klebender Hose, zwischen seiner Mutter und seiner Tochter. Die Schultern der drei Hinterbliebenen berühren sich, so nah sind die dunkelbraunen, stapelbaren Holzstühle zusammengeschoben. Die 73-jährige Witwe wirkt gefasst, tupft sich nur ab und an die Augen und murmelt leise vor sich hin. Thomas Brenner hingegen würde sich am liebsten auf dem Boden zusammenkrümmen. Sein Magen schmerzt, als würde darin scharfes Metall rotieren, ihm steht klebriger Schweiß auf der Stirn und immer wieder durchrasen kalte Schauer seinen Leib. Aber er will und kann und muss sich zusammennehmen, rechts sitzt seine elfjährige Tochter … er muss sich einfach nur zusammennehmen. Sie hält seine Hand.

Neun Tage zuvor hat sich Karl Brenner in seinen Golf I, Baujahr 1981, gesetzt, ist zu dem Haus gefahren, in dem er mehr als vier Jahrzehnte lebte, ist auf eine alte Leiter gestiegen und hinuntergefallen, aus fast fünf Metern Höhe auf den ungleichmäßig gepflasterten Weg, der um das alte Haus läuft. Fast drei Stunden hatte Brenner mit gebrochenem Schädel in der Mittagssonne gelegen, unfähig sich zu rühren, aber zeitweise bei Bewusstsein, bevor zwei zufällig vorbeikommende Jugendliche den 81-jährigen bemerkten und den Rettungswagen riefen.

Als seine Frau und sein Sohn bei ihm eintrafen, hatten die Ärzte ihn bereits in Narkose versetzt,

kaum war sein Gesicht zu erkennen. Auf seiner Haut eine Landschaft aus Schläuchen, Bandagen, Klammern und verkrustetem Blut. Emma wollte ihrem Karl das Blut wegwischen, hatte schon das mit Mineralwasser angefeuchtete Taschentuch in der Hand, doch die Krankenschwester verbot ihr jede Berührung.
Als der Sarg herausgefahren wird, da kann Thomas Brenner die Tränen nicht mehr zurück-halten, warm und salzig läuft es ihm über die Wangen. Seine Schultern zucken, sein Atem geht stoßweise, er macht kleine, erstickte Seufzer und die elfjährige Jana drückt seine Hand, dreht ihren Kopf zu ihm. Aber ihr Vater schaut starr nach vorne, den Totengräbern hinterher ... dann auf das Grünzeug, die Kränze, die dicken, brutal zusammengestopften, sich bedrängenden Blumen. Am liebsten würde er aufstehen und gehen, ihm graut vor den Beileidsbekundungen, die gleich kommen werden. Er will keine feuchten Hände schütteln und nicht in Gesichter sehen, die er kaum kennt, er will nicht hinter dem Sarg zum Grab laufen, er will das alles nicht. Ihm wird übel beim Gedanken an die Grube und die Erde, an den fast neongrünen Kunstrasen und die schmutzigen Stricke, die sie um den Sarg legen ... ihm graut vor dem Glockengeläute, vor den standardisierten Worten des Pfarrers ... er will das alles nicht. Am liebsten würde er weglaufen.
Karl Brenner hatte seine wachen Momente, über drei Tage hinweg. Er sprach sogar ein bisschen ... erkannte seine Frau und seinen Sohn. Sie beteten mit

ihm, erzählten ihm aus ihrem Alltag, fragten ihn, ob er Schmerzen habe. Was sie ihn nicht fragten: Warum hatte er die Leiter aus dem Holzverschlag geholt und war – 81 Jahre alt, geplagt von Rheumatoider Arthritis und plötzlichen Schwindelanfällen – fünf Meter nach oben gestiegen … an einer Stelle, an der nur nackte Wand war, an der nichts zu tun, nichts zu reparieren war. Er hatte einfach keinen Grund gehabt, eben dort die Leiter an die Wand des alten Hauses zu lehnen … außer natürlich den, über den sie nicht mit ihm sprachen.

„Es war ein Unfall", sagte Emma Brenner, als sie mit ihrem Sohn durch den gelb und orange gestrichenen, nach Putzmitteln riechenden Kranken-hausflur lief. „Er hat einfach seine Kräfte überschätzt. Und dabei habe ich ihm immer gesagt, dass er vorsichtig sein soll". „Stimmt, er hat sich einfach überschätzt", antwortete der Sohn.„Er hätte wissen müssen, dass ihm leicht schwindelig wird." Und sie sagte: „Niemand bringt sich um, indem er von einer Leiter springt. Man erhängt sich … oder man nimmt Tabletten … aber niemand bringt sich um, indem er von einer Leiter springt. So etwas gibt es nicht. Das siehst du doch auch so, Thomas … oder nicht?"

Nein, ganz so sah er es nicht. Trotzdem pflichtete er ihr bei.

„Ja, natürlich. Er wollte etwas am Haus machen und da ist ihm schwindelig geworden. Es war ein tragischer Unfall."

…

Nur wenige Schritte entfernt lag Karl Brenner, dachte

an die halbe Stunde, die er auf der alten Leiter gestanden hatte, dachte an die Wärme der Sonne und den Wind im Gesicht. Er war einfach davongeflogen, mit geschlossenen Augen und einem Lächeln auf den Lippen.

...

Vier Tage nach dem Sturz trat eine weitere Hirnblutung auf. Der 81-jährige verstarb während der Notoperation.

7

Es ist Montagmorgen, Brenner hat unruhig geschlafen, in aller Ruhe gefrühstückt und anschließend seine Tochter überredet, sich von ihm zur Schule bringen zu lassen. Der alte Passat läuft wie am ersten Tag, nicht ein einziger Ruckler.

„Sag mal, hast du im Ernst gedacht, Frau Nowak wäre 'ne Prostituierte?"

„Sie sah ein bisschen so aus … mit ihrer komischen Lederhose und den roten Backen. Außerdem hat sie gerochen wie … na ja, wie ein umgekippter Parfümlaster."

„Und dass die Frau über siebzig ist …"

„Sie sah jünger aus. Außerdem kenne ich deine Vorlieben nicht."

„Die gehen dich auch nichts an", murmelt Brenner. „Ich interessiere mich ja auch nicht für deine."

„Themawechsel?"

„Themawechsel."

Sportlich biegt Brenner in die Straße ein, an der Janas Gymnasium liegt. Es ist ihm ein wenig peinlich, wie er aussieht. Unrasiert, mit müden Augen und hängendem Gesicht. Sein T-Shirt hat dunkle Flecken und einer seiner Schuhe ist offen.

„Gehst du heute zur Arbeit?", fragt Jana. „Hast du endlich mal richtig schlafen können?"

„Ja, geschlafen habe ich … mit Unterbrechungen. Zur Arbeit gehe ich nicht, ist eh nicht viel zu tun. Sommerloch."

„Und was hast du vor?“
„Heute, meine einzige und liebste Tochter, heute werde ich herausfinden, wer der durchsichtige Mann ist.“
„Okay … und wie willst du das anstellen?“
„Das weiß ich noch nicht. Erst einmal ein bisschen herumtelefonieren, recherchieren. Manchmal muss man einfach anfangen, dann ergibt sich etwas.“
„Na dann viel Glück.“

—

Als Brenner in der Redaktion anruft, ist es kurz nach acht. Er erwischt – Herrgott nochmal! – die falsche Sekretärin, diejenige, mit der er nicht auskommt und niemals auskommen wird. Heidemarie Burkhardt-Halbenbach heißt die Frau, eine Giftspinne und Spinatwachtel übelster Sorte … findet Brenner und finden auch andere.
„Ach, der Herr Brenner, Sie möchten sich also krankmelden?“
Ihre Freundlichkeit ist so falsch, dass es wehtut.
„Exakt das habe ich eben gesagt.“
„Was haben Sie denn für Beschwerden, wenn ich fragen darf.“
„Brechdurchfall, vermutlich Norovirus. Interessieren Sie sich für Details, Fräulein Burkhardt? (die andere Hälfte ihres Doppelnamens lässt Brenner grundsätzlich weg. Er hofft, sie so zu ärgern.) Soll ich Ihnen beschreiben, wie mein Badezimmer aussieht? Soll ich Ihnen Fotos schicken?“

Schweigen.
„Noch am Leben, Fräulein Burkhardt? Ist Ihnen etwas auf den Kopf gefallen?"
„Einmal werden Ihre Frechheiten auf Sie zurückfallen, Herr Brenner."
„Ist ja interessant. Ich sage Ihnen dann Bescheid, wenn es so weit ist."
Brenner legt auf. Er fährt zu seiner Wohnung und bringt sich in Form. Rasieren, Zähneputzen, ein frisches Hemd und kaltes Wasser ins Gesicht. Starker Kaffee mit zwei Teelöffeln Zucker und Brenner ist gesellschaftsfähig. Raus auf die Straße, ab zum Auto und die Musik lautgedreht. „Run outside in the desert heat. Make your dress all wet and send it to me", singt Black Francis.
Eine Stunde Fahrt und nichts wie raus aus der Karre. Schon steht Brenner mit dem Schlüssel in der Hand vor dem Elternhaus seines Vaters. Das zweistöckige, einsam am Rand eines völlig unbedeutenden-Dorfes stehende Gebäude zeigt deutliche Spuren des Verfalls: Die Dachrinne ist verstopft und hängt schief, auf den hölzernen Fensterrahmen wachsen blassgrüne Flechten und von der Haustür blättern große Stücke weißer Farbe ab, auch müsste der Rasen gemäht und Unkraut gerupft werden. Die Obstbäume hingegen sind längst gefällt, ihre Stümpfe faulig und von Pilzen besiedelt.
Wenn ich noch länger warte, denkt Brenner, dann kauft das kein Mensch mehr, dann kann ich mir 'nen Bagger mieten und die Hütte abreißen. Aber er hat seinem Vater versprochen, das Haus zu behalten,

immer wieder hat der Alte ihn gefragt und immer wieder hat Brenner es ihm versprochen: Nein, Papa, natürlich nicht, unser Haus wird nicht … nein, wirklich nicht, es ist unser Haus, es … es bleibt in der Familie, ich weiß ja, wie viel dir daran liegt. Ja, ich verspreche es.
Brenner schließt auf, wischt sich die Schuhe ab und tritt in den engen, halbdunklen Hausflur. Strom und Wasser sind abgestellt, nur noch eine kalte, leere Hülle ist dieses Gebäude, gefüllt mit abgewetzten Möbeln und dem Kitsch vergangener Jahrzehnte. Bei ihrem Auszug haben Karl und Emma Brenner so gut wie nichts mitgenommen, unten im Keller stehen sogar noch Gläser mit eingemachtem Obst.
Durch den Flur geht Brenner in die große Wohnküche. Er öffnet eines der beiden Fenster, setzt sich auf die staubige Eckbank und klappt sein Notebook auf. Wenn dieser durchsichtige Mann, so überlegt er sich, ein Verwandter meines Vaters war, dann könnte er mit Nachnamen Brenner heißen und aus dieser Gegend hier stammen. Einen Versuch ist es wert, Brenner notiert sich die Telefonnummer des zuständigen Standesamtes. Dann erinnert er sich daran, wie lange er bei seiner letzten Anfrage an ein Standesamt warten musste, und setzt ein großes, fett ausgemaltes Fragezeichen hinter die Nummer. Vielleicht das Pfarramt der Gemeinde, in der sein Vater geboren wurde? Irgendwie müsste man doch an das Kirchenbuch kommen.
Er sucht die Nummer und ruft an. Eine sehr freundliche Sekretärin stellt ihn zum Pfarrer durch

und Brenner tischt dem Geistlichen seine Halbwahrheiten auf: etwas von Ahnenforschung, vom plötzlich erwachtem Interesse an der eigenen Herkunft, von einem kriegstraumatisierten Vater, der nie über seine Geschwister sprechen wollte. Ob er denn das Kirchenbuch einsehen könne? Ja? Und wann könne er vorbeikommen?

Zwei Stunden später hat Brenner Schubladen und Schränke durchwühlt. Er ist auf den engen, nach Vogeldreck riechenden Dachboden hinauf und in den feuchten, nur 1,60 Meter hohen Keller hinab gestiegen, hat staubige Möbel von den Wänden weggerückt und im Schlafzimmerschrank zwischen die zusammengelegten Laken gegriffen. Aber was hat er gesucht? Neue Fotos mit neuen Gespenstern? Brenner weiß es nicht genau, irgendwelche persönliche Gegenstände seiner Eltern, ein Tagebuch vielleicht, Fotoalben, Dokumente ... rosafarbene, mit Parfum besprühte Liebesbriefe.

Gefunden hat er nichts und kurz nach zwölf verlässt er das Haus. Er fährt in die nächste Ortschaft, kauft sich für 2,90 einen grauenhaften Döner, isst ihn zur Hälfte und wirft den durchgeweichten Rest in einen Mülleimer, auf dem „Danke“ steht. „Gern geschehen“, murmelt Brenner. Dann kauft er sich an einem Kiosk eine Flasche Apfelschorle und eine Tafel Schokolade, setzt sich gähnend in sein auf einem Behindertenparkplatz abgestelltes Auto und kurbelt das Fahrerfenster herunter. Zehn Minuten später nähern sich zwei blau gekleidete Damen und Brenners mit Traubennussschokolade verschmierte

Hand geht zum Zündschlüssel.
Bevor die Politessen bei ihm sind, ist Brenner wieder auf der Straße. Er fährt zum Pfarramt und auf dem Weg dorthin steigt dieses merkwürdige Zittern in ihm auf, das er in den letzten Tagen mehrmals hatte. Alle Muskeln seines Oberkörpers muss er anspannen, will er dieses Zittern unterdrücken.

—

Der Mann ist ein Berg. Er hat keinen nennenswerten Hals und keine Taille, seine Arme wirken im Vergleich zum massigen Leib dünn und schlaff. Auf dem großen Kopf des Geistlichen wuchert ein dichtes Gestrüpp kleiner, schwarzer Locken und seine randlose Brille wird fast aufgefressen von dem breiten, fleischigen Gesicht, in dem sie steckt.
„Herr Brenner?"
„Der bin ich. Guten Tag, Herr Pfarrer."
„Sie sind eine Stunde zu früh. Wir hatten 14 Uhr ausgemacht."
„Oh, ich dachte 13 Uhr", schwindelt Brenner. „Ich befürchtete schon, ich komme zu spät, habe mich extra beeilt. Bitte entschuldigen Sie, ich kann natürlich wieder …"
„Na wenn Sie schon einmal hier sind …", seufzt der massige Mann. Er trägt neonbunte Turnschuhe, hellgraue Jeans und ein kurzärmeliges, eindeutig zu enges Karohemd, gut sichtbar zeichnen sich des Pfarrers winzige Brustwarzen ab.
Erwartet hatte Brenner tiefes, wallendes Schwarz,

Schwarz und einen Hauch von Weihrauch. Sein letzter Kirchenbesuch ist 25 Jahre her und wenn er an katholische Priester denkt, dann denkt er an Horrorfilme und Kindesmissbrauch. 18 Jahre war Brenner alt, als er aus der Kirche austrat, fast zwei Monate hat sein Vater nicht mit ihm gesprochen.
„Ich habe leider nicht viel Zeit", sagt der Pfarrer. „Wenn Sie mir bitte folgen würden, Herr Brenner. Hinter dem Gemeindesaal ist ein kleiner Raum, dort können Sie in Ruhe arbeiten, ich bringe Ihnen das Kirchenbuch."
Schon setzt er sich in Bewegung, nur keine Zeit verlieren. Er geht, als täten ihm die Füße weh.
„Sie suchen Verwandte Ihres Vaters?"
„Ja, genau. Seinen Bruder. Er hat nie von ihm erzählt, aber ich weiß, dass er einen hatte."
Brenner folgt dem katholischen Priester. Der Mann ist so breit, denkt Brenner, man könnte eine Tür mit ihm verstopfen.
„Möchten Sie ein Glas Weihwasser?"
„Wie bitte?"
„Ob Sie ein Glas Mineralwasser möchten."
„Danke, das wäre sehr nett. Ist schwül heute."
Ich kriegs noch an die Nerven, denkt Brenner, … Weihwasser.
„Mit oder ohne Kohlensäure?"
„Mit. Danke."
„In Ordnung, Herr Brenner.Hier ist der Raum, von dem ich sprach, entschuldigen Sie das Durcheinander. Ich bringe Ihnen unser Kirchenbuch … und falls Sie Hilfe brauchen, ich bin gleich nebenan."

Eine halbe Minute später sitzt Brenner vor dem in dunkelrotem Leder gebundenen Wälzer. Das Buch ist 150 Jahre alt, verströmt einen deutlichen Essiggeruch und fühlt sich seltsam feucht an, als könne es sich jeden Moment in einen schmierigen Klumpen Leim verwandeln. „Achten Sie bitte darauf, nicht zu hastig umzublättern", hat der Pfarrer ihn ermahnt. Auch muss Brenner Baumwollhandschuhe tragen.
Okay … wie sind die Einträge geordnet? Leise in sich hinein fluchend lässt Brenner seine Augen über die dichten Kolonnen aus Namen und Zahlen wandern, es fällt ihm nicht leicht, die handschriftlichen Einträge zu entziffern. Nach fünf Minuten hat er sich selbst gefunden: Thomas Brenner, aufgenommen in die Gemeinschaft der Gläubigen am 28. Januar 1973, Eltern: Karl und Emma Brenner, Taufpaten …
Herrje, ist der Mann nervös! Die Zehen seines rechten Fußes arbeiten in seinem Schuh, als wollten sie sich durch das Leder graben. Er sitzt in einem weniger als zehn Quadratmeter großen Raum, umgeben von Aktenschränken und gestapelten Klappstühlen und ihm bricht der Schweiß aus. Ein Schluck Wasser … und … verdammter Mist, bloß nichts auf das Buch verschütten!
Dann – reiß dich zusammen, Brenner, du bist doch sonst nicht so – tiefer hinein in die schmutzigen Winkel der Vergangenheit. Als er den Taufeintrag seiner Schwester findet, schließt Brenner die Augen. Maria hieß das Mädchen, das nicht einmal zwei Jahre alt wurde … ein Wunder, dass ich nicht Josef heiße. Kurz überlegt Brenner, im Sterbebuch die Beerdi-

gung seiner Schwester zu suchen – wie um Himmels Willen kann ein Kind an einem Darmverschluss sterben? Haben sie denn nicht gemerkt, dass die Kleine nicht mehr scheißen konnte? –, dann lässt er es bleiben und blättert mit zusammengekniffenen Lippen und wummerndem Herzen nach seinem Vater.

1930, 1929, … 1928, … und da ist er: Karl Brenner, getauft im schönen Monat Mai. Die Namen der Paten hat Brenner nie zuvor gehört, wieder wird im bewusst, wie wenig er über seine Verwandtschaft weiß. Als hätten meine Eltern absichtlich alle Verbindungen gekappt, denkt er, … ein neuer Wohnort, ein neues Kind, kein Kontakt mehr zur Verwandtschaft, keine Geburtstage, keine Telefonate, keine Besuche auf dem Friedhof. Nur das Haus, das wollte der Alte ums Verrecken behalten, daran hat er sich noch geklammert, als er mit Schädelbruch im Krankenhaus lag, davon konnte er sich nicht trennen. Weiter, nicht zu viel Grübelei! Brenner streckt sich, lehnt sich zurück und reibt die Augen. Plötzlich muss er über sich selbst lachen: Weichei elendiges! Augen auf und weitergeblättert!

1928 … 1927 … und da ist er, der verlorene Brenner, Peter der Vorname, getauft am 12. Juni 1927, Eltern: …

Thomas Brenner atmet mehrmals tief durch. Er lässt den Kopf hängen, schließt die Augen und faltet die Hände. Er sitzt da, als würde er beten. Plötzlich springt er vom Stuhl auf, stößt mit den Knien hart gegen die Tischkante und kann gerade noch das

Kirchenbuch beiseite zerren. Das Wasser aus dem umgekippten Glas breitet sich sprudelnd und zischend auf dem staubigen Tisch aus. Es erreicht die Kante und tropft auf den dunkelbraunen Teppichboden.
Peter also, Peter Brenner.

—

„Ich hätte ja nicht gedacht, dass Sie rauchen."
Der Pfarrer lässt sich von Brenner eine Gauloise anstecken, eine von den blauen, den stärkeren. Zusammen haben sie das Kirchenbuch in Sicherheit gebracht und das Wasser aufgewischt. Jetzt sitzen die beiden schweren Männer auf wackligen Campingstühlen im rundum eingemauerten Garten des Pfarrhauses.
„Ich habe einen stressigen Job", antwortet lachend und grauen Rauch pustend der katholische Priester.
„Ich auch", sagt Brenner. Eigentlich wollte er – zum wievielten Male? – damit aufhören. Jetzt steckt er sich doch eine an. Marlboro Rot, die Marke mit dem toten Cowboy. Ausgerechnet Lungenkrebs hatte der Mann.
„Darf ich Sie fragen, was Sie so in Unruhe versetzt hat, Herr Brenner?"
„Ich bin nur zu hastig aufgestanden … und dabei mit dem Knie an die Tischkante gestoßen."
Schweigen. Lautes Vogelgezwitscher und das an- und abschwellende Brummen einer wie besoffen vor Brenners Gesicht taumelnden Gartenhummel.

„Geht mich ja nichts an. Aber falls Sie reden möchten, bin ich natürlich für Sie da. Viele Familien haben ja ihre Geheimnisse."
„Das mag sein."
Still rauchen die Männer ihre Zigaretten, verloren wirken die schmalen, langsam verglühenden Gebilde in den großen Gesichtern. Ich müsste einen Garten haben, denkt Brenner, ich würde zwischen Bäumen und Blumen und meinen eigenen, selbst gezüchteten Tomaten sitzen. Die ganze Welt könnte mich tüchtig am …
„Ich habe schon erlebt, dass Menschen unter Tränen zusammengebrochen sind", unterbricht der Pfarrer Brenners bockige Gedanken. „Haben Sie die Geschwister Ihres Vaters denn gefunden?"
„Ja … einen Bruder, einen älteren Bruder. Er wurde ein Jahr vor meinem Vater geboren."
„Und ihr Vater hat nie von ihm erzählt?"
„Nein, nie. Nicht ein einziges Wort. Er war kein sehr … kein sehr offener Mensch."
„Es kommt leider recht häufig vor, dass Geschwister sich zerstreiten und jeden Kontakt abbrechen. Haben Sie auch ins Sterbebuch geschaut? Womöglich lebt Ihr Onkel ja noch, vielleicht könnten Sie Kontakt zu ihm aufnehmen."
„Ich bezweifle, dass er noch lebt."
Der Pfarrer pustet Rauch. Ein großer, katholischer, mit Dampf gefüllter Sack, denkt Brenner. Soll er ihm von den Bildern erzählen? Soll er ihm von der alles durchdringenden, jede Minute dieses sparsamen Lebens vergiftenden Angst seines Vaters erzählen,

von der manischen, kriecherischen Religiosität, von dem katholischen Kitsch, mit dem er sich und seine Familie umgab? Jesus, mein Erlöser, von jeder Wand musst du schauen, von tausend Bildern soll mich dein leidender Blick treffen.

„Ich habe vor einigen Tagen zufällig ein paar alte Fotos gefunden, auf denen der Bruder meines Vaters abgebildet ist", beginnt Brenner schwerfällig. Er nimmt einen Zug und unterdrückt ein Husten. „Na ja, zumindest vermute ich, dass er es ist. Aber ich werde nicht so recht schlau aus der Sache. Es sind keine gewöhnlichen Fotos, jemand hat …" Brenner drückt die Zigarette aus, reibt sich mit beiden Händen das Gesicht, riecht das Nikotin. Auf einmal muss er lachen.

„Egal, nicht so wichtig. Wissen Sie, was komisch ist? Ich habe mir nie viel aus meiner Herkunft gemacht, ich habe mich immer als Insel betrachtet, allein im weiten, stürmischen Ozean. Und jetzt gerate ich durch Zufall an irgendwelche alten Familiengeschichten und das nimmt mich so mit, dass ich …" Leise lachend schüttelt er den Kopf. „Es ist wirklich bescheuert! Ich habe seit Tagen kaum geschlafen. Nachts liege ich wach und habe diese Fotos vor Augen."

Auf einmal, ganz ohne Vorwarnung, legt der Pfarrer seine große warme Hand auf Brenners Arm.

„Passen Sie auf sich auf, Herr Brenner. Wie gesagt: Ich habe schon erlebt, dass Menschen zusammengebrochen sind, als sie sich daran machten, die dunklen Abgründe ihrer Familiengeschichte zu

erhellen. Gehen Sie es langsam an … überschätzen Sie Ihre Kräfte nicht."
Brenner hat kaum zugehört … irgendwas mit „dunklen Abgründen" … ein passender Titel für einen zweitklassigen Horrorfilm, denkt er. Ihn stört die Hand des Pfarrers, er kann es nicht ausstehen, von fremden Menschen ohne seine Erlaubnis angefasst zu werden. Schon als Kind hat er das nicht gemocht.
„Nehmen Sie bitte Ihre Hand weg."
„Natürlich, entschuldigen Sie. Ich wollte Ihnen nicht zu nahe treten."
„Ich bin kein kleines Kind, das in den Arm genommen werden muss", murmelt Brenner. Er klingt, als würde er mit sich selbst sprechen.
„Selbstverständlich sind Sie das nicht."
Die betrunkene Hummel ist zurück, taumelt auf Fußhöhe um die kantigen Beine des Kunststofftisches, auf dem der Aschenbecher steht. Nervös überlegt Brenner sein weiteres Vorgehen. Sollte der Mann auf dem Foto wirklich Peter Brenner sein, dann müsste ihn doch …
„Hat Ihre Gemeinde einen Altennachmittag?", platzt es aus ihm heraus. „Oder irgendeine Gelegenheit, bei der sich alte Leute hier aus dem Ort treffen?"
„Ja, natürlich. Jeden Mittwoch im …"
„Dürfte ich dort meine Fotos zeigen?"
„Nun …"
„Irgendjemand müsste ihn doch kennen in so einem kleinen Ort. Dann könnte ich sicher sein, dass dieser Mann auf den Bildern tatsächlich mein Onkel ist."

Der Geistliche zögert, hastig spricht Brenner weiter. „Ich möchte nur kurz die Fotos zeigen, keine große Sache, nur kurz die Fotos zeigen und fragen, ob jemand den Mann kennt."
Der Pfarrer lehnt sich nach vorne, sein breiter Daumen zerdrückt den Rest der Zigarette.
„Eine Sache von zehn Minuten wäre das. Sie würden mir wirklich sehr helfen damit."
„In Ordnung, Herr Brenner. Kommen Sie am Mittwoch kurz vor 16 Uhr vorbei. Ich stelle Sie unseren Senioren vor."

—

Als Brenner in die Straße einbiegt, in der er seit seiner ersten – und er hat sich geschworen: auch seiner letzten – Scheidung wohnt, ist es kurz nach 17 Uhr. Als er endlich einen Parkplatz gefunden hat, ist es halb sechs. Und als ihn seine Tochter findet, ist es bereits nach sieben. Brenner sitzt in seinem Schlafzimmer auf dem großen, nicht gemachten Bett, um sich herum die alten Schwarzweißfotos und im Gesicht ein Ausdruck irgendwo zwischen verbissener Unzufriedenheit und Kampfeslust.
„Was machst du?", fragt Jana.
„Ich denke nach", murmelt Brenner. Tatsächlich ist es ihm die ganze letzte Stunde nicht gelungen, auch nur einen klaren Gedanken zu fassen. Immer und immer wieder hat er sich die Fotos angesehen … als müsse er den geisterhaften Mann nur lange genug anstarren und er würde – er müsse! – aus dem Bild

treten und seine Geheimnisse offenbaren.
Jana öffnet ein Fenster, setzt sich dann zu ihrem Vater. Sie trägt ein rot geblümtes, von einem breiten Gürtel tailliertes Kleid, das sie älter als 16 aussehen lässt. Meist trägt sie T-Shirt und Jeans.
„Hattest du ein Rendezvous?“, fragt Brenner seine Tochter.
„Nein, Quatsch. Jetzt sag schon, hast du was herausgefunden?“
„Ja, das habe ich.“
Leise lacht Brenner in sich hinein.
„Und was? Jetzt mach es nicht so spannend, Papa!“
„Mein Vater hatte einen älteren Bruder. Peter Brenner hieß der Mann.“
Jana lehnt sich zurück und kaut auf ihren Lippen. Brenner legt die Fotografien beiseite.
„Ich habe mir das Kirchenbuch angeschaut. Im Juni 1927 wurde dieser Peter Brenner getauft ... er ist eindeutig mein Onkel.“
„Was ist denn ein Kirchenbuch?“
„Da stehen Taufen und Beerdigungen drin ... auch Hochzeiten und ... alles, was eben so anfällt im Gemeindeleben. Man kann die einsehen, die Kirchenbücher.“
„Gut ... wenn der also 1927 geboren wurde, dann wäre er jetzt 88. Der könnte ja theoretisch noch leben.“
„Ja ... theoretisch.“
Die beiden sitzen schweigend nebeneinander und starren Richtung Zimmertür. Brenner hört, dass seine Tochter auf ihren Nägeln kaut. Früher, als Jana noch

klein war, gab es so einen bitteren Nagellack, damit versuchte seine Exfrau, der Kleinen das Kauen abzugewöhnen. Ob Jana sich daran erinnert?
„Also dieser Mann ... also der auf dem Foto", beginnt sie zögerlich, „der muss ja nicht unbedingt der Bruder von Opa sein. Vielleicht sind das zwei ganz unterschiedliche Geschichten. Vielleicht hat Opa sich mit seinem Bruder zerstritten und die haben jeden Kontakt abgebrochen und der ist dann weggezogen und Opa hat vielleicht überhaupt nicht mehr gewusst, wo der ..."
„Das ist alles nur Spekulation", unterbricht Brenner den Redeschwall seiner Tochter.
„Ja klar ist das Spekulation", antwortet Jana. „Was denn sonst?"
Brenner atmet durch. Ich muss endlich Schlaf nachholen, denkt er. Ihm fällt die Sache mit dem Weihwasser ein.
„Ich gehe übermorgen zu einem Seniorennachmittag. Der findet in dem Ort statt, aus dem dein Opa stammt. Vielleicht erkennt ja jemand den Mann auf den Bildern."
„Und wenn der Mann nun der Bruder von deinem Vater ist, was machst du dann?"
„Es heißt: der Bruder deines Vaters."
Sie steht auf, stellt sich vor ihn, schaut auf den müden Mann herab.
„Sag mal, bist du wegen irgendwas sauer auf mich? Habe ich was Falsches gesagt?"
„Nein, ich ..."
„Dann hör auf, mich zu korrigieren. Bist du

Deutschlehrer oder was? Nur weil du für so eine blöde Zeitung schreibst, die in zehn Jahren sowieso niemand mehr liest … "
„Jetzt mach mal halblang."
„Und hör du auf, mich zu korrigieren."
„Okay, Jana, entschuldige. Ich bin übermüdet, es ist alles anstrengender als ich dachte … und dabei war ich immer der Überzeugung, meine Familie sei mir im Grunde egal. Komm, setz dich wieder zu mir."
Sie wartet einige Sekunden, dann setzt sie sich doch. Papa sieht kaputt aus, denkt sie, müde, alt und mutlos. Er sieht aus, als müsste man ihn ins Bett stecken und ihm Grießbrei kochen.
„Wenn dieser Mann der Bruder meines Vaters ist", beginnt Brenner in leisem, nachdenklichem Ton, „… und ich glaube, dass er der Bruder meines Vaters ist … dann könnte es doch sein, dass mein Vater seinen Bruder auf dem Gewissen hat, das würde erklären …"
„Du weißt ja nicht einmal, ob der Mann tot ist."
„Ja-ja, schon klar, du hast Recht. Aber nehmen wir einmal an, er ist tot, einfach als Gedankenspiel. Wenn nun mein Vater seinen Bruder auf dem Gewissen hat und dieser Fotograf, dieser Herr Seis, der wusste davon, dann …" Brenner schnappt nach Luft. „Dann hat dieser Herr Seis die Bilder manipuliert, um meinen Vater zu erschrecken, um ihn an seine Tat zu erinnern. Und mein Vater, abergläubisch und ängstlich wie er war, hat ihm das natürlich abgenommen. Ich kann mir richtig vorstellen, wie er zitternd vor Angst mit seiner alten Kamera durch das Haus

geschlichen ist. Wahrscheinlich hat der Alte wirklich geglaubt, vom Geist seines toten Bruders verfolgt zu werden."

„Sag bitte nicht ‚Der Alte' zu Opa, okay?"

Brenner nickt.

„Außerdem traue ich Opa keinen Mord zu. Du etwa?"

„Nein, eigentlich …"

„Der konnte doch nicht einmal eine Fliege umbringen. Außerdem war er total gläubig, der hätte doch Angst gehabt, dass er in die Hölle kommt."

Schweigen. Brenners Blick wandert über den Zimmerboden … als suche er ein heruntergefallenes Puzzlestück.

„Oder traust du ihm zu, jemanden zu töten?"

„Nein, das tue ich nicht, das war nur so ein Gedanke. Ich glaube nicht, dass mein Vater ein Mörder war. Warten wir ab, was die alten Leute sagen. Gehst du heute noch weg?"

„Nein, warum?"

Er strafft seinen Körper, klatscht in die Hände. Ein klein wenig Kraft ist noch da.

„Ich will dich zu irgendetwas einladen! Hast du Lust auf Kino? Natürlich nur, wenn es dir nicht zu peinlich ist, mit deinem hässlichen, alten, streitsüchtigen Vater gesehen zu werden."

„Geht so."

„Du kannst auch den Film aussuchen, ich verspreche hiermit feierlich, mich nicht zu beschweren … und keine blöden Witze zu machen. Wenn du also was mit romantischen Vampiren sehen willst …"

Sie verdreht die Augen.
„So was schaue ich schon seit Jahren nicht mehr."
„Oder irgendwas mit Einhörnern vielleicht?"
„Halt die Klappe, Papa."

8

Zwei Arbeitstage liegen hinter Brenner, zwei mal zehn Stunden Lokaljournalismus. Er hat einen aufgeregten, eine Mischung aus Spanisch, Deutsch und Was-weiß-ich-denn sprechenden Hochseilartisten, eine (zu Recht) über die Gesetzeslage verärgerte Hebamme, zwei unterschiedlich schmierige Lokalpolitiker, den Vertreter einer Vereinigung ökologisch arbeitender Landwirte und einen fünfzig Jahre alten Straßenpunk interviewt, der schon so lange an derselben Stelle bettelt, dass er mittlerweile als Original gilt und fast so viel „wie einer von den Bullen" verdient.

Geschrieben und ins Blatt gebracht hat Brenner drei Artikel und ein paar Meldungen, außerdem eine Glosse zum Thema Kreisverkehr. Inhalt: In Kreisverkehren fallen in den Autos allerhand Dinge um bzw. herunter: Flaschen, Mobiltelefone, etc. Daher übersteigt der volkswirtschaftliche Schaden, den die Kreisverkehre anrichten, bei weitem deren Nutzen. Der Gag ist geklaut, allerdings weiß Brenner nicht mehr, von wem er ihn geklaut hat. Wird sich schon keiner beschweren.

Als Brenner sich unauffällig verdrückt, ist es 15 Uhr und unangenehm heiß. Der Altennachmittag steht an.

Pünktlich parkt er seinen Wagen vor dem Gemeindehaus. Eine mobile Rollstuhlrampe bedeckt die Hälfte der Treppe, die zu der großen, von einem

splittrigen Holzkeil offen gehaltenen Glastür führt, zwei Meter geriffeltes Metall für die Lahmen. Als Brenner mit nassen Händen und verkrampftem Nacken aus seinem Wagen steigt, da wird ihm schwarz vor Augen. Er hält sich an der Wagentür und wartet, ärgerlich den Kopf schüttelnd, auf Besserung. Okay, einmal tief durchatmen und nichts wie hinein. Entgegen Brenners Hoffnung, hat das Gemeindehaus keine Klimaanlage. Zwei Ventilatoren schaufeln heiße Luft durch den großen Raum, außerdem stehen die Türen offen. Es riecht nach Kaffee.
„Hallo, Herr Brenner."
Mit ausgestrecktem Arm naht der Geistliche, auch ihm steht der Schweiß auf der Stirn.
„Herr Pfarrer."
„Wir wollten den Nachmittag schon absagen, wegen der Hitze."
Den Nachmittag absagen, denkt Brenner, wie soll das gehen?
„Warum lächeln Sie?"
Brenner winkt ab. „Ach, wegen überhaupt nichts. Soll ich den Leuten einfach meine Bilder zeigen und fragen?"
„Ich werde zuerst ein paar Worte sagen, anschließend können Sie gerne Ihre Bilder herumgehen lassen. Warten wir noch fünf Minuten, bis alle da sind. Möchten Sie vielleicht etwas trinken?"
„Nichts lieber als das."
„Da vorne, auf dem Tisch. Nehmen Sie sich auch ein Stück Kuchen, Herr Brenner …" Der Pfarrer zieht ein

Taschentuch aus seiner Hose und tupft sich die Schweißperlen von der Stirn. „... bevor er wegschmilzt."

—

Das bebrilltes Gesicht der alten Frau ist so dicht über einem der Bilder, dass sie es fast mit der Nasenspitze berührt.
„Da erkennt man ja nichts."
Und eine andere, mit Empörung in der Stimme: „Ganz verwaschen ist das, ganz verwischt!"
Schon seit fünf Minuten gehen die Bilder herum, schon seit fünf Minuten werden Vermutungen geäußert. Sechs Frauen und drei Männer sind da, rund 700 Jahre Lebenserfahrung. Dazu eine junge Akkordeonspielerin, kaum älter als zwanzig und sichtlich gelangweilt, sowie der fröhliche, schwitzende Pfarrer und der sich nervös etwas abseits haltende Thomas Brenner. Er hat die ausgedruckten und nachbearbeiteten Fotografien so zugeschnitten, dass nur noch die verschwommene, mit dem Hintergrund vermischte Gestalt zu sehen ist.
„Das ist ja auch so furchtbar klein", beschwert sich eine weitere Frau.
„Aber der Brenner ist es", meldet sich einer der drei Männer, ein massiger, in seinem Gefährt mehr steckender als sitzender Rollstuhlfahrer mit einer dröhnenden Bassstimme. „Der Brenner hat exakt so einen Anzug gehabt."
„Der Peter?", fragt kleinlaut einer der anderen

Männer. Er hält das Foto des Hausflurs in der Hand.
„Ja, natürlich“, blafft ihn der Rollstuhlfahrer an. „Der Peter Brenner, der Bruder vom Karl. Der hat genau so einen Anzug gehabt. Schau doch hin!“
„Aber man erkennt ja das Gesicht nicht! Wie kann man denn da sicher sein, wenn man das Gesicht nicht erkennt?“, wendet aufmüpfig eine der Frauen ein. Wieder der Rollstuhlfahrer:
„Papperlapapp, der Peter Brenner ist das auf dem Foto, da müssen wir überhaupt nicht palavern.“ Er patscht das Bild auf den Tisch als wolle er es ins Holz drücken. „Ganz eindeutig ist er das!“
Stille. Ein Machtwort wurde gesprochen.
„Weiß denn jemand, was aus diesem Peter Brenner geworden ist?“, fragt der Pfarrer.
„Ist er nicht gefallen?“, nuschelt einer der alten Männer in die Runde. Zustimmendes Nicken von einigen der Anwesenden. Eine der Frauen sieht aus, als würde sie gleich einschlafen.
„Im Krieg?“, meldet sich eine andere.
„Ja wo denn sonst?“
„Ist er denn überhaupt im Krieg gewesen?“
Brenner schaltet sich ein.
„Er war erst 17, als der Krieg zu Ende war. Ich glaube nicht, dass er gefallen ist.“
„Aber zum Schluss haben sie doch auch die Jungens geholt“, antwortet der Mann. „Als sie den Volkssturm gemacht haben. Da haben sie die Jungens geholt … und die Alten auch. Alle haben sie ran müssen damals, die Jungen wie die Alten.“
Wieder zustimmendes Gemurmel. Plötzlich die laute

Stimme aus dem Rollstuhl:
„Nein! Nicht gefallen! Der Peter Brenner hat noch gelebt, als die Amis gekommen sind. Die haben beide noch gelebt, die Brenner-Brüder. Irgendwann ist der Peter weg und später auch der Karl. Paff! Wie vom Erdboden gefressen! Wie vom Erdboden weg!“
Stille. Ein wenig verloren wirkt die Gruppe in dem großen, mit Hitze, Kaffeedunst und dem Geruch von Eau de Cologne gefüllten Raum.
„Mein Vater, also Karl Brenner, der ist 1973 weggezogen“, beginnt Thomas Brenner nach ein paar Sekunden. Langsam, laut und sehr deutlich spricht er. „Weiß jemand vielleicht, wann der Peter Brenner weggegangen ist?“
„Früher“, antwortet eine der Frauen. Dann eine andere: „Vierziger Jahre … nein, fünfziger Jahre.“
Zustimmendes Gemurmel.
„Und weiß jemand, wohin er gegangen ist?“, fragt Brenner.
Allgemeines Kopfschütteln, wieder vergehen fast zehn Sekunden. Brenner ist unzufrieden, da ist noch mehr, denkt er sich, da wäre noch mehr zu holen. Aber wie? Plötzlich wieder der Mann im Rollstuhl:
„Wie vom Erdboden weg. Von einem Tag auf den anderen.“ Er klatscht in seine rosigen, seltsam verquollen wirkenden Hände und reißt die geröteten Augen auf. „Paff! Und nie mehr gesehen!“ Mit seiner Glatze und seinen wulstigen Lippen sieht er aus wie ein Karpfen … nur die großen Ohren stören.
„Wie vom Erdboden und nie mehr gesehen“, wiederholt papageienhaft einer der anderen Männer.

Dann wieder der Rollstuhlfahrer: „Und mehr ist auch nicht zu sagen in dieser Angelegenheit!"
Als er draußen in der Sonne steht – er hat Kärtchen mit seiner Telefonnummer verteilt, er hat sich freundlichst verabschiedet und darum gebeten, doch bitte angerufen zu werden, sollte jemandem noch etwas einfallen –, packt Brenner die Wut. Schnell und hart schlägt er gegen die Fahrertür seines alten Mittelklassewagens, reibt anschließend die schmerzende Faust und schaut sich um, als suche er nach einer Gelegenheit, jemanden zu beleidigen. Der Arsch im Rollstuhl, dieser fette, laute Kerl, der hat es ihm – Brenner weiß es ganz sicher – gründlich versaut. Da wäre noch mehr gewesen, hundertprozentig! Aber dieser Karpfenkopf hat sie eingeschüchtert mit seinem autoritären Gehabe. Was war der früher? Ortsvorsteher? Dorfbulle? Man hätte ihn nach draußen schieben müssen, denkt Brenner, in die pralle Sonne mit seiner roten, haarlosen Rübe.
Kurz davor, wieder hineinzugehen mit seinen Fotos, seiner Wut und seinem Wust unbeantworteter Fragen, verpasst Thomas Brenner, Sohn von Karl Brenner, Neffe des – paff! – wie vom Erdboden verschwundenen Peter Brenner, dem stumpf gewordenen Lack seines Wagens einen weiteren Schlag.
Dann steigt er doch ein, startet den Dieselmotor, dreht die Musik laut, kurbelt das Fenster herunter und gibt Gas. Als ihm ein Polizeiwagen entgegenkommt, schnallt er sich sogar an.

„War doch gar nicht so schlecht."
„Inwiefern?"
„Na ja, zumindest weißt du jetzt, dass der Mann auf den Fotos Opas Bruder ist."
Brenner und seine Tochter essen Pizza Marke Eigenbau, sogar den Teig hat Jana selbst gemacht. Ein klein wenig stört sich der 42-jährige ja daran, dass seine Tochter so viel und so gut kocht, ein klein wenig findet er ihre Kocherei spießig, bürgerlich, kleinkariert, verdächtig. Jahrzehntealte, schon ganz verstaubte Abwehrreaktionen.
„Nicht mal das weiß ich sicher", antwortet Brenner. Er pflückt ein längliches Stück Paprika von seiner Trainingshose und wirft es sich in den Mund. „Dieser Typ im Rollstuhl hat das gesagt, die anderen waren sich nicht ganz sicher."
„Vorhin hast du aber was anderes erzählt."
Ein Schluck alkoholfreies Bier. Jana hat es gekauft und irgendjemand muss es ja trinken.
„Okay, die haben ihm zugestimmt. Aber dieser Typ im Rollstuhl … der hat die anderen eingeschüchtert."
„Vielleicht meldet sich ja noch jemand."
Ein weiterer Schluck. Wonach schmeckt das Zeug? Nach Mais?
„Ja … mal sehen. Aber ich habe da wenig Hoffnung.
"
„Was hast du jetzt vor?"
Jana spricht mit vollem Mund. Es hört sich an wie Waschtujetswor. Gerne würde Brenner sie fragen, ob sie Russisch spreche, aber er beherrscht sich.
„Ich könnte versuchen, herauszufinden, ob dieser

Fotograf noch lebende Angehörige hat. Vielleicht wissen die etwas. Vielleicht existieren noch die Negative, die Seis verwendet hat, um die Bilder zu manipulieren."

„Aber dann wärst du ja auch nicht schlauer. Du wüsstest immer noch nicht, was mit Opas Bruder ist."

Ein weiterer Schluck Bier. Ja, Mais, eindeutig.

„Stimmt", murmelt Brenner. „Hast du irgend-welche besseren Vorschläge?"

„Standesamt vielleicht? Die müssten doch wissen, wann er gestorben ist."

„Ja, das wäre tatsächlich eine Möglichkeit. Allerdings lassen die sich erfahrungsgemäß verdammt sehr viel Zeit mit der Beantwortung von Anfragen. Außerdem machen sie gerne Schwierigkeiten, wenn man etwas über jemanden wissen will, dessen direkter Nachkomme man nicht ist."

„Müsste doch reichen, dass er dein Onkel ist, oder?"

„Nein, eben nicht."

„Aber ..."

„Hast du mir nicht zugehört? Man muss direkter Nachkomme sein ... sonst machen sie Ärger."

Brenner lehnt sich zurück, streckt den Bauch raus.

„Vielleicht solltest du ein paar Tage Pause machen, Papa. Du wirkst ziemlich fertig."

„Ja ... vielleicht sollte ich das. Und hol nächstes Mal bitte richtiges Bier, das Zeug schmeckt wie Dosenmais."

Aber Brenner macht keine Pause, starker Kaffee, seine nach wie vor stabile Konstitution und Neugierde halten ihn aufrecht. Er hat sich den Rest der Woche freigenommen, hat beim Standesamt angerufen und sich eine Abfuhr geholt: Nein, nur bei „berechtigtem Interesse“, nein, wirklich nicht, man müsse schon „direkter Nachkomme“ sein. Er müsse das verstehen, so die Dame am Telefon, man müsse schließlich „den Datenschutz“ respektieren, da dürfe keine Ausnahme ... nein, wirklich nicht, keine Ausnahmen.

Herrgott noch mal, dann eben nicht!

Dann aber, es ist Donnerstagmittag, kurz vor zwölf, und Brenner drückt gerade eine halb gerauchte Zigarette in seinen alten, ein wenig albernen Porzellanaschenbecher, vibriert das Telefon. Eine fremde Festnetznummer.

„Hallo, hier Thomas Brenner.“

„Guten Tag, mein Name ist Caroline Burmann ... Sie erinnern sich wahrscheinlich nicht an mich. Ich war bei dem Altennachmittag ... wo Sie diese Fotos gezeigt haben. Ich bin ... hallo? Sind Sie noch da?“

„Ja-ja, ich höre.“

„Ich bin die junge Frau mit dem Akkordeon.“

Brenner versucht, sich an das Mädchen zu erinnern, an ihr Gesicht ... aber ihm fällt nur das große, hellgrün schillernde Instrument ein.

„Ach so, ich erinnere mich. Leider habe ich Ihre Musik nicht mehr mitbekommen.“

„Sie haben nichts verpasst, ich bin nicht so gut.“ Sie lässt ein angenehmes, mädchenhaftes Lachen hören.

So ähnlich lacht auch Jana, denkt Brenner. „Mein Opa hat mir das Akkordeonspielen beige-bracht. Seinetwegen rufe ich auch an."
Er wartet.
„Okay … jedenfalls … hören Sie mich?"
„Ich bin ganz da … ich dachte nur, Sie wollten noch etwas sagen."
„Ja, okay … wegen meinem Opa. Also ich habe ihm erzählt, dass Sie diese Fotos gezeigt haben und dass Sie Brenner mit Nachnamen heißen. Und er meinte, dass er sich gerne mit Ihnen unterhalten würde … also über diesen Mann auf den Bildern."
„Ja gerne. Natürlich."
„Und meine Oma auch, sie würde auch gerne dabei sein. Ich weiß nicht, worum es genau geht, ich habe meinen Großeltern nur versprochen, dass ich Sie anrufe. Ich weiß jetzt nicht, ob die ihn gekannt haben, den Mann auf den Fotos, aber … also wie gesagt."
Brenner setzt sich aufrecht und schiebt den Aschenbecher beiseite. Ein tiefes, mahlendes Geräusch.
„Wann könnte ich denn bei Ihren Großeltern vorbeikommen?"
„Wann würden Sie denn vorbeikommen wollen?"
Brenner lacht.
„Ich kann mich sofort auf den Weg machen. Ich bin Ihnen wirklich sehr dankbar für Ihren Anruf. Wo wohnen denn Ihre Großeltern?"
Wieder dieses Mädchenlachen. Wie alt ist sie? 17 vielleicht? Wie alt sind ihre Großeltern? Um die 70?

„Ich muss ja erst meinen Opa fragen, wann er Zeit hat. Ich rufe gleich wieder an."
„Ich kann auch morgen oder übermorgen", schiebt Brenner hastig nach. „Ich habe ein paar Tage frei, ich bin flexibel."
„Okay, dann weiß ich Bescheid. Ich rufe Sie gleich wieder an."
Als sie aufgelegt hat, überkommt Brenner die Gewissheit, sich gerade ein klein wenig lächerlich gemacht zu haben. Er steht von der Couch auf, geht zum Fenster und betrachtet die von rechts nach links und von links nach rechts laufenden Menschen. Mit dem Zeigefinger zielt er auf einen Polizisten.
In ein paar Tagen kommt Janas Mutter aus ihrem Urlaub (Fuerteventura? Schweden? Bergisch-Gladbach? Brenner weiß es nicht mehr) zurück, seine Ex-Frau und die Liebe (haha, so dachte er damals) seines Lebens. Immer noch hofft Brenner, dass Jana ihn fragt, ob sie bei ihm bleiben könne. Er weiß ja, dass seine Tochter mit dem neuen Partner (Brenner denkt ganz unelegant: Stecher) ihrer Mutter nicht klarkommt, er weiß, dass es immer wieder Stress wegen Kleinigkeiten gibt, dass sie schon zweimal von zu Hause abgehauen ist.
Ich müsste mir nur noch eine nette, warmherzige Frau suchen, denkt Brenner, eine neue Frau und Jana … das wäre doch wieder eine richtige kleine Familie. Vielleicht, so denkt er weiter, eine Frau, die ein bisschen jünger ist als ich, dann könnten wir noch ein Kind bekommen, einen Jungen vielleicht. Ich würde mit ihm Fußball spielen, ich würde ihm erklären, was

Abseits ist und wann ein Elfmeter gegeben wird, früher war ich gut im Fußball.
Er muss lachen. Und als er ein wenig gelacht hat, steht er mit ausdruckslosem Gesicht am Fenster, schaut auf den scheckigen Asphalt und wartet auf den Anruf der jungen Akkordeonspielerin. Eine halbe Stunde später klingelt das Telefon. Brenner nimmt so schnell ab, dass ihm der Hörer aus der Hand fällt.

9

Es ist Freitagnachmittag und eine träge, drückende Hitze hat sich über die Stadt gelegt. Marmeladenwetter, so hat Emma Brenner einmal gesagt, es ist schon wieder Marmeladenwetter … eines der vielen neuen Worte, die die demente Frau in ihre klein gewordene Welt wirft. Die meisten vergisst Brenner, manche bleiben hängen.
Emmas einzigem Sohn – sie war so stolz, als sein erster Zeitungsartikel erschien. Zwölf Exemplare des Provinzblattes hat sie damals gekauft, ausgeschnitten, aufgeklebt und eingerahmt hat sie den Zweispalter – geht es trotz der Schwüle ganz vortrefflich, das erste Mal seit Tagen hat er – wenn auch schnarchend, schwitzend und vor sich hin murmelnd – durchgeschlafen. Kurz vor sieben hat er seine Tochter in der Küche rumoren gehört, sich umgedreht, die dünne Sommerdecke weggetreten und das Kissen umarmt.
Grund für das Wohlbefinden: Am Abend zuvor hat Jana ihn gefragt, ob sie (vielleicht, unter Umständen, wenn denn auch Mama einverstanden sei) bei ihm wohnen könne … und er hat ihr versprochen, alles dafür zu tun. Lächelnd wie ein sattes Kleinkind war der schwere Mann eingeschlafen.
15 Uhr jetzt, legere Kleidung, kühles, nicht-alkoholfreies Bier und Miles Davis. Die Nachbarn halten still, gespenstische Ruhe herrscht in dem sechsstöckigen Wohnhaus. Brenner lässt sich auf die

Couch fallen, stellt die Musik leiser und ruft seine Tochter an.
„Halli-hallo Jana", begrüßt er sie mit Schwung in der Stimme.
„Dir geht es ja richtig gut."
„Ja-ha. Mir geht es gut!"
„Hast du keine Angst vor deinem Termin heute Nachmittag?"
„Nicht im Geringsten. Was soll schon passieren?"
„Vielleicht erfährst du etwas Schlimmes über Opa und seinen Bruder?"
„Ja, vielleicht", antwortet Brenner in weiterhin munterem Ton. „Aber ich bin froh, überhaupt etwas zu erfahren. Es geht voran!"
„Okay ..."
„Was ich dich fragen wollte, du meine Lieblingstochter: Ich gehe heute Abend noch einmal zu deiner Oma. Willst du mit?"
„Wir waren doch erst bei ihr."
„Stimmt. Aber jetzt haben wir einen Namen. Ich will sie nach Peter Brenner fragen. Sie kann nicht vierzig Jahre mit meinem Vater verheiratet gewesen sein, ohne jemals von seinem Bruder gehört zu haben."
„Warum nicht? Er hat doch auch die Fotos vor ihr versteckt."
Brenner merkt, dass seine gute Laune ein wenig ins Wanken gerät. Plötzlich nervt ihn die Musik. Miles Davis, was für ein alter ...
„Außerdem hat sie ihn auf den Fotos erkannt. Sie hat gesagt, dass er tot ist."
„Na ja, also so genau hat sie es nicht ..."

„Jana, ich will nicht mit dir diskutieren. Gehst du mit oder nicht?“
„Wann denn?“
„Um sechs.“
„Aber vorher gehst du noch zu diesem Ehepaar, deren Enkelin dich angerufen hat?“
„Exakt. Erst zu denen und dann zu deiner Oma. Kommst du jetzt mit?“
„Okay.“
„Dann sei bitte pünktlich um sechs zu Hause.“
Brenner legt auf, trinkt sein Bier fertig, steckt sich ein kleines, kantiges Pfefferminzbonbon in den Mund und verlässt die Wohnung. Als er aus dem Treppenhaus ins Freie tritt, da ist ihm, als laufe er in eine Wand aus heißer Marmelade. Ich müsste sie aufschreiben, denkt Brenner, all die neuen Worte.

—

Klara Burmann ist eine winzige, grotesk verbogene Frau mit wachen, von buschigen Brauen gekrönten Äuglein. Sie ist dermaßen bucklig, dass sie kaum höher als eine Waschmaschine ist. Wie sie da am Tisch sitzt, sieht es aus, als stecke sie schief und unbequem zwischen Stuhl und Tischplatte fest.
Brenner lächelt die alte Frau an und sie lächelt zurück. Am liebsten würde er sie fragen, ob sich dieser enorme Buckel im Laufe der Zeit entwickelte oder ob sie einen Unfall gehabt hatte. Aber das wagt er nicht.
„Mein Mann wird gleich da sein, Herr Brenner. Ich

habe ihm Bescheid gesagt."
Frau Burmann spricht den Singsang der Gegend, die Wörter fließen ineinander, verhaken ihre Enden und Anfänge.
Stille tritt ein und Brenner schaut sich um. Die kleine, ockergelb tapezierte Stube ist voller alter Möbel: Eine große, stehengebliebene Standuhr mit goldenem Ziffernblatt, ein bunt und grob bemalter Bauernschrank, ein Sekretär, der fast so schief wie die Hausherrin ist, ein Wandregal, auf dem kleine, struppige Trollfiguren aus knotigem, fast schwarzem Wurzelholz stehen, und ein Schrank mit gläsernen Türen. Hinter dem staubigen Glas: Alte, sorgfältig gebundene Bücher, Werke von Thomas Mann und Dostojewski, Alfred Döblin und Kafka. Außerdem Romane von Steinbeck und Hemingway. Okay, Brenner, du hast es hier nicht mit irgendwelchen ungebildeten Trampeln zu tun. Diese Leute lesen Dostojewski.
„Möchten Sie wirklich keinen Kaffee?", fragt die bucklige Frau. Brenner schätzt sie auf achtzig.
„Nein danke, ich bleibe beim Wasser."
„Man soll ja viel trinken bei dem Wetter. Man wird ja ständig ermahnt, genug zu trinken."
Brenner nickt und macht mhm.
„Früher hat man getrunken, wenn man Durst hatte."
Dazu fällt ihm nichts ein.
„Lauwarm soll man trinken … damit sich der Körper nicht so anstrengen muss. Lauwarmes Mineralwasser. Medium."
Sie lächelt ihn an, als hätte sie einen Witz gemacht.

Mit ihrer rechten Hand, einem erstaunlich kräftigen Werkzeug, wischt sie ein paar Krümel vom Tisch. Diese Frau hat ihr Leben lang geschuftet, denkt Brenner, wahrscheinlich hat die Arbeit ihren Rücken so zugerichtet. Wie lächerlich sind dagegen meine Nackenschmerzen.
„Sind Sie Landwirtin gewesen?“, fragt Brenner.
Die Frau nickt. „Ein Leben auf dem Feld. Auch meine Eltern waren Bauern. Es ist in der Familie.“
„Haben Sie all diese Bücher gelesen?“
Wieder dieses Lächeln.
„Nur ein paar davon. Erstaunt es Sie, solche Bücher in einem Bauernhaus zu finden?“
„Ja … ein wenig.“
„Mein Mann hat früher sehr viel gelesen, das war immer sein Liebstes. Leider sind seine Augen nicht mehr die Besten. Grüner Star, ein seltsamer Name für eine Krankheit, finden Sie nicht?“
„Doch … schon.“
Sie lächelt ihn an.
„Gleich müsste er hier sein, mein Mann.“
Und da hört Brenner schon Schritte im Flur. Ins Zimmer tritt ein drahtiger Alter mit kurzgeschorenem, anthrazitfarbenem Haar. Er trägt eine rote Weste über hellgrauem Hemd, hat die Ärmel hochgekrempelt und streckt Brenner seine große, rot geäderte Hand hin. Als die beiden Männer sich begrüßt haben, streicht Franz Burmann seiner schiefen kleinen Frau übers straff nach hinten gebundene Haar und setzt sich neben sie.
„Haben Sie die Bilder dabei?“, fragt er ohne Um-

schweife.
„Ja, hier sind sie."
Brenner breitet die Fotos aus.
„Jawohl, das ist der Peter Brenner", beginnt Burmann, nachdem er seine verbogene Brille zurechtgerückt und sich über die Fotografien gebeugt hat. „Der ältere Bruder Ihres Vaters ... der junge Peter Brenner. Lange ist es her, dass ich ihn zuletzt gesehen habe."
Seine Frau stimmt ihm zu. Ja, Peter Brenner, ganz eindeutig sei er das.
„Woher kannten Sie ihn?"
„Wie bitte?"
„Woher kanntest du ihn?", wiederholt Burmanns Frau etwas lauter Brenners Frage. Der grauhaarige Mann lacht leise auf.
„In so einem winzigen Ort, da kennt doch jeder den anderen. Außerdem war der Peter ein Freund meines älteren Bruders. Ich bin 1933 geboren, mein Bruder 1929. Der Peter war, wenn ich mich recht erinnere, noch ein klein wenig älter, ein 27er vermute ich."
„Kannten Sie vielleicht auch den Mann, der diese Fotos gemacht hat, diesen David Seis?"
„Wie bitte?"
Brenner wiederholt seine Frage.
„Ach so, den Herrn Seis, den kannte ein jeder hier im Dorf. Er hat ja alles fotografiert, immer hat er Bilder gemacht ... von den Schützenfesten, den Hochzeiten. Er hat auch sehr schöne Postkarten verkauft, ist damit von Haus zu Haus gegangen. Den David Seis hat ein jeder hier gekannt, allerorten hat man ihn

gesehen mit seiner Kamera. Er war eine Institution in der Gegend, außerdem ein überaus angenehmer Mensch."
„Wissen Sie, was mit dem Bruder meines Vaters passiert ist?"
Burmann lacht.
„Sie stellen zu viele Fragen auf einmal, junger Mann, Sie springen von einem ins andere wie ein ängstlicher Laubfrosch. Lassen Sie mich doch erst einmal erzählen."
Brenner nickt und muss schlucken. Es fällt ihm schwer, den Mund zu halten. Ihm ist, als winde sich etwas in seinem Rachen, ein dicker, widerborstiger Wurm, ein ins Freie drängendes Ungeziefer. Einen großen Berg Fragen möchte er vor den Burmanns auftürmen.
„Bevor wir zum Herrn Seis kommen", spricht der alte Mann weiter, nachdem er einige Sekunden sein Gegenüber betrachtet hat, „muss ich Ihnen ..." Er zögert, kramt in seiner Hosentasche. „Warten Sie bitte, ich ..." Er bringt ein zerknittertes Stück Papier zum Vorschein, schiebt seine in der Zwischenzeit wieder heruntergerutschte Brille nach oben. „Ich habe mir Notizen gemacht. Mein Gedächtnis ist nicht mehr das Beste." Plötzlich glänzen seine Augen, plötzlich liegt ein feines Verschwörerlächeln auf dem Gesicht des alten Mannes. „Langsam komme ich in das Alter, in dem man reinen Tisch machen muss, Herr Brenner. Sie sehen übrigens ihrem Vater ausgesprochen ähnlich, nur ein wenig feister, ein wenig stabiler sind Sie. Leben denn Ihre Eltern noch?"

„Meine Mutter lebt noch, mein Vater ist vor sechs Jahren verstorben."
Mittlerweile hat der alte Mann das Papier geglättet und vor sich auf den Tisch gelegt. Brenner bemerkt, dass sein Gegenüber kaum merklich zittert.
„Das tut mir leid. Ich kannte Ihren Vater nicht sehr gut, aber ..."
„Fang endlich an", unterbricht ihn seine Frau.
„Nun gut, kommen wir zur Sache. In diesem Stück spielen fünf Personen die wesentlichen Rollen, vier Männer und (hier lächelt er wieder) eine junge, ausgesprochen attraktive Frau. Wir beginnen im Jahre 1945, kurz vor Ende des Krieges, der ja dann doch nicht in den versprochenen Endsieg mündete. Ich war damals zwölf Jahre alt und glaubte stramm an die Wunderwaffe, die uns alle retten sollte. Aus heutiger Perspektive war das natürlich ..."
„Du schweifst ab", unterbricht ihn seine Frau. „Erzähl von dem Roten! Hör auf zu schwafeln!"
Langsam, mit zusammengezogenen Brauen und vorgeschobener Unterlippe dreht Burmann sich zu dem kleinen, buckligen Wesen, mit dem er, so scheint es Brenner, seit Jahrhunderten verheiratet ist.
„Sei still, ich muss ein wenig ausholen dürfen. Bei dir muss immer alles schnell-schnell-schnell gehen. Was bist du? Eine kleine Feldmaus?"
Dann wieder an Brenner:
„Der Rote, so wurde er im Dorf genannt, hieß eigentlich Adolf Bayer, ein Bär von einem Mann, größer als Sie, Herr Brenner. Außerdem ein gewalttätiger, ein streitbarer Mensch."

„Er war Kommunist", schiebt Frau Burmann ein. „Deshalb haben Sie ihn den Roten genannt. Einmal haben sie ihm nachts das Haus mit Schweineblut angestrichen, das war 37, da war schon der Hitler an der Macht. Ein böser Streich war das von den jungen Leuten, eine fürchterliche Sauerei. Alles nur, weil er bei den Kommunisten gewesen ist und nicht gleich hat umschwenken wollen."
„Blödsinn", blafft Burmann seine Frau an. „Bei den Sozialdemokraten ist der Adolf Bayer gewesen, Kommunisten hat es bei uns keine gegeben. SPD ist der Adolf gewesen. Und als der Hitler an der Macht war, da hat er schnell rübergemacht. Ein Bauer wird nie ein Kommunist, Kommunisten gab es nur in den Städten."
Frau Burmann hebt ihre rechte Hand, streckt den Zeigefinger. Ohne es zu wollen, rückt Brenner ein wenig näher.
„Es stimmt, was mein Mann sagt, er hat rübergemacht. Aber im Herzen, im tiefen Herzen ist der Adolf Bayer immer ein Roter gewesen, auch später noch. Der ist nur zu den Nazis, weil er Familie hatte. Und nach dem Krieg ist er wieder zu den Kommunisten zurück."
„In die SPD ist er nach dem Krieg, in die SPD!" Burmann starrt auf seinen Zettel, stöhnt laut auf und schüttelt den Kopf. Dann spricht ganz ruhig, ganz sachlich weiter. „Der Adolf Bayer ist 1917 geboren, dann ist er im Krieg gewesen und '44 ist er zurück wegen Verwundung."
„Am Bein hat er was gehabt. Die Russen haben ihm

ins ..."
„Ja, am Bein. Jetzt halt doch einmal still, Klärchen. Und '45 war dann der Zusammenbruch, da sind die Amerikaner gekommen. Aber die Nazis, die waren ja nicht weg! Und als es zu Ende ging, als da Ende kam, da wollten die den Volkssturm machen, da sollten die Jungen und die Alten ran. Irrsinn! Völliger Irrsinn! Das kann man sich heute überhaupt nicht mehr ... Damals war ein junger SS-Mann im Dorf, einer von außerhalb, kein hiesiger. Und als die Amerikaner anrückten, hieß es plötzlich: Die Hitlerjugend an die Waffen, das Vaterland verteidigen, Helden könnt ihr werden! Und weil der Adolf Bayer ein erfahrener Soldat war, sollte der die Jungs gegen die Amerikaner anführen. Aber ..."
Wieder schaltet sich Frau Burmann ein.
„Der war ja von außerhalb, der junge Mann von der SS. Der hat ja nicht gewusst, was der Adolf Bayer für einer ist, dass der nicht ganz auf Linie war."
„Ja-ja, das sage ich doch. Der Bayer sollte die Jungs anführen, aber er wollte nicht. Der hat sich ja gefreut, dass der verdammte Krieg endlich aus war, der hat ja gar nicht daran gedacht, mit denen gegen die Amis zu kämpfen. Zwölf Jungs waren das."
„Nein, so viele waren es nicht", sagt Frau Burmann.
„Doch, ein Dutzend, mit Sicherheit!"
„Waren Sie auch dabei?", fragt Brenner.
„Nein-nein, ich war noch zu jung, gerade zwölf damals. Aber mein älterer Bruder war dabei ... und auch der Bruder Ihres Vaters, der Peter Brenner."
„Und mein Vater, war der dabei?"

„Nein, meines Wissens nicht. Aber lassen Sie mich weitererzählen. Der Adolf Bayer marschiert also mit den Hitlerjungs los, marschiert eine Weile in der Gegend herum und lässt sie dann stoppen. Dann sagt er ihnen, dass der Krieg verloren ist und dass sie nach Hause gehen sollen. Ein paar von denen protestieren, die wollen kämpfen, Helden sein, die Amerikaner aufhalten. Und am schärften von allen protestiert der Peter … Ihr Onkel, Herr Brenner. Aber irgendwie schafft es der Adolf Bayer, die Jungen tatsächlich nach Hause zu schicken … er konnte ja sehr einschüchternd sein."

„Ein Vieh ist er gewesen", zischt Frau Burmann. „Angst haben die Kinder vor ihm gehabt."

„Ja-ja, Angst haben sie gehabt. Aber der Peter Brenner geht nicht nach Hause, er geht den Adolf Bayer anschwärzen. Er erzählt alles der SS und noch am selben Tag stecken sie dem Bayer das Haus an. Gefunden haben sie ihn aber nicht, den Adolf Bayer, über alle Berge ist er da schon gewesen."

„Sag ihm, was sie mit seiner Schwester gemacht haben, Franz."

„Na, das war sehr, wirklich sehr … schäbig. Aus dem Haus haben sie das Mädchen gezerrt, nur Unterwäsche hat sie angehabt. Und dem Großvater vom Adolf Bayer, dem haben sie die Rippen gebrochen, weil er ausgespuckt hat. Auf den Boden hat er gespuckt … vor der SS. Zu dritt sind sie dann auf den alten Mann los, fast totgeschlagen haben sie den."

„Er hat danach nicht mehr richtig laufen können, der

alte Herr Bayer, mit zwei Stöcken ist er gegangen", ergänzt die Frau. „Das hat ihm den Rest gegeben, da hat er nicht mehr leben wollen."
Burmann presst die Lippen zusammen, schüttelt wie in Zeitlupe den Kopf. Brenner sieht, dass dem alten Mann Tränen in den Augen stehen.
Leise spricht Burmann weiter.
„Das ganze Dorf war dabei, als sie den Alten verdroschen haben ... und nicht einer hat geholfen. Eine Schande! Eine verfluchte Schande! Zu dritt auf den alten Bayer ... junge Burschen waren das. Aber den Adolf, den haben sie nicht erwischt, der ist rechtzeitig – pfff! – auf und davon. Und dann sind bald schon die Amerikaner vorgerückt mit ihren Panzern, Ende April muss das gewesen sein."
Burmann lehnt sich zurück, streicht ein weiteres Mal über seinen knittrigen Zettel.
„Aber die Geschichte geht noch weiter, Herr Brenner. Zehn Jahre später nämlich, Mitte der 50er, taucht der Adolf Bayer wieder im Dorf auf, zusammen mit drei anderen Männern. Und Mitte der 50er ist ..."
Burmann senkt den Kopf, beugt sich zu Brenner. „... Mitte der 50er ist nämlich ihr Onkel verschwunden, der Peter."
...
„Sie denken, dass dieser Adolf Bayer Rache etwas mit dem Verschwinden zu tun hatte?"
Burmann nickt.
„Dass er Rache nehmen wollte?"
„Ich erzähle Ihnen, was ich weiß, Herr Brenner. Einer der Burschen von der SS, einer von denen, die das

Haus der Familie Bayer angesteckt und den Großvater geschlagen haben, der wurde Ende der 40er regelrecht totgeprügelt. Im Wald haben sie ihn gefunden, keine Zähne mehr im Maul. Und ich glaube, dass der Adolf Bayer sehr wohl gewusst hat, wer von den Hitlerjungs ihn damals verpfiffen hat. Und da ist er ein paar Jahre später zurückgekommen und hat sich Ihren Onkel vorgenommen."

„Sie meinen, er hat ihn umgebracht?"

Heftiges Nicken.

„Ja, genau das. Allerdings wurde meines Wissens nie eine Leiche gefunden."

„Nein, keine Leiche", flüstert Klara Burmeister, „Einfach weg, von einem Tag auf den anderen."

„Und was hat das alles mit meinem Vater zu tun?", fragt Brenner.

„Aufgepasst, Herr Brenner! Hier kommt nun die Frau ins Spiel, die ich vorhin angekündigt habe, Marli Karrenmacher ihr Name. Eine Schönheit war sie, wie gemalt, wie aus dem Bilderbuch. Sie war zuerst die Freundin ihres Vaters und dann, dann hat sein Bruder sie ihm ausgespannt. Erst der Karl, dann der Peter, erst der jüngere, dann der ältere. Sie können sich denken, Herr Brenner, dass das Verhältnis der beiden Brüder danach nicht mehr sehr herzlich war. Hinzu kommt: Der Peter und der Karl, die haben ja zusammen in einem Haus gelebt. Und dann ist die Marli dazugekommen. Ihr Vater hat das Paar also immer vor der Nase gehabt ... und dabei war sie doch seine große Liebe, dabei hat er sie doch zuerst gehabt!"

Burmann macht eine Pause. Brenner überlegt.
„Okay … und als dieser Adolf Bayer wieder aufgetaucht ist, um sich an meinen Onkel zu rächen, da war dies meinem Vater gar nicht so unrecht. Das wollen Sie doch damit sagen, oder?"
Burmann nickt. Seine Frau murmelt etwas, das nach Zustimmung klingt.
„Das ist natürlich alles nur Vermutung", fährt Burmann fort, „aber ich denke, dass Ihr Vater seinen Bruder an Adolf Bayer regelrecht ausgeliefert hat."
Stille. Fast zehn Sekunden vergehen.
„Aber mein Vater war ein Feigling", murmelt Brenner. Er reibt sich das Gesicht, knetet seine Hände. Eine große Schmeißfliege brummt durch die Küche.
„Wie bitte?"
„Vielleicht hatte er einfach nur Angst", sagt Brenner. „Vielleicht hat er seinem Bruder einfach nicht geholfen, weil er zu viel Angst vor diesem Bayer hatte."
„Haben Sie einen Bruder, Herr Brenner?"
„Nein."
„Stellen Sie sich vor, Sie hätten einen. Und dieser Bruder spannt Ihnen Ihre große Liebe aus, eine wunderschöne, begehrenswerte Frau. Und er führt sein Leben mit dieser Frau direkt vor Ihrer Nase, in dem gemeinsamen Haus. Würden Sie ihn denn nicht hassen?"
„Keine Ahnung", sagt Brenner mehr zu sich selbst als zu den alten Leuten. Und dann, laut und deutlich: „Trotzdem, Herr Burmann! Sie können nicht wissen,

ob mein Vater seinen Bruder ausgeliefert hat … ob er ihn verraten hat. Das ist alles nur Spekulation."

Keine Antwort. Brenner reibt seinen Nacken, rutscht auf dem Stuhl hin und her. Die beiden Alten sitzen ganz ruhig.

„Und was ist mit dieser, dieser Marli …"

„Karrenmacher", sagt Frau Burmann, „Marli Karrenmacher. Die ist nämlich auch verschwunden, niemand hat sie mehr gesehen. Sie war nicht von hier."

„Gut, immer der Reihe nach, es gibt noch andere Möglichkeiten. Was, wenn die einfach zusammen geflüchtet sind … vor diesem, diesem Adolf Bayer? Und danach haben sie sich nicht mehr getraut, ins Dorf zurückzukehren. Das wäre doch eine Erklärung."

Burmann schaut ihn nur an. Hält er mich für einen Trottel, fragt sich Brenner. Plötzlich die bucklige Frau:

„Der David Seis, wenn Sie den noch fragen könnten, Herr Brenner, das wäre etwas. Der Herr Seis war immer bestens informiert, der könnte die Sache mit Sicherheit aufklären. Immer ist er unter-wegs gewesen mit seiner großen Kamera und dem Stativ, überall hat man ihn gesehen."

„Wissen Sie vielleicht, ob der Herr Seis noch irgendwelche Verwandte hat, mit denen ich mich unterhalten könnte?"

„Herr Seis hatte keine Geschwister und war Junggeselle", antwortet Burmann.

„Und dieser … diese ‚Rote', der Adolf Bayer, hat der

noch Verwandte hier im Dorf?"
„Nein, die sind ja alle weg nach dem Krieg. Die haben es hier nicht mehr ausgehalten … also nach alldem, was passiert ist. Aber wissen Sie was, Herr Brenner? Den Roten, den habe ich vor acht oder neun Jahren noch gesehen. Ganz plötzlich ist er wieder hier aufgetaucht, wie der Teufel aus der Kiste. Durchs Dorf ist er spaziert, als wenn es ihm gehören würde. Ich dachte, ich sehe ein Gespenst."
„Ich habe ihn auch gesehen", fügt Frau Burmann hinzu. „Immer noch sehr stattlich ist er gewesen, ein Ochs' von einem Mann. Und dabei muss er schon sehr alt gewesen sein, bestimmt an die neunzig. Nicht einmal einen Stock hat er gebraucht." Sie schüttelt den Kopf, als könne sie es selbst nicht glauben. „Nicht einmal einen Stock hat er gebraucht", wiederholt sie ein wenig leiser, ein wenig langsamer, ein wenig verschwörerischer. Als wolle sie sagen: Auch wenn dieses Vieh von einem Mann mittlerweile über hundert Jahre alt ist, irgendwo läuft es bestimmt noch herum.

—

Mehrmals hat Brenner seine Tochter gebeten, pünktlich um 18 Uhr zurück in der Wohnung zu sein, jetzt ist er selbst zu spät. Um 18.11 parkt er seinen Wagen, um 18.17 Uhr dreht er den Wohnungsschlüssel im Schloss und um 18.18 Uhr hört er den Fernseher. Jana sitzt mit angezogenen Beinen auf dem Sofa und sieht sich eine Folge der Simpsons an.

„Ich bin zu spät. Sorry."
Sie grinst ihn nur an.
„Ja, ich weiß. Sag jetzt bitte nichts."
„Hatte ich doch gar nicht vor. Gibt es was Neues von Opa und seinem Gespenst?"
Er setzt sich zu seiner Tochter. Sie beugt sich zur Fernbedienung und stellt den Ton leiser.
„Dir macht das alles nichts aus. Du hättest überhaupt kein Problem damit, sollte dein Opa seinen Bruder auf dem Gewissen haben, oder?"
„Was willst du von mir hören, Papa? Opa ist seit sechs Jahren tot, der hat überhaupt nichts mehr auf dem Gewissen. Ich hoffe nur, dass es *dir* besser geht, wenn du etwas über die Vergangenheit deiner Familie herausfindest."
„Meine Familie ist auch deine Familie", sagt Brenner. „Außerdem geht es mir nicht schlechter als anderen. Das Leben ist kein Wunschkonzert, es gibt keine Garantie auf Glück."
„Das Leben ist kein Wunschkonzert", äfft Jana ihn nach. „Ist heute Tag der Plattitüde? Du weißt genau, was ich meine, Papa. Du weißt genau, dass mit dir etwas nicht in Ordnung ist."
„Zieh dich bitte an. Wir fahren zu deiner Oma."
„Und wieso sagst du eigentlich dauernd ‚dein Opa' und ‚deine Oma', warum sagst du nicht ‚mein Vater' und ‚meine Mutter'? Kannst du es nicht ertragen, dass die beiden deine Eltern sind?"
„Doch, ich kann es ertragen. Wenn ich es nicht ertragen könnte, dann würde ich alles schön auf sich beruhen lassen, dann würde ich diese verdammten

Fotos verbrennen und vielleicht ein bisschen mehr Die Simpsons schauen, anstatt in der Gegend herumzufahren und mit fremden Leuten über die Vergangenheit unserer Familie zu reden. Ich habe überhaupt keine andere Wahl, als es zu ertragen."
Brenner schnellt vom Sofa hoch. „Und ja, ich will herausfinden, was passiert ist. Ich will wissen, was meinen Vater sein ganzes armseliges Leben lang gequält hat, warum er so beschissen ängstlich war. Und ja, ich will auch wissen, warum ich so eine verdammte Wut im Bauch habe, warum ich immer wieder Mist baue und Streit suche. Das wolltest du doch hören, oder? Verdammt, Jana, du hast ja Recht, irgendwo ist etwas dramatisch schiefgelaufen in unserer Familie ... und das setzt sich jetzt fort, das geht immer weiter, wie eine Krankheit, die von Generation zu Generation weitergegeben wird und die sich nur in unterschiedlichen Symptomen äußert."
Sie lächelt ihn an. Sie ist stolz auf ihren Vater, diesen Helden der Selbsterkenntnis.
„Und jetzt hör bitte auf, mich zu nerven. Ich erzähle dir im Auto, was ich herausgefunden habe."
Sie steht auf und umarmt ihn.
„Ich finde es gut, Papa, dass du dich mit diesen Sachen beschäftigst. Aber verlange bitte nicht von mir, dass ich den gleichen Enthusiasmus habe."
„Nein, das tue ich doch überhaupt nicht."
„Glaubst du, dass auch ich diese Krankheit habe?"
Brenner weiß nicht, was er von der Frage halten soll. Macht sie sich lustig über ihn? Aber sie klang

ernsthaft besorgt.
„Das … das war ja nur eine Metapher. Du weißt doch, was ich meine. Ich … ach komm, wir gehen. Ich will dir erzählen, was ich herausbekommen habe. Du bist schon in Ordnung, Jana, ich … ich bin stolz auf dich."

—

Kurz vor 19 Uhr parkt Brenner seinen VW Kombi vor dem Seniorenheim. Er hat seiner Tochter von dem „Roten" erzählt, von den Vermutungen der Burmanns, von Marli Karrenmacher und seinem 16-jährigen Onkel, der unbedingt ein Held sein und gegen die Amerikaner kämpfen wollte.
„Zumindest wissen wir jetzt, dass Opa seinen Bruder nicht umgebracht hat."
„Nein, wahrscheinlich nicht. Aber möglicherweise hat er ihn an Adolf Bayer ausgeliefert … oder ihm zumindest nicht geholfen."
„Und was ist mit der Frau, dieser Marli?"
„Keine Ahnung. Die war ja nicht aus dem Dorf, die ist vielleicht einfach weggezogen, nachdem mein Onkel verschwunden war."
„Hast du schon nach der gesucht?"
„Ich kann ja nicht alles gleichzeitig machen."
Als Jana und Thomas Brenner die Eingangshalle betreten, riecht es nach gedünstetem Gemüse und Schmelzkäse – Abendessenszeit. Sie nehmen die Treppen zur Demenzstation, warten an der mit Vogelsilhouetten und Papierblumen beklebten Ein-

gangstür, dass ihnen jemand öffnet, und müssen sich belehren lassen, dass man doch bitteschön seine Besuche ein wenig früher legen solle, nicht abends, nicht, wenn die ersten Leute ins Bett gebracht würden.

„Zu Befehl", ruft Brenner und haut die Hacken zusammen. Dann hält er Ausschau nach seiner Mutter, entdeckt sie schließlich alleine, sich über einen Suppenteller beugend, an einem der runden Esstische.

„Hallo Mama. Bist du beim Essen?"

Sie schaut zu ihm hoch. Wird sie mich heute erkennen, fragt sich Brenner.

„Ach, Thomas. Schön, dass du endlich da bist." Sie lächelt ihn an und Brenner berührt ihre Schulter. Ihr Blick geht zu Jana. „Hast du mir jemanden mitgebracht?"

„Ja, deine Enkelin."

„Ach, das ist aber nett. Wie war doch gleich ihr Name?"

Jana tritt einen Schritt vor.

„Ich bin Jana. Hallo, Oma."

„Jana heißt du? Ach, das ist aber ein netter Name! Fast wie dieser Monat! Es werden viele Kinder im Januar geboren, das liegt am Wetter."

Während Großmutter und Enkelin über die Jahreszeiten, über das Wetter und dann über die Schule reden, hält Brenner seine Hand über den Suppenteller. Dann läuft er zu einer der Pflegerinnen.

„Können Sie mir sagen, warum meine Mutter so spät

isst?“
„Sie wollte noch in ihrem Zimmer bleiben. Sie hat ihren eigenen Kopf.“
„Und warum haben Sie ihr die Suppe nicht aufgewärmt?“
Die junge Frau sieht ihn an, als habe er gerade nach etwas ganz Unverschämten gefragt, nach einer meterlangen Extrawurst, nach einem Fünfgängemenü von Paul Bocuse, nach kiloschweren Trüffeln und eimerweise Kaviar.
„Hören Sie, wir haben auch so schon …“
„Dort hinten steht eine Mikrowelle“, unterbricht Brenner die Frau. Er versucht, leise zu reden, will nicht, dass Jana diese Unterhaltung mitbekommt. „Da stellen Sie die Suppe rein und die ist in einer halben Minute warm. Das ist doch eine Mikrowelle, dieser rechteckige Kasten mit der Glastür und den Knöpfen, oder täusche ich mich?“
Sie antwortet ihm nicht, reckt nur leicht das Kinn und kneift die Augen zusammen.
„Und schauen Sie doch bitte mal nach unten.“
Sie denkt gar nicht daran.
„Da ist Blut auf dem Boden. Warum zum Teufel wischt das niemand auf? Eine Sache von zehn Sekunden wäre das, es müsste sich nur kurz jemand bücken und …“
Er holt Luft, es fällt ihm schwer, nicht laut zu werden. Die junge Pflegerin nutzt die Chance.
„Das ist kein Blut“, sagt sie, „das ist Soße.“
…
Brenner dreht sich um und sieht, dass Jana und seine

Mutter ihn beobachten. Die Mutter lächelt verschwörerisch, die Tochter hat ihren „Warum machst du immer Ärger"-Blick aufgesetzt. Wer ist hier das Mädchen und wer die alte Schachtel, fragt sich Brenner. Aus dem Augenwinkel sieht er, dass die junge Pflegerin den dunkelroten, matt glänzenden Soßenfleck wegkratzt. Zwei schnelle Schritte zum Tisch.
„Suchst du wieder Streit, Papa?"
„Nein, ich suche keinen Streit!" Und dann zu seiner Mutter: „Komm Mama, steh auf, wir essen woanders. Das ist doch alles Mist hier."
„Au ja!", ruft die alte Frau. Und dann, als würde sie ein bedeutsames, mit äußerster Ehrfurcht zu behandelndes Zauberwort aussprechen: „Ju-gos-la-wisch."

—

Eine kurze Diskussion mit dem Pflegepersonal und eine nur unwesentlich längere Autofahrt später, sitzen Tochter, Vater und Großmutter unter einem metergroßen Farbfoto der Akropolis. Einen Jugoslawen in der Nähe kennt Brenner nicht … und sie wird ihn, so hofft er, schon nicht merken, den Unterschied. Jugoslawe, Grieche, ist doch alles dasselbe, denkt er.
Aus den Lautsprechern prasselt stur der Sirtaki, nackte Götter stehen herum und Emma Brenner will wissen, was denn das hier für ein Lokal sei.
„Ein griechisches Lokal", antwortet Jana. Dabei schaut sie ihren Vater an.

„Ach, ein Grieche! Das ist aber extravagant. Haben wir denn schon bestellt?“
„Nur die Getränke. Ich bekomme ein Bier, Jana eine Cola und du ein Bier ohne Alkohol … wegen der Medikamente. Was willst du essen, Mama?“
Sie schaut ihn groß an, zuckt mit den Schultern. Da nimmt er die Speisekarte und liest ihr vor. Als er beim Fisch ist, hebt sie zaghaft den Zeigefinger ihrer rechten Hand … wie ein Schüler, der sich nicht sicher ist, ob er die Antwort weiß.
„Du willst Fisch essen?“
Sie nickt.
„Okay, ich lese dir vor.“
Als sich seine Mutter etwas ausgesucht hat, ruft Brenner quer durchs Lokal nach dem Kellner. Und dann, als die Bestellung aufgegeben ist, fragt er seine Mutter nach Peter Brenner.
„Den Namen habe ich vielleicht schon gehört, er sagt mir aber nicht das Geringste.“
„Okay, pass auf, Mama. Peter war der ältere Bruder deines Mannes. Hat dein Mann vielleicht irgendwann von ihm gesprochen?“ Und als sie nicht antwortet: „Ich glaube, dass dein Mann, also mein Papa, dass er wegen irgendetwas ein schlechtes Gewissen hatte. Vielleicht ja wegen des Todes seines Bruders.“
„Glaubst du?“
„Ja, Mama. Und von dir will ich jetzt wissen, ob er von seinem Bruder jemals gesprochen hat. Bitte versuche, dich zu erinnern. Mir ist das wirklich sehr wichtig.“

Während sie noch überlegt, kommt der Kellner mit den Gläsern. „Danke", sagt die Tochter, „Danke", sagt der Vater, „Das ist aber herzallerliebst von Ihnen", sagt die Großmutter. „Keine Ursache, gnädige Frau", antwortet grinsend der junge Mann. „Für Sie nur das Beste."
Begeistert nimmt Gnädige Frau ihr alkoholfreies Bier entgegen, sofort führt sie das Glas zum Mund. Wie ein kleines Kind, denkt Brenner, wirklich, wie ein kleines, gieriges Kind. Wie zur Bestätigung seines Gedankens schüttet sie sich Bier auf die Bluse. Jana hilft mit der Serviette.
„Okay, Mama ... noch mal wegen diesem Peter Brenner, dem Bruder von Papa. Hat Papa ihn jemals erwähnt? Oder hast du vielleicht gemerkt, dass er ein schlechtes Gewissen hatte wegen irgendetwas?"
Sie stellt ihr Glas ab und richtet es aus. Exakt in der Mitte des Bierdeckels muss es stehen, Ordnung muss herrschen.
„Er hat viel gebetet, mein Mann. Etwas muss ihn arg gequält haben."
„Hatte es vielleicht mit seinem Bruder zu tun, dass er so viel gebetet hat?", fragt Brenner seine Mutter.
Sie schüttelt den Kopf. „Der Bruder hat ja nicht mehr gelebt, als ich meinen Vater kennengelernt habe. Da haben wir doch bereits drüber gesprochen."
„Du meinst, als du deinen Mann kennengelernt hast?"
Sie lacht.
„Ja ... natürlich. Meinen Vater habe ich ja schon viel eher gekannt. Entschuldige, ich bin ein bisschen

konfus mit den Gedanken. Wann bekommen wir denn hier endlich etwas zu essen? Man verhungert ja bei lebendigem Leibe!"
„Das Essen kommt gleich."
„Aber wann denn?"
„Gleich, Mama, gleich. Sagt dir vielleicht der Name Adolf Bayer etwas? Hast du den mal gesehen? Oder hat Papa mal über den gesprochen?"
Sie überlegt. Zwei junge Männer setzen sich an den Nachbartisch.
„Nein ... ich glaube nicht. Aber der Name ist mir sehr bekannt. Es ist nur alles so unordentlich heute, man weiß ja nicht, wo vorne und wo hinten ist. Adolf Bayer, das war doch ein Mann aus dem Ort. War das der, der das rote Haus hatte?"
Brenner rutscht näher an seinen Mutter heran. Jetzt spricht er lauter, schneller.
„Genau, Mama, du erinnerst dich. Das war der, dem sie das Haus mit Schweineblut angemalt haben ... weil er bei den Sozialdemokraten war. Hat Papa einmal über Adolf Bayer gesprochen?"
Sie schüttelt den Kopf.
„Nein, also nicht dass ..."
„Ich glaube nämlich, dass dieser Adolf Bayer etwas mit dem Verschwinden von Papas Bruder zu tun hat. Der Adolf Bayer hatte nämlich Ärger mit dem Bruder von Papa."
Sie faltet die Hände und betrachtet ihr halbvolles Bierglas. „Also gesprochen hat er nicht über ihn ... über diesen Herrn Bayer. Aber gekannt hat er ihn ganz sicher, wie man sich eben kennt, in so einem

kleinen Dorf. Wann kommt denn endlich das Essen? Man wartet sich ja krumm und schief in diesem Lokal. Willst du nicht einmal fragen gehen, Thomas? Aber sei höflich dabei!"
„Das Essen kommt gleich, wir können uns vorher noch ein bisschen unterhalten."
„Na wenn du meinst."
Zehn Minuten später hat Brenner seiner Mutter erzählt, was er herausgefunden hat. Er hat ihr ein weiteres Mal die alten Schwarzweißbilder gezeigt, sie auf Marli Karrenbacher und sogar auf die Burmanns angesprochen. Auch nach Davis Seis und Adolf Bayer hat er sie wieder und wieder gefragt. Herausbekommen aber hat Brenner nichts aus ihr, mal wirkte sie besorgt, mal lächelte sie stumm in sich hinein, mal wiederholte sie das, was er schon gesagt hatte. Aber Neues? Etwas, das ihn weiterbringen würde? Nein, nein und nochmals nein. Und dann, als Brenner gerade wieder zu einer seiner Fragen ansetzen will, kommen auch schon die schwer beladenen Teller.
„Ist das alles für uns?", flüstert Emma Brenner.
„Ja, Oma. Und wenn wir nachher noch Hunger haben, dann bestellen wir einfach noch mehr."
„Wäre es nicht günstiger, wenn wir einen Teil zurückgehen lassen? Es kostet sicher sehr viel Geld, so viel zu essen."
„Mach dir keine Sorgen", flüstert jetzt auch Jana, „das bezahlt doch alles dein Sohn."
„Ach so", flüstert wieder die Großmutter. Sie ist noch ein wenig leiser geworden. „Hat er denn genug?"

„Wenn er nicht genug hat, dann muss er hierbleiben und abwaschen."
„Aber kann er das denn … das Abwaschen? Hat er das denn schon einmal probiert?"

Gerade als Thomas Brenner meint, diesmal ginge alles glatt und geschmeidig über die Bühne, diesmal würde sie keine Szene, keine Dummheiten machen, gerade als er sich ein wenig entspannt hat, breitet seine Mutter ihre Serviette auf dem Tisch aus, exakt zwischen Teller und der Blumenvase. Dann beginnt sie, ihr Essen zu sortieren, hebt zuerst den Gemüsereis aus dem Teller und häuft ihn auf der Serviette an.
„Ach, Mama …"
„Lass mich, Thomas. Ich muss etwas nachsehen."
Schon ist der Fisch dran: die frittierten Filets auf die eine Seite der Serviette, die Scampi und Tintenfische auf die andere. Dazwischen: eine gelbe, etwa handbreite Barriere aus Pommes Frittes.
„Mama, was machst du denn? Das wird doch alles kalt."
Einer der Männer am Nachbartisch hat gesehen, was die alte Frau macht. Brenner hört ein unterdrücktes Lachen und ganz kurz ruckt sein Kopf nach links.
„Kann man das denn essen?"
Jetzt hat sie einen kleinen, mit weißer Soße bekleckerten Tintenfisch aufgespießt. Sie hält das Tierchen hoch und betrachtet es von allen Seiten.

„Das ist Tintenfisch, Mama. Das ist eine Delikatesse. Natürlich kann man das essen."
Immer noch betrachtet sie das Ding, dreht es halb staunend, halb misstrauisch vor ihrem Gesicht. Und Brenner betrachtet mit, merkt, dass er müde wird und unterdrückt ein Gähnen. Ein Arschloch, denkt er, das Vieh hat ein kleines, rundes Arschloch.
Mit einer plötzlichen, blitzschnellen Bewegung, als wollte sie sich die Gabel in den Rachen rammen, steckt Emma Brenner sich den Tintenfisch in den Mund. Sie kaut darauf herum, nimmt ihn mit den Fingern heraus und legt ihn zurück auf die Serviette.
Vom Nachbartisch kommt halb unterdrücktes Lachen und wieder ruckt Brenners Kopf nach links. Gerne würde er zupacken und seiner Mutter alles wieder auf den Teller schaufeln. Am liebsten würde er ihr die Hände auf den Rücken binden und ihr das verdammte Essen in den Mund stopfen. Aber er sitzt nur da und sieht zu, wie die Frau, die ihn großzog, die ihm die Windeln wechselte und ihn zur Schule brachte, ein Haus aus Pommes Frittes baut. Sie spielt mit dem Essen wie ein kleines Kind. Und Jana isst einfach weiter ... als passiere nur einen Meter von ihr entfernt überhaupt nichts Ungewöhnliches.
„Mama, das wird doch alles kalt, das schmeckt doch nachher nicht mehr. Hast du denn keinen Hunger?"
Erschrocken schaut sie ihn an.
„Doch, Hunger habe ich schon."
„Und warum isst du dann nicht?"
Wieder lacht einer der Männer am Nebentisch. Die Arschlöcher warten darauf, was noch passiert. Sie

können es nicht erwarten, dass die Show weitergeht.
„Und warum isst du dann nicht?“, wiederholt Brenner seine Frage.
Keine Reaktion. Lächelnd betrachtet sie das Haus, das sie aus den Pommes gelegt hat. Plötzlich Jana: „Oma ... hörst du mich?“
Aber die alte Frau scheint ganz in ihrer Welt. Keine Antwort. Wieder dieses Kichern vom Nachbartisch. Brenner dreht seinen Kopf und die beiden Männer schauen grinsend auf ihre großen Teller.
„Was ist das für ein Haus“, fragt Jana ihre Großmutter. Die alte Frau dreht ihren Kopf zu dem Mädchen, hebt den rechten Arm und streichelt die Wange ihrer Enkelin.
„Das dürftest du nicht kennen. Du bist ja erst zehn.“
„Ich bin bald 17“, sagt Jana.
„Ach ja! Wie schnell doch die Zeit rennt.“
Sie lehnt sich zu ihrem Sohn und winkt mit dem Zeigefinger, er soll näher kommen. Weit aufgerissene, feucht schimmernde Augen. Sie flüstert: „Es fehlt am Fleisch. Ich habe das falsch eingeschätzt.“
„Aber das Haus ist doch komplett“, sagt Jana. Dabei stochert sie in ihrem Auberginenauflauf.
Wieder die alte Frau, wieder zu ihrem Sohn:
„Sie kann das nicht wissen, deine kleine Tochter, aber es fehlt am Fleisch. Ich würde wirklich gerne Fleisch essen.“
„Aber du wolltest doch Fisch“, sagt Brenner. „Ich habe dich mindestens dreimal gefragt.“
„Aber ich hätte mir doch auch Fleisch gewünscht!“
Plötzlich, so plötzlich, dass Brenner es nicht verhin-

dern kann, greift sich seine Mutter einen der Scampi und lässt ihn in ihr Bierglas fallen. „Aber ich hätte mir doch auch Fleisch gewünscht!", wiederholt sie in noch etwas strengerem Ton.
Am Nachbartisch wird gelacht und in Brenners großem Leib, irgendwo nahe der Mitte, fast parallel zur Längsachse, um die sich sein Körper aufbaut, reißt etwas. Er springt vom Stuhl auf, macht zwei schnelle Schritte zum Nachbartisch. Er hält seine Gabel in der rechten Hand, hat die Faust um den dünnen, kantigen Stiel geschlossen. Er stürmt mit vorgestrecktem Kopf auf den Mann zu, der über seine Mutter gelacht hat, und reißt den Arm hoch. Der Mann weicht zurück, fällt fast vom Stuhl. Mit den gezischten Worten „Ich hol dir dein Fleisch" lässt Brenner die Gabel in Richtung des Schnitzels sausen, das da goldbraun glänzend auf dem fremden Teller liegt. Und im selben Moment – aber warum nur, warum tut er so etwas Dummes? – streckt der Mann seinen rechten Arm aus. Als wolle er sein Schnitzel beschützen, als hinge sein jämmerliches Leben an diesem in billigem Speiseöl getränkten Stück Schweinefleisch. Brenner sticht zu, erwischt die Hand des Mannes. Zwei Zinken der Gabel dringen zwischen Daumen und Zeigefinger durch die rosafarbene Haut. Und er erwischt auch das Schnitzel, nagelt beides zusammen … und erschrickt über das, was er getan hat.
Stille. Nur der Sirtaki.
Entgeistert sieht der junge Mann auf seine verletzte Hand, will nicht glauben, was ihm gerade passiert

ist. Wie eine Skulptur in einem Springbrunnen sehen die Kontrahenten aus, beide – allerdings auf unterschiedliche Art – dieselbe Gabel in der Hand. Und da löst sich Brenners Erstarrung. Er lässt den Stiel der Gabel los und muss lachen. Und dann hört er auch seine Mutter lachen, laut und glucksend, wie über einen guten schweinischen Witz. Er hat sie seit Jahren nicht mehr so lachen hören.
Schon kommt das Personal gelaufen, aber noch begreifen die Kellner nicht, was passiert ist. Brenner nutzt die allgemeine Verwirrung, um zwei Fünfziger auf den Tisch zu klatschen, seiner Mutter vom Stuhl zu helfen und einen letzten Blick auf seinen halb aufgegessenen Grillteller zu werfen.
„Jana, komm!"
„Wir können doch nicht einfach …"
„BEWEG DICH VERDAMMT!"
Zackzack sind die drei aus dem Lokal, dreißig Meter bis zum Wagen. Als Brenner die Tür auf-schließt, sieht er, dass ihm gestikulierend zwei der Kellner hinterherkommen.
„Kannst du fahren?", fragt Jana.
„Natürlich kann ich fahren!"
Rein ins Blech und den Motor gestartet. Immer noch gluckst die Großmutter, obwohl sie ganz außer Atem ist.
Die Kellner beschleunigen ihre Schritte, rennen aber nicht, einer der beiden ruft etwas, das niemand in dem Auto versteht. „Hilf deiner Oma beim Anschnallen!", befielt Brenner. Er tritt aufs Gas und lenkt den Wagen vom Parkplatz. Ob der junge Mann

wohl immer noch so dasitzt, mit offenem Maul und der Gabel in der Hand? Brenner unterdrückt ein aufsteigendes Kichern, er fühlt sich so lebendig wie seit Monaten nicht. Nur warum hat seine Mutter gerade so herzlich gelacht? Kam da etwas zum Vorschein, das er jahrelang nicht bemerkt hatte?

Frühling 1945

Acht junge Kerle in gebügelten Hemden und ein fast zwei Meter großer, leicht das rechte Bein nachziehender Mann in einer zerschlissenen Wehrmachtsuniform. Er geht voran, eine MP 40 tragend, die vor seinem breiten Leib wie ein Blechspielzeug wirkt. Er führt sie an den letzten Häusern des Dorfes vorbei, Gesichter hinter den Gardinen und das Gegacker aufgeregten Geflügels. Ein schmaler Feldweg – Vorwärts! Vorwärts! Jugend kennt keine Gefahren –, ein schlammiger Bewässerungsgraben und die Reste eines ausgeschlachteten Motorrades.
Hinter dem uniformierten Riesen, die Lieder der Hitlerjugend singend, die acht Jungs mit ihren Kindergesichtern, ihren abstehenden Ohren, ihren braunen und grauen Uniformen und ihrem Heldenmut. Die Gewehre, die diese Kinder tragen: größtenteils Kriegsbeute, französische und tschechische Fabrikate, verbogen, verschossen, verdreckt. Einer der Jungen klammert sich an ein fünfzig Jahre altes Jagdgewehr mit verbogenem Lauf und 15 Schuss Munition. Die Amerikaner haben Panzer, die Jungs nicht einmal Helme.
Weiter.
„Jugend! Jugend! Wir sind der Zukunft Soldaten. Jugend! Jugend! Träger der kommenden Taten. Ja, durch unsre Fäuste fällt, wer sich uns entgegenstellt."
Weiter, immer weiter.
Doch dann:

„HALT UND MAUL HALTEN!“ Eine Stimme wie Kanonendonner, ein Gesicht wie ein Amboss. „Jetzt erst mal Ausrüstung kontrollieren!“, bellt Adolf Bayer die Jungens an. „Und gegebenenfalls neu verteilen. Her mit den Gewehren!“
Und als die 13-17-jährigen zögern: „HER MIT DEN GEWEHREN VERDAMMT! AUSRÜSTUNGSKONTROLLE! BEFEHLSVERWEIGERUNG WIRD HART BESTRAFT, KAMERADEN!“
Da strecken ihm die ersten ihre Gewehre hin. Er geht herum und sammelt die Waffen ein, zwei der Jungs muss er ihre grob entreißen, sie vertrauen ihm nicht. Mit den Gewehren auf dem Arm läuft Adolf Bayer zum Straßenrand und schmeißt das Gerümpel in den schlammigen Graben.
„Rotes Schwein“, zischt einer der Jungs.
„MAUL HALTEN UND ZUHÖREN!“
Der Junge macht einen Satz, will zu den Waffen. Aber Bayer erwischt ihn, dreht ihm den Arm auf den Rücken und stößt ihn zu Boden. Wütende Blicke, Gemurmel, sie trauen sich nicht, etwas gegen den Koloss zu unternehmen. Zu acht sind sie, acht gegen einen.
„So, Jungens, ihr zieht jetzt eure Uniformen aus und gebt sie mir. Dann lauft ihr nach Hause zu euren Müttern. Der Krieg ist verloren, nichts mehr zu machen. Und wenn die Amerikaner kommen, dann weg mit allem, wo das Hakenkreuz drauf ist. Kapiert? Mitteilung angekommen in euren Kohlköpfen?“
Zwei der Jungen nicken, die anderen sind wie

erstarrt. Adolf Bayer hebt den Lauf seiner Maschinenpistole.
„ALLES KAPIERT, KAMERADEN?“
Schon fangen drei von hastig ihnen an, sich auszuziehen. Aber einer der acht, ein schlaksiger, rotgesichtiger 17-jähriger, einer der Älteren, protestiert ... erst nur ganz leise, dann lauter, mutiger. Er beschimpft die anderen als Feiglinge, Vaterlandsverräter, Drückeberger. „Sei ruhig, Peter“, flüstert einer der anderen Jungs. Aber Peter ist nicht ruhig, „Schlappschwänze“, nennt er seine Freunde, „Angsthasen.“ Aber da hat ihn Bayer schon am dünnen Arm gepackt, reißt ihn grob zu sich herum, sein großes Gesicht genau vor dem des Jungen.
„MAUL HALTEN!“, brüllt er.
Und der Junge brüllt zurück: „ROTE SAU! KOMMUNIST! VERRÄTERSCHWEIN!“
Bayer packt den zappelnden, schimpfenden Jungen am Kragen, zerreißt ihm das Hemd, stößt ihn zu Boden und richtet die MP auf ihn.
„DANN SCHIESS DOCH, DU ROTE SAU! SCHIESS MICH DOCH TOT!“ Der Junge hat Tränen in den Augen. „FEIGLINGE!“, ruft er, „VERRÄTER!“
Und als keiner sich rührt, als alle nur glotzen, wendet sich Peter an seinen jüngeren Bruder: „Karl, hilf mir! Wenn wir tapfer zusammenstehen, kann er ...“ Aber da macht der Rote einen großen Schritt, pflückt den Schreihals mit einer Hand vom Boden auf, dreht ihn um und tritt ihm so fest in den Arsch, dass die Wirbel knacken. Flennend, mit zerrissenem Hemd, geprelltem Steiß und verletztem Stolz,

stolpert Peter Brenner den Feldweg hinunter. Die anderen, die Verräter, die Feiglinge, die Vernünftigen, sie geben folgsam ihre Uniformen ab. Karl Brenner schaut abwechselnd Bayer an und seinem Bruder hinterher. Er bibbert vor Angst.
„So, Jungens, ihr geht nach Hause und dann weg mit allem, wo das Kreuz und der Hitler drauf ist. Lasst euch nicht von den Amis erwischen mit dem Dreck!“
…
„JA SOLL ICH EUCH BEINE MACHEN?“
Als die Jungen gegangen sind, hockt sich Bayer ins Gras und legt die MP weg. Er trinkt einen Schluck lauwarmes Wasser aus der verbeulten Feldflasche und zieht ein fingerdickes Stück Speck aus einer seiner Taschen. Langsam, düster grübelnd, dabei auf Geräusche achtend, kaut er auf dem gelben Speck. Er weiß, dass er nicht zurück ins Dorf kann, lauscht auf die Panzer der Amerikaner. Vielleicht kommen auch Franzosen, denkt er … was wäre wohl besser?
Nach einigen Minuten steht Bayer auf, steigt in den Graben hinunter und stampft sie in den Dreck, die alten Gewehre. Dann wieder den Abhang hoch, das zerschossene Bein mit dem schief zusammengewachsenen Knochen schmerzt.
Ein weiterer Schluck aus der Feldflasche und ran an den Speck. Die Sonne sticht, der große Krieg ist verloren und das Schweinsfett läuft die Finger herunter … über das dicke, schmutzige Handgelenk und in den Ärmel der feldgrauen Uniform.
Noch eine halbe Stunde wird er warten, dann weg hier. Land gewinnen. Sich verpissen. Weitermachen.

10

Natürlich gab es Streit, natürlich kamen sie, die üblichen, abgeschmackten Fragen: Warum machst du so etwas, Papa? Warum kannst du dich nicht beherrschen?
Aber sie kamen schlaff und lustlos, wie eine lästige Pflicht, die man nur halbherzig erfüllt, die man schnell und kraftsparend hinter sich bringt. Im Grunde ist sie stolz auf mich, denkt Brenner, sie hat doch mitbekommen dass diese blöden Wichser über ihre Oma gelacht haben. Und außerdem: Meine Aggressionen kommen von irgendwoher, die habe ich mir nicht aus irgendeinem Regal genommen wie ein Paar Laufschuhe, man ist das Produkt seiner Vergangenheit, auch wenn man noch so sehr an diesen ganzen Selbstbestimmungsquatsch glaubt, den sie einem jeden Tag erzählen … man hat nämlich überhaupt keine Wahl verdammt! Und wenn man keine Wahl hat, dann trifft einen auch keine Schuld! Die Sache mit der Gabel, die ist einfach passiert, das wollte ich doch überhaupt nicht. Und während Brenner sich das so denkt, flüstert eine kleine Stimme, versteckt hinter den großen, wie Werbeplakate aufgespannten Gedanken: Ausreden … nichts als Ausreden.
Zwei ereignisreiche Tage sind vergangen, Jana hat angefangen, die kahle (Brenner bevorzugt den Ausdruck: spartanische) Wohnung in Besitz zu nehmen. Sie ist von der Wohnzimmercouch in das zwölf

Quadratmeter große Arbeitszimmer gezogen, das Brenner zwar von der Steuer absetzt, allerdings kaum benutzt. Sie hat Pflanzen und ein paar Kunstdrucke besorgt. Außerdem hat sie sich von ihrem Vater ein 1,4 mal 2 Meter großes Bett und weiße Bettwäsche kaufen lassen, auch der Großteil der Tuben, Döschen und Fläschchen, die im Badezimmer herumstehen, gehört ihr. Brenner selbst, Spartaner, der er ist, braucht nicht viel: Zahnbürste, Zahncreme, Zahnseide, Deodorant, Seife, Nassrasierer plus Rasierwasser und Creme. Mehr ist da nicht und mehr will er auch nicht.

Jetzt sitzt er auf seinem Sofa und telefoniert mit einer Dame in der SPD-Zentrale.

„Ja, exakt, Adolf Bayer … Bayer mit Y. Er muss Mitglied Ihrer Partei gewesen sein. Und wie gesagt, er war ein Bekannter meines Vaters und … Ja, genau. Und mein Vater hat mich auf dem Sterbebett gebeten, ihm oder seinen Kindern …"

„In Ordnung, warten Sie einen Moment."

Brenner lehnt sich zurück. Mein Gott, denkt er, ich lüge, lüge und lüge. Auf dem Sterbebett … so ein Blödsinn.

„Herr Brenner, ich verbinde sie mit meinem Kollegen."

„Ja … äh, danke für Ihre Mühe."

Gleich wird mir der Kollege etwas zum Thema Datenschutz erzählen, die blöde alte Leier. Oder er wird mich an einen anderen …

Ein unangenehm lautes Klacken in der Leitung.

„Hier Presseabteilung, Wilhelm am Apparat."

Brenner holt Luft und spult seine Lügengeschichte ab. Er hat mit keinem Wort erwähnt, dass er Journalist ist, keine Ahnung, warum ihn die Dame mit der Presseabteilung verbunden hat. Mittlerweile hat die Situation etwas kafkaeskes, Brenner stellt sich ein gewaltiges, graues Gebäude vor, einen fensterlosen, bunkerähnlichen Klotz, auf dem rot und fett „SPD" steht. Darin: Tausend arme Seelen vor tausend Bildschirmen und tausend Telefonen. Kann mir, fragt sich Brenner, nicht einfach jemand sagen, bis wann Adolf Bayer Mitglied war und wo er gelebt hat? Mehr will ich doch überhaupt nicht!
Aber ganz plötzlich – er glaubte schon nicht mehr daran – ist da etwas. Herr Wilhelm erzählt von einem Herrn Bayer, den ein Kollege für die Parteizeitung interviewt hat. Ja, genau, ein alter Mann, sechzig oder siebzig Jahre Mitglied, deshalb auch das Interview. Nein, eine Adresse habe er nicht. Und nein, ob man das Interview noch irgendwo einsehen könne, das wisse er auch nicht. Aber er könne ihn mit dem Kollegen verbinden, der damals das Interview … Ja natürlich, gerne geschehen.
Brenner wartet. Ich renne Gespenstern hinterher, denkt er.
Aber zehn Minuten und zwei Gespräche später hat sich seine Laune enorm gebessert. Mit einem breiten Grinsen im Gesicht legt er das Telefon weg. Dann lehnt er sich zurück, schließt die Augen und pfeift ein Lied aus seiner Jugend.

„Blödsinn … natürlich nicht. Was denkst du von mir?“
Brenner legt die Gabel weg, grapscht nach der Serviette und wischt sich Soße aus dem Mundwinkel. Gerade hat ihn seine Tochter gefragt, ob er dem alten Mann etwas antun wolle.
„War das dein Ernst?“
„Bei dir weiß man ja nie. Soll ich vielleicht mitkommen?“
„Nein verdammt!“
Eine Pause tritt ein. Vater und Tochter essen die Spaghetti, die Jana gemacht hat. Es ist früher Abend, dünne Wolken und Grillrauch hängen über der Stadt. Die Menschen auf der Straße scheinen ein wenig langsamer als sonst, als hätten die heißen Tage ihnen die Beine weichgemacht.
„Und wenn der schon total dement ist, wenn man mit dem überhaupt nicht mehr reden kann?“
Brenner zuckt mit den Schultern. „Ausprobieren“, nuschelt er mit vollem Mund. „Morgen weiß ich mehr. Einfach ausprobieren.“
Aber sie lässt nicht locker.
„Und wenn der wirklich den Bruder von Opa umgebracht hat, zeigst du ihn dann an, gehst du dann zur Polizei?“
„Quatsch, der Mann ist fast hundert. Ich hätte nie damit gerechnet, dass er noch lebt. Außerdem geht es mir überhaupt nicht um Adolf Bayer, ich will nur wissen, was mein Vater mit dem Verschwinden seines Bruders zu tun hat.“
„Vielleicht kommst du dann mal ein bisschen zur

Ruhe … wenn du endlich mehr weißt."
„Ich bin ruhig", lügt Brenner. Er bemerkt, dass er schon wieder mit dem rechten Fuß wippt und zwingt sich zum Stillhalten. „Gemessen an dem, was ich in den letzten Tagen über meine Familie erfahren habe, bin ich verdammt ruhig."
„Schade, dass Oma dir nicht mehr sagen konnte."
„Sie hätte schon können … aber sie wollte nicht. Die Namen, die ich ihr genannt habe, sagten ihr etwas, ich bin mir ganz sicher. Sie kannte sowohl Adolf Bayer als auch diese Marli Karrenmacher."
Jana senkt den Kopf, schaut auf ihren Teller. Sie glaubt mir nicht, denkt Brenner.
„Ich habe in meinem Berufsleben hunderte von Menschen interviewt, Jana. Ich kann einschätzen, wann jemand lügt oder etwas zurückhält. Und bei ihr bin ich mir absolut sicher: Sie weiß mehr, als sie zu sagen bereit ist … sie will die alten Geschichten ruhen lassen. Das ist dermaßen fest drin bei ihr … genau wie bei meinem Vater: Lügen und Verschweigen, alles schön unter den Teppich kehren, nur nicht im Dreck wühlen."
„Sie ist dement", sagt Jana.
Brenner wischt sich durchs Gesicht, reibt grob seine große Nase.
„Das weiß ich selbst. Aber das Langzeitgedächtnis funktioniert ja meistens, sie könnte …"
„Und warum erkennt sie uns dann manchmal nicht?"
„Es funktioniert *meistens*. Ich bin mir sicher, sie hätte viel mehr sagen können. Aber sie hat Jahrzehnte lang

geschwiegen, das ist einfach drin bei ihr, das ist ihr in Fleisch und Blut übergegangen."
Die Beiden essen weiter, aber Brenner schmeckt es nicht mehr. Plötzlich wünscht er sich mehr … mehr Begeisterung, mehr Interesse, mehr Wut. Aber Jana klingt gerade so, als sei ihr das alles egal. Und dabei würde er doch so gerne – ihm fällt die Albernheit des Gedankens auf, noch während er ihn denkt – mit ihr zusammen den Fall des verschwundenen Bruders lösen. Vater und Tochter gemeinsam auf Spurensuche … tief hinabsteigend in die Abgründe der Vergangenheit, eines nach dem anderen die Puzzleteile aus der Dunkelheit fischend.
Aber Jana führt ihr eigenes Leben, ihren Großvater väterlicherseits hat sie kaum gekannt. Sie ist sechzehn Jahre alt und hat – obwohl sie so erwachsen tut – die lächerlich kleinen, gleichzeitig riesengroßen, die ganze Welt bedeutenden Sorgen einer Sechzehnjährigen. Seit wann lackiert sie sich eigentlich die Fußnägel?
„Warum lächelst du?", fragt Jana.
„Ach, wegen nichts. Alberne Gedanken."
„Was denn für Gedanken?"
„Gerade habe ich gedacht, du müsstest dich mehr für die Geschichte unserer Familie interessieren. Und noch vor einer Stunde habe ich gedacht, dass es doch gut ist, dass du alles auf Abstand hältst … dass du dich nicht in den ganzen Schlamassel mit hineinziehen lässt. Ich weiß echt nicht, was ich will."
Sie lächelt ihn nur an.

Zwei Tage später und rund siebzig Kilometer entfernt.
Das Gebäude hat die Form eines Hufeisens, dessen Enden man auseinandergebogen hat, ein neuer Bau mit großen Glasflächen und hellem, unverkleidetem Holz, höchstens 15 Jahre alt. Es liegt am Rande eines großen Krankenhauskomplexes und im Innenhof des zweistöckigen Hufeisens befindet sich ein Teich, über dem schillernde Libellen ihre Paarungstänze vollführen. Um die Wasserfläche verteilt, beschattet von zitronengelben Sonnenschirmen: Bänke auf denen alte Menschen sitzen, einige allein, andere in Gruppen, einige tratschend und gestikulierend, andere stumm auf das grünlich schimmernde, nur hüfttiefe Wasser blickend. Hier könnte ich es aushalten, denkt Brenner. Hier kann Jana mich abladen, wenn ich nicht mehr alleine aufs Klo komme.
Ein bisschen zu früh ist der große Mann mit den grauen und braunen Stoppeln im Gesicht, es ist 15.46 Uhr und um 16 Uhr ist Brenner mit Erika Ritter verabredet, der Betreuerin Adolf Bayers. Mit ihr hat er telefoniert und von ihr hat er erfahren, dass Bayer – der „Rote", das „Vieh" – am Leben ist. Leider hat Brenner es in seiner Aufregung versäumt, die Frau nach dem geistigen Zustand des Mannes zu fragen. Vergesslich Verwirrt? Schon völlig apathisch? Aber sie meinte, er könne sich mit Bayer unterhalten, genau so sagte sie es. Und wenn man sich mit jemandem unterhalten kann …
Ratlos, mit den Händen in den Taschen und einer

Zigarette im Mundwinkel, steht Brenner in der Gegend herum. Er ist zweimal um den Teich spaziert, hat sich ausgiebig umgeschaut und ein paar Bewohnern einen guten Tag gewünscht. Gerade läuft ein nicht sehr alter Mann mit Krücken und einer schlecht sitzenden Beinprothese an ihm vorbei. Bei jedem Anheben des halbierten Beins sammelt sich Luft zwischen Haut und Kunststoff, bei jedem Auftreten entweicht sie wieder – ein Geräusch, als würde der Invalide bei jedem Schritt kräftig furzen.

„Guten Tag", sagt Brenner.

„Guten Tag."

„Mit Ihrer Prothese stimmt etwas nicht."

„Ach ja?"

Ohne ein weiteres Wort geht der Beinamputierte weiter. Schritt, Furz, Schritt, Furz, Schritt ... Brenner setzt sich auf eine frei gewordene Bank und schaut den still und stumm ihre Kunststücke vollführenden Libellen nach. Ihm gegenüber, auf der anderen Seite des Teiches, sitzt ein großgewachsener, kantiger Mann mit einem derangierten Strohhut auf dem Kopf. Er trägt ein weißes Hemd mit dünnen, grauen Streifen, das an Häftlingskleidung erinnert. Könnte dieser Mann Adolf Bayer sein, überlegt Brenner. Der Alte sitzt in einem breiten Rollstuhl und hebt ab und an eines seiner dürren Beine – als wolle er die verbliebene Muskulatur trainieren. Auf dem länglichen, ein wenig pferdehaften Gesicht des Mannes liegt ein feines Lächeln, seine Augen werden von einer großen, goldbraunen Sonnenbrille verdeckt. So sehr konzentriert sich Brenner auf den mageren

Riesen, so sehr versucht er, das Alter des Mannes zu schätzen, dass er überhaupt nicht merkt, dass jemand neben ihn tritt.
„Herr Brenner?"
„Ja … genau." Hastig steht er auf und streckt seine Hand aus. „Frau Ritter, nehme ich an."
„Exakt. Habe ich Sie erschreckt?"
„Nur ein bisschen."
Sie lächelt ihm zu und schüttelt kräftig die ihr dargebotene Hand. Ein offenes, ein wenig in die Breite gehendes Gesicht hat die Frau, voller kleiner, cappuccinofarbener Sommersprossen. Das strohblonde Haar trägt sie kurz und an ihren Ohren baumeln insgesamt sieben verschiedenfarbige Ringe. Eine schöne Frau, denkt Brenner, eine handfeste Frau. Er zeigt zur anderen Seite des Teiches.
„Ist er das … Adolf Bayer?"
„Oh ja, das ist er. Haben Sie sich schon früher einmal getroffen?"
„Nein, noch nie. Er wurde mir nur beschrieben. Ich wusste, dass er sehr groß ist."
„Immer noch eine eindrucksvolle Erscheinung, oder?"
Brenner nickt.
„Wie lange sitzt er schon im Rollstuhl?"
„Seit zwei Jahren erst … Oberschenkelhalsbruch. Sollen wir zu ihm hinübergehen? Er weiß, dass sie kommen."
„Ja … ähm … kleinen Moment."
Brenner zögert, beißt sich auf die Lippen. Alles hat er sich zurechtgelegt, die passenden Fragen, die

passenden Anmerkungen, das gesamte Gespräch hat er durchdacht. Aber jetzt ist ihm, als stünde er vor einer Felswand und finde keinen Ansatzpunkt. Das ist also der Mörder meines Onkels, denkt er.
„Ist Herr Bayer in Ordnung … also geistig?"
Sie lacht. „Alles in allem ja. Sie müssen nur sehr laut und sehr deutlich mit ihm sprechen, er hört fast nichts mehr. Außerdem hat Herr Bayer einen etwas speziellen Humor und neigt außerdem zu Kraftausdrücken, das dürfen Sie ihm nicht übelnehmen. Kommen Sie, Herr Brenner, ich stelle Sie vor, lassen wir den guten Mann nicht unnötig warten."
„Wahrscheinlich hat er uns schon gesehen."
„Das glaube ich nicht", antwortet Frau Ritter. „Der Adolf ist seit einigen Jahren so gut wie blind. Nun kommen Sie, Herr Brenner, bloß nicht so schüchtern! Der alte Mann tut Ihnen schon nichts."
Als die beiden neben Adolf Bayer stehen, berührt Frau Ritter sachte die Schulter des Mannes. Sofort dreht er seinen Kopf in ihre Richtung. Dann beugt sie sich zu seinem großen, braun gefleckten Ohr und erklärt ihm, dass „der Herr Brenner" da sei.
„Oh, einer von den Brenners", antwortet lächelnd Adolf Bayer. Seine ehemals starke Stimme ist brüchig geworden, ein wenig wie das Krächzen eines sterbenden Vogels. „Auf seinen Hintern soll er sich setzen, der Brenner."

Wirr und kraftraubend, umständlich und grotesk gestaltet sich die Unterhaltung.Grässlich undeutlich spricht der Greis, seine Worte vermischen sich mit Lachen und Lallen, immer wieder hat Brenner den Eindruck, der alte Mann mache sich über ihn lustig. So gut gelaunt, so heiter am Ende seines langen Lebens wirkt Adolf Bayer, dass Brenner – ohne es eigentlich zu wollen – mehrmals mitlachen muss. Zugleich versucht er, sich zusammenzureimen, was der Lallende und Lachende ihm da erzählt. Antwortet er wirklich auf meine Fragen? Redet er nur Unsinn? Versteht er mich überhaupt oder sagt er nur ja-ja-ja und erzählt irgendwelche Anekdoten aus seinem Leben?

Als die beiden Männer sich zehn Minuten unterhalten haben (kann man das überhaupt so nennen, eine Unterhaltung?), streckt Bayer dem Jüngeren seinen langen, faltigen Arm hin. „Greif ma zu, Junge“, versteht Brenner und gehorcht. Eine große Hand schließt sich um eine andere große Hand, plötzlich spannen sich die Muskeln unter der fleckigen Haut und Brenner bemerkt erstaunt, dass der 98-jährige immer noch Kraft im Leib hat. Der grinsend seine Zahnprothesen entblößende Adolf Bayer zwingt ihn in ein schiefes, wackeliges Armdrücken.

„Unentschieden“, lacht Bayer und lässt Brenners Arm los. „Früher hätt ich dich umgeschmissen, Junge.“

Fünf Minuten später hat der Jüngere den Älteren endlich so weit, dass er von Peter Brenner spricht.

Ein dummer Junge, sei der Peter gewesen, ein Schreihals und Schwätzer. Noch andere Bezeichnungen hat Bayer für den Mann, die Brenner allerdings nicht versteht.
„Er hat Sie damals verraten, der Peter Brenner, oder?"
„Wie ... was ... der Peter?"
Brenner wiederholt die Frage. Er brüllt dem Greis ins Ohr, ein paar der anderen Bewohner sehen in seine Richtung.
„Ja-ja, zu den Nazis isser, dummer Junge isser gewesen. Alles Schnee von gestern, das Haus ... das Haus und ... paff, alles futsch. Große Scheiße alles, ganz große Scheiße."
Ich hätte ein Tonbandgerät mitnehmen sollen, denkt Brenner, dann könnte ich mir das alles später noch einmal anhören.
„Die Männer von der SS, haben die Ihr Elternhaus angesteckt?", fragt Brenner.
„Ja-ja ... haben sie. Alles futsch gewesen. Schönes Haus gewesen, groß, kühl im Sommer. Schönes Haus. Viel ... großer Garten, viel angebaut." Bayer zählt diverse Obst- und Gemüsesorten auf. Dann nennt er eine Reihe von Namen: Else, Heinrich, Lena, Paula ... Brenner weiß nicht, ob Bayer gerade seine ehemaligen Nachbarn, verstorbene Verwandte oder die Hoftiere aufgezählt hat.
„Herr Bayer ..."
„Was denn?"
„Da gab es doch diesen SS-Mann, der Ihren Großvater geschlagen hat und der später tot im Wald

gefunden wurde. Wissen Sie no-"
Lachend klatscht der Greis in die Hände. Dann fragt er Brenner nach seinem Alter, nach seinem Wohnort und ob er Kinder habe. Geduldig beantwortet Brenner die Fragen. Zweiter Versuch:
„Noch einmal zu diesem SS-Mann, der Ihren Großvater …"
Bayer lacht ein trockenes, asthmatisches Lachen.
„Totgemacht haben wir den … totgemacht. Kein Problem gewesen das … das Arschloch."
Brenner muss schlucken. Er atmet durch, spürt ein Zittern aufsteigen, reißt sich zusammen. Mit 98, denkt er, ist es egal, was man sagt, da kann man auch einen Mord ausplaudern. Wahrscheinlich wird man gar nicht mehr als zurechnungsfähiger Mensch wahrgenommen. Wieder klatscht Adolf Bayer in die Hände.
„Helm hat er geheißen … mit Nachnamen Helm, Helmchen, kleines Helmchen. Hat ihn aber nie getragen, den Stahlhelm … hat nur kommandiert und gequatscht … blablabla. Ich …" Bayer tippt sich mit seinem langen, knochigen Zeigefinger an die Brust „… ich bin im Krieg gewesen, keine gute Sache, hat zu wenig zum Fressen gegeben … hab immer viel gefressen. Das halbe Bein … das halbe."
„Sie sind angeschossen worden?"
„Angeschossen. Durchgeschossen. Weggeschossen." Wieder lacht Bayer. „Weggemacht hab ich sie, die dumme Sau. Finger, Finger gebrochen, so draufgehauen mit die Faust in die Fresse. Paff! Paff! Paff! Immer draufgehauen!"

Thomas Brenner betrachtet die großen, faltigen Hände des alten Mannes. Er stellt sich vor, wie diese Hände wohl früher aussahen, als noch genügend Fleisch an den Knochen war. „Ein Vieh“ hat Frau Burmann den Mann genannt, die Leute hätten Angst vor ihm gehabt.
„Haben Sie noch andere Leute totgemacht?“, fragt Brenner. Er versucht, seine Frage klingen zu lassen, als sei überhaupt nichts dabei.
„Ja nu“, sagt Bayer. Dann krächzt er wieder sein Lachen.
„Haben Sie den Peter Brenner totgemacht?“
„Den was? Was hab ich gemacht?“ Bayer lacht in sich hinein.
Er hat genau verstanden, was ich gesagt habe, denkt Brenner, er hat mich ganz genau verstanden.
„OB SIE DEN PETER BRENNER TOTGEMACHT HABEN?“
„Ach was, den Bre- den Brenner-Jungen. Was soll ich den Brenner-Jungen … was …“
„Er hat Sie doch verraten … an die Nazis. Der Peter Brenner hat sie doch verraten, oder?“
„Ja-ja. Das wohl. In Arsch hab ich ihn getreten und dann is er zur SS gelaufen. Das wohl! Stante pede zu den Arschlöchern is er gelaufen.“
Bayer nickt, grinst unter seinem Strohhut in sich hinein. Sein Gebiss hat sich gelockert und sein Schädel sieht noch ein wenig mehr nach Pferd aus.
„Und Sie waren in den Fünfziger Jahren wieder im Dorf und haben den Peter gesucht.“
„Was Sie nicht … wart mal, Brenner.“

Er schiebt sich das Gebiss zurecht, wischt sich die Hand am Hosenbein ab.
„Was hab ich gesucht … den Peter?"
„Ja, Sie haben den Peter Brenner gesucht … zusammen mit anderen Männern. Sie waren in den Fünfziger Jahren zusammen mit anderen Männern im Dorf und haben den Peter Brenner gesucht."
„Aber ich … ich hab ihn …" Bayer hebt einen Zeigefinger. „Ich hab ihn ja gar nicht gefunden. Gesucht ja, gesucht schon, das is wohl so gewesen in die Fuffziger. Aber totgemacht? Nee … ich doch nich. Doch nicht den Brenner … den Brenner-Jungen."
…
„Ich glaube, Sie lügen mich an. Ich glaube, Sie haben den Peter umgebracht."
Keine Antwort. Brenner schwitzt und hat das Gefühl, an der Bank festzukleben. Der Alte grinst nur in sich hinein. Nächster Versuch.
„Bitte, Herr Bayer, ich muss wissen, was passiert ist. Hat der Karl Brenner Ihnen geholfen, den Peter zu finden?"
„Na Moment … wir … nein-nein, gar nichts getan haben wir dem Peter. Wir haben den Bengel ja nicht … wie vom Erdboden verschwunden. Ums Haus rum … und … also wie verschluckt."
Am liebsten würde er den lallenden Alten packen und schütteln. Der lügt mich doch an, denkt Brenner, der verarscht mich doch. Bei diesem SS-Mann rückt er einfach heraus mit der Sprache … aber bei meinem Verwandten quält er mich, da spielt er seine Spiel-

chen, der Kerl hat seinen Spaß daran, mich hinzuhalten.
Weiter. Neuer Versuch.
„Peter ist verschwunden, weil Sie ihn verschwinden ließen … weil Sie ihn totgemacht haben."
Plötzlich hat die Stimme des Alten etwas Ärgerliches.
„Was totgemacht? Den dummen Jungen? Ein Kind ist er ja noch gew- … totgemacht, pah!. Das Fell gegerbt, das Fell gegerbt, ihn ordentlich behandelt mit die Fäuste. Aber totgemacht? Nein!"
„Also haben Sie ihn verprügelt?"
„Was?"
„Haben Sie den Peter verprügelt?"
Bayer winkt Brenner heran, näher, näher, noch näher soll er kommen. Als Brenners Ohr direkt vor Bayers ausgedörrtem Mund ist, flüstert der 98-jährige nur zwei Worte:
„Zuhören, Blödmann."
…
„Ich glaube, Sie lügen mich an, Herr Bayer."
„Ich? Was lüg- was lüge ich? Mein Leben lang fast nich gelogen, immer bei der Wahrheit gebl- … was lüge ich? Haha, Lügner nennt mich der junge Brenner. Will bloß nicht hören. Weißt du, Brenner, weißt du wie … wie alt ich …"
„Sie sind 98 Jahre alt."
„Ja eben, eben doch! Ratsch die neunzig gemacht und immer weiter. Was soll ich noch lügen? Scheißdreck is das! Gelogen hab ich nie viel, immer stracks bei die Wahrheit und auf die Schnauze

gehauen ham se mich. Mein ga- … immer sauber auf die Schnauze gekriegt. Für zehn, für zehn hab ich gekriegt!"
„Ich dachte, Sie waren derjenige, der den Leuten auf die Schnauzen gehauen hat."
„Ja-ja, wehren muss man sich! Nichts gefallen lassen!"
Bayer hebt die Fäuste, deutet Schläge an. Dann ruft er lachend: „Wasser … Wasser. Junge, mach!"
„Sie wollen Wasser?"
„Ja-ja, hoch mit dem Arsch, Brenner Mach!"
„Ist ja gut, ich hole Ihnen Wasser."
Als Brenner zwei Minuten später mit einem gefüllten Glas wiederkommt, sieht Bayer aus, als würde er schlafen. Seine Hände liegen auf den langen, abgemagerten Oberschenkeln und sein großer Pferdekopf ist ihm auf die Brust gesunken, die dunkle Sonnenbrille hält sich gerade so auf der Spitze der langen, knotigen Nase. Aber als Brenner sich gesetzt hat und seinen Kopf dreht, da schaut er direkt in das grinsende Gesicht Adolf Bayers.
„Hier, Ihr Wasser."
Der Alte nimmt das Glas und führt es zitternd zum Mund. Er trinkt in großen, gierigen Schlucken und Brenner wendet unangenehm berührt den Blick ab, schaut auf den Teich.
„Herr Bayer?"
Der Greis dreht den Kopf. Wo ist das Glas hin, fragt sich Brenner.
„Noch einmal zu Peter Brenner, ich …"
„Scheißdreck!", unterbricht ihn der 98-jährige. „Ich

den … den Peter Brenner totgemacht? Gesucht, gesucht haben wir … ins Haus sind wir rein und … nur der kleine Bruder ist da gewesen, der Bruder von … und durchs …"

„Der Karl Brenner, Sie meinen den Karl Brenner? Ist der im Haus gewesen?"

„Ja-ja, der Karl, der jüngere von den Brüdern, der is schon da gewesen. Hat sich fast in die Hosen geschissen, der Karl."

„Und mit ihm haben Sie gesprochen?"

„Was gesprochen? Blödsinn alles. Durchs … durchs Haus, durchs Haus mit vier Mann. Alles auf den Kopf gestellt und Tohuwabohu gemacht. Der Peter, der Peter war … pff. Wie vom Erdboden … und vorher noch ganz deutlich gesehen, den Bengel, beim Haus. Ist uns durch die Lappen geschl- … weg is er gewesen."

„Okay, ganz langsam. Sie haben den Peter Brenner beim Haus gesehen und dann war er plötzlich weg?"

„Ja-ja, beim Haus. Nich gefunden haben wir den Scheißkerl … und 'ne ordentliche Tracht Prügel, die hätt er schon … aber totmachen? Nee, totmachen nich … is ja ein halbes Kind noch gewesen im Krieg, hat ja keine Ahnung gehabt von nichts. Bisschen Angst einjagen, bisschen Arsch versohlen dem Bengel."

Bayer fummelt an seinem großen, milchkaffee-braunen Hörgerät. Dann murmelt er etwas, das Brenner nicht versteht, lacht gurgelnd in sich hinein und faltet die Hände.

„Und dafür rücken Sie extra mit mehreren Männern

an … nur weil Sie einem jungen Mann den Arsch versohlen wollen?“
Bayer grinst nur.
„Das hätten Sie doch auch alleine machen können.“
„Na kleinen Ausflug gemacht … mit den Kollegen. Ham ja noch andere Schulden … Schulden gehabt bei mir. Sin ja nich alle nett zu mir gewesen. Aber da ham sie … gekuscht, gekuscht ham sie! Kein … kein Arsch in de Hose. Aber den Jungen totgemacht? Ach was! Nich angefasst, nich ma sachte angefasst!“
„Aber diesen SS-Mann, diesen Herrn Helm, den haben Sie umgebracht, oder?“
Wenn er den Mord jetzt abstreitet, dann weiß ich, dass ich ihm nicht glauben kann, denkt Brenner. Aber Bayer hebt grinsend die Fäuste und macht zwei zittrige Schläge in die Luft. „Kaputtgeschlagen“, lacht er.
Okay, kaputtgeschlagen. Brenner rückt näher an den Mann heran, sein Unterarm berührt die harte Armlehne des alten Rollstuhls. „Keine Zähne mehr im Maul“, sagt er in das große, braun gesprenkelte Ohr. „Keine Zähne mehr im Maul“, wiederholt Bayer. „Die Knochen gebrochen“, sagt Brenner. „Die Knochen gebrochen“, wiederholt kichernd Bayer. Ein letzter Versuch: „Genau wie beim Peter“.
Bayer lacht sein gurgelndes Lachen.
„Ach was, doch nicht bei dem Jungen. Is ja nicht zu finden gewesen, der Peter. Als wär er gar nich dagewesen … und dabei ham wir ihn noch alle Mann gesehen.“

Ende 1956

Wenn Karl Feierabend hat, wenn er die beiden Stanzmaschinen geputzt hat, an denen er arbeitet, wenn er dann die Stechuhr bedient und sich umgezogen hat, dann fährt er entweder in den Wald, wo er nur dasitzt und dem Rascheln und Rufen der Tiere lauscht, oder in die Kneipe, wo er dasitzt und allein seine sechs, sieben, acht Schnäpse trinkt.
Wenn sich jemand zu ihm setzt, dann spricht Karl leise und ohne jede Betonung, so, als würde er vom Pfarrer aufgetragene Gebete murmeln. Lange bleibt nie jemand bei ihm, lange hält es nie jemand in der Nähe des von kalter Traurigkeit umgebenen 29-jährigen aus … und dabei kennen sie ihn doch alle, den Brenner-Karl, den jungen Brenner. Und alle wissen sie, was ihm passiert ist.
Manchmal, wenn er besoffen genug ist, setzt sich der Schultheiss-Michel zum Karl, der Polizist aus dem Nachbardorf. Er beugt sich zu dem jungen Mann und sagt ihm, mit Bierdunst im Atem und träger Väterlichkeit in der Stimme, dass es doch so nicht weitergehen könne und dass er, der Karl, nun endlich seinen Mann stehen und etwas unternehmen müsse. Rund eine halbe Stunde sitzt der Schultheiss für gewöhnlich beim Karl, bevor er es kopfschüttelnd aufgibt und zurück zu seinen lachenden, schwatzenden Kumpanen geht.
„Und, was sagt er, der Karl?“, fragt dann stets einer von ihnen.
„Nichts sagt er. Ein hoffnungsloser Fall ist er.“

Wenn genug Zeit vergangen ist, dann fährt Karl Brenner auf seinem schweren, pechschwarz lackierten Vorkriegsfahrrad nach Hause. Er stellt das Rad ab, schließt die Tür auf und horcht. Am Anfang, es waren die ersten Wochen nach dem Raub, dem Verbrechen, dieser schlimmsten und schäbigsten aller Demütigungen, waren die beiden still wie die Mäuschen. Und wenn sie es miteinander taten, dann nie im Haus.

Aber bald sind sie frech geworden, schon ein paarmal hat Karl sie lachen und scherzen und sogar stöhnen hören. Da half keine Watte in den Ohren, da übernahm die Einbildung das, was zuvor das Gehör geleistet hatte. Zwei, drei Meter nur, nur die dünne Zimmerdecke dazwischen! Und dabei ist sie doch seine Frau! Er hat sie auf einem Ausflug kennengelernt und sie auf der Stange seines Fahrrades mitgenommen! Er hat sie zuerst geküsst, ihn hat sie zuerst in ihre weichen Arme geschlossen! Und dann hat dieses Schwein, dieser Dreckskerl, diese elende Missgeburt, sie ihm ausgespannt. Erwischt hat er die Beiden, hinten im Garten. Und sie hat noch gesagt, dass es ihr so unheimlich leid tue und dass sie ihn doch auch sehr möge, und dass … dass sie ja nichts dafür könne, dass sie eben den Peter ein wenig mehr liebe als ihn. Es tue ihr ja so … Sauhure! Dreckstück! Aber er wird sich nicht vertreiben lassen, er wird weiter unten in der Stube schlafen und sein Essen in der Küche kochen. Wenn er weinen oder schreien muss, dann wird er in den Wald gehen. Und wenn sie lachen und scherzen und ficken – sie werden

immer frecher! Immer weniger kümmert es diese Verbrecher, dass er im Haus ist! – dann wird er sich eben Watte in die Ohren stopfen.
Wo sollte er denn auch sonst hin, der Karl? Die Eltern bewohnen eine Hinterhauswohnung in der Dorfmitte, kaum haben sie selbst genug Platz auf ihren vierzig Quadratmetern. Das alte Haus haben sie ihren beiden Söhnen überschrieben ... ihren BEIDEN Söhnen. Halbe, halbe. Er wird und wird und wird sich nicht aus seinem Elternhaus vertreiben lassen!
Karl Brenner geht in den Wald und brüllt wie ein Stier, er geht sich besaufen, er macht lange Spaziergänge, er setzt sich in den pastellgrünen VW Käfer, der hälfte-hälfte ihm und dem verhassten Bruder gehört, und fährt in die Stadt, ins Bordell. Er betet zum Herrgott und bittet um Hilfe, betet zur Jungfrau, zum Heiland, betet zu allen Heiligen, die er kennt. Aber nichts und niemand hilft, der heiße Schmerz erkaltet und gerinnt zu dumpfer, galliger Abscheu. Hätte der Adolf Bayer ihm doch damals den Schädel eingeschlagen, denkt er oft, ... anstatt dem Saukerl nur in den mageren Arsch zu treten. Hätt er ihn doch abgeknallt!
Ein paarmal hatte der Karl ja schon das große Fleischermesser in der Hand, ein paarmal hat er schon die lange, schartige Klinge betrachtet, sich geradezu hineingeglotzt in das matt glänzende Metall. Spitz wie eine Nadel ist dieses Messer, schnell und geschmeidig würde es durch Haut, Fleisch und Gedärm dringen.

Ein paarmal ist Karl schon kurz davon gewesen, mit dem Messer nach oben zu gehen.

11

Ein schweigsamer Abend, eine unruhige Nacht und ein sich träge dahinschleppender Tag sind seit dem Besuch bei Adolf Bayer vergangen. Brenner liegt wach, kratzt an sich herum, wälzt sich vom Rücken auf den Bauch und wieder zurück, dreht sein Kissen auf die kühle Seite, strampelt grunzend die Decke weg und flucht in die Dunkelheit seines Schlafzimmers. Es ist kurz nach eins, die warme Luft klebt wie Sirup und trübe Gedanken haben das Bett umstellt.

Brenner steht der Schweiß auf der Stirn. Er richtet sich auf, fasst sich an die Brust und spürt seinem Herzschlag nach, findet ihn regelmäßig und stark. Alles in Ordnung, Brenner, alles gut mit deinem Herzen, 42 Jahre sind kein Alter für so einen robusten Muskel in so einem robusten Körper. Einmal die Fäuste geballt und einmal durchgeatmet. Dann auf den Boden und ruckzuck zehn Liegestütze. Wie damals beim Bund: „Hopp-hopp, ihr Luschen, keine Müdigkeit vorschützen!"

Halbwegs beruhigt geht Brenner ins Badezimmer, benetzt seinen breiten Oberkörper mit kaltem Wasser, setzt sich auf den schmalen Rand der Kunststoffbadewanne und betrachtet einige Sekunden seinen blassen, schlaff hervorquellenden Bauch. Dann stützt er die Hände auf den Badewannenrand, legt den Kopf zurück und schließt die Augen.

Während auf seiner Brust das Wasser verdunstet,

kommt sie wieder, diese ärgerliche Denkerei, wie ein dummes Insekt, dass sich nur töten, nicht aber vertreiben lässt: Und wenn die Polizei doch noch bei mir auftaucht ... wegen des Kerls, der über meine Mutter gelacht hat. Vielleicht haben die Kellner mein Nummernschild gesehen und sind uns nur deshalb nicht ... vielleicht gab es Kameras und ... sollte ich mich stellen? Einfach zur Polizei gehen und ... vielleicht sollte ich wieder so ein Antiaggressionstraining machen ... oder gleich eine verdammte Psychoanalyse, 500 Stunden bei so einem Klugscheißer, der mich über den Rand seiner Therapeutenbrille hinweg anglotzt und mich fragt, ob ich mir als Kind gerne den Finger in den Arsch gesteckt habe.

Brenner schmatzt und gähnt, lacht in sich hinein und sackt noch ein wenig mehr in sich zusammen. Seine Muskeln entspannen sich, das Kinn sinkt nach unten, und plötzlich sieht er sich vor Gericht, sieht sich in seinem Halbschlaf einem wahren Monstrum von Richter gegenüber, einem Riesen mit weißer Perücke und einer Nase so groß wie eine Bierflasche. Und diesem Koloss muss er erklären, dass er das mit der Gabel doch überhaupt nicht wollte, dass er seiner Mutter doch nur das Fleisch ... und der deformierte Richter (ein bisschen sieht er aus wie Adolf Bayer) lacht über ihn und verkündet, dass ja noch viel-Viel-VIEL mehr über Brenner bekannt sei (Aber darum geht es hier doch gar nicht, hört Brenner sich protestieren), so wisse man zum Beispiel, dass die Beziehung zu seiner Frau aufgrund fortgesetzter

Untätigkeit (Halt!, hört Brenner sich dazwischenrufen, ist denn das überhaupt strafbar?) gescheitert sei. Bekannt sei außerdem, dass Brenner seine journalistische Arbeit nur halbherzig verrichte, dass er sie insgeheim sogar verachte! Ob er denn gedacht habe, niemand würde ihn jemals durchschauen? Ob er denn wirklich und ernsthaft gemeint habe, er könne auf ewig …

Er merkt noch, dass er abrutscht, ist aber zu benommen, um das Malheur zu verhindern. Rückwärts fällt Brenner in die Badewanne, schlägt sich hart den Kopf am Wasserhahn und prellt sich die Rückenwirbel.

„SCHEISSE! SCHEISSE! SCHEISSE!"

Mit beiden Händen grapscht er nach dem Rand der Wanne, will sich hochziehen, schlägt sich ein weiteres Mal den Kopf und bleibt schwer atmend liegen, die nackten, haarigen Unterschenkel über dem Badewannenrand, die Fußsohlen Richtung Tür.

Stille.

Dann Schritte im Flur. „Na Klasse", murmelt Brenner.

Und schon fliegt die Tür auf.

„Mein Gott, Papa. Was machst du …"

„Jana, geh raus. Bitte."

Sie drückt den Lichtschalter, Brenner kneift die Augen zusammen.

„Aber da ist Blut am Wasserhahn. Was …"

„JANA! GEH RAUS!"

Sie macht einen Schritt zurück. Sein rotes Gesicht zwischen den blassen Fußsohlen.

„Ich will dir doch nur helfen."
„Ich brauche keine Hilfe! Ich bin keine Neunzig verdammt!"
Mit einer Hand deckt Brenner den kantigen Wasserhahn ab, mit der anderen hält er sich am Badewannenrand. Er gibt ein lächerliches Bild ab, wie er sich in der Kunststoffwanne kugelt, sich Stück für Stück zur Seite dreht. Schließlich bekommt er die Füße unter den Körper und hockt sich hin. Der Rücken schmerzt, der Kopf schmerzt, der rechte Ellenbogen schmerzt, und immer noch steht Jana in der Tür.
„Was ist denn passiert?"
„Ich bin ausgerutscht, das ist passiert."
Griff an den Hinterkopf, Blut in den Haaren. Seltsam zäh fühlt es sich an.
„Ich wollte duschen und bin ausgerutscht. Das ist alles."
„Duschen? Um diese Zeit?"
„Ja, um diese Zeit. Bei diesem ekelhaften Wetter schwitzt man sich zu Tode, also wollte ich duschen. Und dabei bin ich in dieser beschissenen Wanne ausgerutscht. Überhaupt nichts Besonderes, so etwas passiert tausendmal am Tag. Jeden Tag brechen sich Leute die Knochen, weil sie in irgendwelchen Badewannen ausrutschen."
„Und warum hast du noch deine Unterhose an?"
„Weil … herrje, jetzt frag doch nicht so blöd."
Okay, ganz vorsichtig. Brenner hebt sein rechtes Bein und steigt aus der Wanne, kurz wird ihm schwarz vor Augen. Sie glotzt mich an wie eine Kranken-

schwester, denkt er, wie eine Krankenschwester, die ahnt, dass der ihr anvertraute Patient jeden Moment kollabieren wird. Wenn sie mich noch einmal fragt, ob sie mir helfen soll, dann …

„Ich habe ein bisschen Angst um dich, Papa."

Jetzt das andere Bein, wie ein Storch im Salat sieht er aus. Hahn auf und kaltes Wasser ins Gesicht. Dreimal, viermal.

„Tut mir leid, Jana. Ich … ich wollte dich nicht anbrüllen. Bin nur gerade ein wenig überanstrengt."

„Kannst du schon wieder nicht schlafen?"

Er schüttelt den Kopf, schaut in den Spiegel und überlegt, wer zum Teufel dieser Kerl mit den kleinen Augen, den grauen Bartstoppeln und dem resignierten Zug um den Mund ist. Irgendein Blödmann, nicht der Rede wert, ein Auslaufmodell, Schnee von Gestern.

„Komm raus hier, Papa, ich schau mir deine Wunde an."

Sie greift seinen Arm und zieht ihn hinter sich her in die Küche.

„Ich glaube, du musst aufhören."

„Mit was aufhören?"

„Mit diesem Familienkram. Das mit Opa … und seinem Bruder … das alles eben. Hör auf, dich damit zu beschäftigen."

„Das geht nicht."

„Dann nimm dir eine Auszeit, mach ein paar Wochen Pause."

Sie setzt ihren halbnackten Vater auf einen der Küchenstühle.

„Ich brauche keine Auszeit, ich brauche Antworten. Ich fahr jetzt raus zum Haus."
Er steht auf, wieder wird ihm ganz grieselig vor Augen. Trotzdem macht er zwei Schritte zur Tür, stolpert mehr, als dass er läuft.
Jana packt zu, reißt ihn herum, bringt ihn fast zu Fall. Wie viel Kraft dieser schmale Mensch doch hat!
„DREHST DU JETZT VÖLLIG DURCH?", brüllt sie. „DU WILLST IN DEINEM ZUSTAND AUTOFAHREN?"
„Ich bin kein kleines …"
Sie brüllt ihm mitten hinein in seinen Ich-bin-kein-kleines-Kind-Blödsinn.
„WENN DU JETZT INS AUTO STEIGST, DANN RUF ICH DIE POLIZEI UND SAG DENEN, DASS DU DICH UMBRINGEN WILLST!"
„Wie kommst du darauf, dass ich mich umbringen will?"
„GLAUBST DU VIELLEICHT, ICH LASSE ZU, DASS DU SO IN DER GEGEND HERUMFÄHRST? ERST LASST IHR EUCH SCHEIDEN UND DANN FÄHRST DU GEGEN EINEN BAUM. WARUM BIST DU SO EIN IDIOT, PAPA?"
„Sei bitte nicht so laut, Jana, die Nachbarn …"
„ANDERS KAPIERST DU ES JA NICHT! WENN DU JETZT INS AUTO STEIGST, DANN RUF ICH DIE POLIZEI! UND MORGEN GEH ICH ZURÜCK ZU MAMA, DANN KANNST DU WIEDER MACHEN, WAS DU WILLST!"
„Okay … okay. Ist ja gut. Jetzt …"
„UND WARUM HAST DU EIGENTLICH IMMER

SCHISS, DASS DIE NACHBARN UNS HÖREN? ICH DACHTE, DU BIST SO VERDAMMT MUTIG."
Brenner setzt sich hin. Er stützt die Ellenbogen auf den Tisch und legt das Gesicht in die Handflächen. Wortlos versorgt Jana seine Wunde.

—

Und dann ist er doch gegangen. Kurz nach zwei hat er hinter sich die Wohnungstür zugezogen, leise wie ein Einbrecher nach getaner Arbeit. An die Klinke hat er einen hastig geschriebenen Zettel geklebt:
Keine Angst, ich gehe nur spazieren. Ich benehme mich. Der Autoschlüssel liegt auf der Kommode, ich bin **WIRKLICH** nur zu Fuß unterwegs. Ich muss frische Luft schnappen. Mein Telefon habe ich dabei, falls du mich anrufen willst.
Ein warmer Wind bewegt die verbrannten Blätter und wirbelt den Grilldunst aus der Stadt. Schon in seiner Jugend war Brenner gerne nach Mitternacht unterwegs. Um diese Zeit, so meint er, herrscht ein stilles Einverständnis zwischen den Nachtwandlern: Lass mich in Frieden und ich lasse dich in Frieden. Wir beide haben unsere Gründe dafür, dass wir um diese Zeit umherstreifen, anstatt wie brave Bürger in unseren nach Weichspüler duftenden Betten zu liegen, Gründe, die niemanden etwas angehen.
Tagsüber, auch das meint Brenner, wird man als Flaneur weit kritischer in Augenschein genommen. Als er ein paar Tage zuvor zum Supermarkt schlenderte, ein wenig nachlässig gekleidet, ein

wenig unrasiert, ein wenig in Gedanken und außerdem vormittags, zischte eine ältere Frau – er kannte die Schachtel nicht, eine zufällige Begegnung – ihn an: „Alles faule Hartz-IV-Empfänger!". Ihr Ton war nicht mehr nur verächtlich, er war hasserfüllt. Böser Vernichtungswille lag in ihren Worten.
Brenner nickt einem anderen Spaziergänger zu und biegt in eine der Straßen, die auch um diese Zeit noch belebt sind. Die Gegend ist nicht teuer und nicht schick, Wettbüros, türkische Teehäuser und enge Handy-Läden mit Gittern vor den Fenstern. Träge steckt Brenner sich eine Zigarette an, die ihm schon beim ersten Zug nicht schmeckt, dann bleibt er vor einem Asia-Imbiss stehen und betrachtet grinsend eine unermüdlich die Kundschaft herbeiwinkende Plastikkatze. Neben der goldenen Winkekatze liegt ein großer Haufen in dünne Plastiktüten verpackter Krabbenchips.
Schon ist das Ende der Straße in Sicht. Rechts ein rund um die Uhr geöffnetes Fitnessstudio, in dem ein einzelner Mann Hanteln schwingt und dabei seinen zu Honigmelonengröße aufgeplusterten Bizeps fixiert. Links, direkt vor Brenners Nase, ein Spielsalon mit verklebten Fenstern: Lachende, auf 80er Jahre-weise gutaussehende Menschen, Föhnfrisuren und Schulterpolster. Großen Spaß beim Roulette haben diese jungen, schon ein wenig verblassten Leute. Und drinnen: Spielautomaten, alter Teppich, das ungeliebte Rauchverbot und graue Männer mit müden Augen.
Wortlos schlänget sich eine halbe Portion an Brenner

vorbei. Der Mann trägt ein zu großes Hemd, eine schwarze Jeans und einen Strohhut, unter dem buschig die weißen Haare hervorschauen.
„Rudi?“
Er dreht sich um.
„Th- … Thomas, was machst du denn hier?“
Offensichtlich ist dem Strohhutträger die Situation unangenehm.
„Die Kühle der Nacht genießen“, antwortet Brenner. Er zeigt auf den Spielsalon. „Wolltest du da rein? Wusste nicht, dass du zu viel Geld hast.“
„Es entspannt“, antwortet Rudi Warms. Ein zaghaftes Lächeln huscht über das faltige, fast zur Hälfte vom Vollbart verdeckte Gesicht.
„Immer noch besser als saufen“, sagt Brenner.
„Ja … wahrscheinlich schon. Wie machst du es?“
„Was?“
„Dich entspannen.“
„Mal so, mal so“, antwortete Brenner. „Man weiche und mal harte Drogen. Wohnst du hier in der Gegend, Rudi?“
Warms nickt.
„Gleich um die Ecke.“
Eine Pause tritt ein. Einer der Spielautomaten dudelt etwas, das wie „I will survive“ auf Speed klingt.
„Willst du echt da rein?“, fragt Brenner. „Ist doch Mist, der Laden.“
„Wieso interessiert dich das?“
Brenner grinst. Ihm ist eine Idee gekommen.
„Hör mal, Rudi, ich brauche deinen analytischen Intellekt. Ich will deine Meinung zu ein paar Fragen

hören, die mich momentan sehr beschäftigen."
Warms zögert, immer noch zieht es ihn hinein zu den blinkenden Automaten, die nichts von ihm wollen, außer den zwanzig Euro, die er in der Tasche hat. Er weiß nicht, was er von Brenner halten soll, diesem jüngeren, größeren, stets ein wenig angriffslustig wirkenden Kollegen.
Aber dann: Ach scheiß drauf! Er wird mir schon nichts tun, der Thomas, denkt der 65-jährige. Er ist auch nur einer derjenigen, die nachts durch die Gegend laufen und nicht wissen, wo sie hin sollen. Ist er nicht geschieden, der Thomas Brenner? War da nicht etwas? Gab es nicht Streit ums Sorgerecht?
„Ich lade dich ein, Rudi. Lass uns was trinken gehen. Kennst du was Nettes? Oder einfach irgendwas, das noch auf hat? Ich würde wirklich gerne deine Meinung zu den Dingen wissen, die mich um den Schlaf bringen. Vielleicht habe ich das nie so deutlich gesagt, aber ich halte dich für den besten Journalisten, den unser Blatt hat ... vielleicht bist du sogar der einzige."
„Ach red' doch keinen Müll, Thomas."
„Tue ich nicht. Du hast wenigstens noch Ideale, Rudi. Wir anderen, wir sind doch nur elende Zyniker."

„Gut ... immer der Reihe nach, lass uns Ordnung in die Sache bringen. Dieser Herr Bayer hat ausdrücklich gesagt, dass er den Bruder deines Vaters gesehen hat?"
Rudi Warms und Thomas Brenner sitzen im dunklen

Hof eines kleinen, um diese Zeit schon geschlossenen Programmkinos, eine Kneipe haben sie nicht gefunden. An einem Kiosk hat Brenner ein Sixpack polnisches Bier gekauft.

„Zumindest habe ich ihn so verstanden."

„Und dann sind sie ins Haus hinein und haben ihn nicht gefunden."

Brenner unterdrückt einen aufsteigenden Rülpser, dann nickt er und macht mhm. So wie er sitzt, sieht es aus als wolle er Warms den Fluchtweg verbauen.

„Und sie haben jedes einzelne Zimmer durchsucht?"

„Ja … mit Sicherheit. Ich glaube nicht, dass die irgendwelche Rücksichten genommen haben. Sie haben das Haus auf den Kopf gestellt, so hat Bayer es formuliert."

„Wie sieht die Umgebung des Hauses aus?"

„Felder … Wiesen … das nächste Gebäude ist etwa hundert Meter entfernt. Der Wald ist 200, vielleicht 300 Meter weit weg. Ich glaube kaum, dass mein Onkel unbemerkt flüchten konnte."

„Vielleicht ist er aufs Dach", murmelt Warms. „Was ist mit dieser Frau, dieser …"

„Marli Karrenmacher. Sie ist wohl auch verschwunden … das behauptet zumindest dieses Ehepaar, mit dem ich gesprochen habe. Muss so eine Art Dorfschönheit gewesen sein. Und wie gesagt, sie war zuerst die Freundin meines Vaters und dann seines Bruders. Unter anderem deshalb glaube ich, dass mein Vater etwas mit dem Verschwinden seines Bruders zu tun hat … dass er ihn vielleicht doch an Adolf Bayer ausgeliefert hat."

Brenner nimmt einen zu großen Schluck und muss husten. Das Bier schmeckt süßlich, nach Zuckerrübensirup.

„An- … andererseits … warte." Brenner räuspert sich. „Okay, ich glaube diesem Adolf Bayer, dass er meinen Onkel nicht gefunden hat. Warum sollte er in seinem Alter noch lügen? Er hat ja auch das mit dem SS-Mann sofort zugegeben … dass sie ihn totgeschlagen haben."

„Vielleicht hatte der alte Mann Angst vor dir", sagt Warms.

„Nein, das auf keinen Fall! Der alte Scheißkerl hatte nicht die geringste Angst. Mit Sicherheit nicht. Der wollte Armdrücken mit mir machen."

„Okay … nehmen wir einfach mal an, dein Vater hatte – auf welche Weise auch immer – etwas mit dem Verschwinden seines Bruders zu tun. Grund: Die gute alte Eifersucht."

„Ja, die gute alte, bescheuerte Eifersucht. Und danach das gute alte schlechte Gewissen." Brenner steht auf und geht einige Schritte. Unter seinen dünn gewordenen Gummisohlen knirscht der Schotter. „Es muss eine furchtbare Demütigung für ihn gewesen sein, mitanzusehen, wie sein Bruder mit dieser Marli zusammenlebt. Stell dir vor, Rudi, im selben Haus, er hat sie immer vor der Nase gehabt."

„Wer hat noch in dem Haus gelebt?"

„Nur mein Vater, sein Bruder und diese Frau. Meine Großeltern lebten ein paar Kilometer entfernt."

„Warum ist dein Vater nicht weggezogen?"

Brenner zuckt mit den Schultern.

„Schlechte Zeiten ... wenig Geld. Ich habe keine Erklärung. Vielleicht dachte er, er kann Marli zurückgewinnen. Ich will mir gar nicht vorstellen, welche Szenen sich in dem Haus abgespielt haben."
„Weißt du, welche Sorte Mensch dein Onkel war?"
Brenner schüttelt den Kopf.
„Ich weiß fast überhaupt nichts über ihn. Ich weiß nur, was ich dir schon erzählt habe. Er hat diesen Adolf Bayer in den letzten Tagen des Krieges bei der SS angeschwärzt, er hat meinem Vater die Geliebte ausgespannt ... vielleicht war er einfach nur ein elendes Arschloch, das den Tod verdient hatte."
„Streng genommen weißt du nicht, ob er tot ist."
„Herrje, Rudi. Warum sonst diese Geisterfotos? Warum der ganze verdammte Aufwand? Dieser Fotograf, dieser David Seis, der wusste etwas. Vielleicht war der sogar in der Nähe, als Bayer mit seinen Kumpels beim Haus aufgetaucht ist. Und mein Vater hat geglaubt, vom Gespenst seines toten Bruders heimgesucht zu werden, deshalb hat er sich überall diesen ganzen religiösen Kram aufgehängt ... weil er meinte, das beschützt ihn. Und nachdem sein erstes Kind gestorben war, sind er und meine Mutter fluchtartig weg aus dem Haus. Sie haben überhaupt nichts mitgenommen, haben sogar die Teller und Gläser neu gekauft ... als würde der Tod an den Sachen kleben, als hätte dieser von David Seis inszenierte Spuk etwas mit dem Tod ihres Kindes zu tun. Verdammt, mein Vater hatte hundertprozentig etwas mit dem Verschwinden seines Bruders zu tun ... und darunter hat er sein ganzes erbärmliches

Leben lang gelitten. Du hättest ihn erleben sollen, Rudi, er war so voller Angst, dass es schon lächerlich war … überall diese Bibelsprüche, überall diese verschnörkelten Fläschchen mit dem Weihwasser. Ich weiß noch, wie er abends mit mir gebetet hat, das war richtig … richtig … krank, krank war das."
„Traust du ihm einen Mord zu?"
Brenner stöhnt, reibt sich die Augen. Mittlerweile ist es fast vier Uhr. Etwa zehn Meter von den beiden Männern entfernt, tritt eine schwarze Gestalt in die Hofeinfahrt. Die Gestalt dreht sich mit dem Gesicht zur Wand und schon hört man das Geräusch eines Reißverschlusses.
„Ich … Scheiße, was macht der da? GEH WOANDERS PISSEN!"
Die Gestalt kann sprechen. „Was?"
„GEH WOANDERS PISSEN!"
„Bin gleich weg."
„ICH HABE GESAGT, DU SOLLST VERDAMMT NOCHMAL WOANDERS PISSEN!"
Als Brenner sich in Bewegung setzt, stolpert der junge Mann aus der Einfahrt, schließt im Stolpern seine Hose, ruft von der Straße aus „FASCHIST!"
„IDIOT!", brüllt Brenner zurück. „ARSCHLOCH!"
„Beruhige dich, Thomas." Warms wiederholt seine Frage.
„Nein, ich … ach, keine Ahnung, ob ich ihm so etwas zutraue. Im Grunde traue ich ja allen alles zu. Weißt du, wie das mit dem Beichtgeheimnis ist, Rudi?"
„Du meinst, wenn jemand einen Mord beichtet?"
„Genau. Muss der Pfarrer dann Anzeige erstatten?

Mein Vater hat ja regelmäßig gebeichtet."
„Nein, muss er nicht. Der Pfarrer wird denjenigen, der sich ihm anvertraut, wahrscheinlich dazu anhalten, sich den Behörden zu stellen. Er selbst ist an das Beichtgeheimnis gebunden."
„Mist!"
Brenner lässt sich in einen der Gartenstühle fallen, betrachtet die schief aufgehängten Filmplakate.
„Nur mal angenommen, Thomas, wirklich nur einmal angenommen, dein Vater hätte seinen Bruder und auch diese Frau Karrenmacher selbst ermordet, kurz bevor ..."
Schon ist Brenner wieder in der Vertikalen. Als hätte er eine Feder am Hintern.
„Und wie hätte er das anstellen sollen? Adolf Bayer hat Peter Brenner gesehen, dann ist er mit seinen Kumpels ins Haus und der Mann war weg. Dazwischen können nur ein paar Minuten gelegen haben. Mein Vater hätte beide innerhalb weniger Minuten ermorden und dann die Leichen entsorgen müssen. Das ist nicht machbar. Außerdem hat Bayer nichts von einer Frau gesagt, vielleicht war diese blöde Kuh ja überhaupt nicht im Haus."
„Vielleicht hat das Haus einen geheimen Raum oder einen Gang zu einem anderen Gebäude."
Der Druck steigt. Brenner ballt die Fäuste, bläht die Backen, atmet hörbar aus.
„Wir sind hier nicht bei Edgar Wallace, verdammt! Das ist ein blödes, kleines, billig gebautes Haus, das ich längst hätte verkaufen oder abreißen sollen ... das ist nicht irgendein Hundertzimmerschloss in

Schottland mit Kerkern und Falltüren und geheimen Gängen hinter Bücherregalen und dem ganzen Käse.“

„Reg dich ab, Thomas. Wenn dieser Mann, dieser Adolf Bayer, deinen Onkel gesehen hat, wenn dein Onkel außerdem nicht flüchten konnte, dann muss er irgendwo im Haus gewesen sein. Das ist nur logisch.“

Brenner öffnet mit seinem billigen Plastikfeuerzeug eine weitere Bierflasche, den Kronkorken lässt er auf den Boden fallen und tritt ihn in den Schotter.

„Okay … logisch, logisch, logisch, alles ganz logisch. Vielleicht bin ich einfach nur ein Idiot, der den Wald vor lauter Bäumen nicht sieht. Hör mal, Rudi, was würdest du an meiner Stelle machen? Wie würdest du vorgehen?“

„Ich würde mir in aller Ruhe das Haus und die Umgebung anschauen: Gibt es Möglichkeiten, sich zu verstecken? Kann man leicht aufs Dach kommen? Gibt es Fluchtwege, die nicht gut einsehbar sind? Hat das Haus einen Kamin, in den man hinein kann? Ich würde einen Koffer packen, für ein paar Tage in dieses Haus ziehen und mir in aller Ruhe alles ansehen.“

„Vielleicht mache ich das“, sagt Brenner mehr zu sich selbst als zu Warms. Seine Augen brennen, schon galoppiert der Kopfschmerz heran. Außerdem hat er ein schlechtes Gewissen Jana gegenüber. Er hatte ihr doch versprochen, ins Bett zu gehen.

„Du hast diese Fotos doch in einer alten Kommode gefunden, oder?“

„Nicht ich, aber … ja, sie waren in einer alten Kommode. Innen an die Rückwand geklebt."
„Dann würde ich mir die Möbel in dem Haus anschauen, alle Möbel. Vielleicht sogar alles auseinandernehmen."
„Die Kommode stammt nicht aus dem Haus, die stand in der Wohnung, in die meine Eltern vor meiner Geburt zogen."
„Und die Möbel aus der Wohnung, sind die …"
„Alles verkauft. Alles weg. Bei meiner Mutter im Heim stehen noch ein paar Möbel … aber die habe ich selbst zusammengebaut, da war nichts dran."
„Wie dem auch sei, Thomas, ich an deiner Stelle würde mir das Haus ansehen. Ich würde radikal alles auseinandernehmen."
„Okay … ich müsste sowieso entrümpeln. Irgendwann muss der ganze Schrott ja mal raus."
Stille.
„Bessere Ideen habe ich auch nicht", sagt Warms. „Wann bist du wieder in der Redaktion, Thomas?"
„Ist doch sowieso Sommerloch", murmelt Brenner. „Passiert ja nichts."
„Gerade deshalb solltest du kommen. Jetzt wäre die Gelegenheit, auch mal Artikel ins Blatt zu bringen, die sonst keinen Platz haben … Kritisches, Ungewöhnliches, journalistische Experimente."
Brenner lächelt nur, sagt nichts. Warms senkt den Blick.
„Ich gehe nach Hause, Thomas."
„Danke, Rudi."
„Keine Ursache. Hältst du mich auf dem

Laufenden?“
„Nein … ich … tut mir leid, Rudi, aber das ist meine Angelegenheit. Aber ich bin dir wirklich sehr dankbar für das Gespräch.“
„Okay, wie du meinst.“ Warms stellt seine halbvolle Bierflasche ab, steht auf und läuft Richtung Straße. Dann dreht er sich doch noch einmal um. „Was ist das für ein Pflaster an deinem Hinterkopf?“
„Bin in der Badewanne ausgerutscht.“
„Ja?“
„Ja … einfach ausgerutscht.“
Der grauhaarige Kollege, seit fast vierzig Jahren Lokalredakteur, steht in der Dunkelheit. Ein alt gewordener 68er mit seinen aus der Mode gekommenen Idealen.
„Geh ins Bett, Thomas, ich habe den Eindruck, du bewegst dich viel zu dicht an deinem persönlichen Abgrund.“
Als Brenner seine Frage in die Dunkelheit blafft, ist Warms schon fast fünfzig Meter die Straße hinunter.
„An welchem scheiß Abgrund denn?“
Dann wieder Stille. Rauschen im Kopf. Gedankengulasch.

1958

David Seis, ein kleiner, drahtiger Mann, heimlicher (aber glühender) Anhänger des Naturismus, Spitzbartträger, Vegetarier und alles in allem ein umgänglicher, gutmeinender Mensch, steht aufrecht, und doch in Gedanken versunken, hinter der Theke seines eigenen Fotogeschäfts: Passbilder und Portraits, Hochzeitsfotografie, Filmentwicklung und fachmännische Anfertigung von Vergrößerungen, Verkauf von Fotomaterialien und Fototechnik, Grußkarten nach Kundenwunsch, Reproduktionen und Retusche … ihr Portrait vor historischem Hintergrund, reicher Fundus an Kostümen, Sie auf einem Bild mit Otto von Bismarck, der Dietrich, dem Menschenschlächter Harmann. Die Scheibe des Schaufensters ist zu klein, als dass David Seis alles draufschreiben könnte, was er seiner Kundschaft bietet. Verblüffen muss man die Leute! Neues muss man ihnen bieten! … und natürlich saubere, professionelle Arbeit. Denn Handwerksstolz hat David Seis ja auch, ein Tüftler ist er, Lichtbildner mit Leib und Seele.

Rund ein Jahr ist es her, dass Seis den Adolf Bayer sah. Er begegnete dem Roten und seinen Kumpanen, als er mit der Kamera am Dorfrand unterwegs war. Er wollte auf Farbfilm den Sonnenuntergang zwischen Baumwipfel fotografieren, vielleicht für eine der Grußkarten.

Gerade hatte er das Stativ aufgebaut, seine Linhof Technika III aufgeklappt … und da, wie aus dem Nichts, Stimmen gehört. Quer übers Feld waren der Adolf Bayer und die drei anderen getrampelt, mitten durch die Saat. Einer hatte einen kurzen Knüppel aus knotigem, knorpligem Wurzelholz gehabt. Einem anderen hatte gar ein Pistolenhalfter unterm Hemd hervorgeschaut.
„Wunderschönen guten Abend, Herr Fotograf", hatte Bayer winkend gefeixt. „Allzeit gut Licht, Herr Fotograf!"
Herr im Himmel! Seis war so verdutzt gewesen, dass er nicht gleich hatte antworten können. Dann, sich zusammenreißend: „Guten Abend, die Herren. Ich wünsche …"
Aber da waren sie schon weiter, an Seis vorbei in Richtung des Brenner-Hauses marschiert, scherzend und lachend. Und sofort hatte Seis Bescheid gewusst, jeder im Dorf kannte doch die Geschichten aus den letzten Kriegstagen, jeder wusste doch, dass der Peter Brenner den Bayer damals angeschwärzt hatte. Und jetzt war der Tag der Abrechnung gekommen, jetzt würden sie den Peter … zusammenschlagen? Totschlagen? Ihn an einem der Obstbäume aufknüpfen?

Hastig hatte Seis die Kamera abgebaut und das hölzerne Stativ eingeklappt. Er war auf sein Fahrrad gestiegen und langsam, immer in sicherem Abstand zu Bayer und seinen Männern, zum Haus der Brenners gefahren. Dort hatte er gesehen, dass Marli

Karrenmacher und Peter Brenner im Garten arbeiteten, er hatte gesehen, wie sie ins Haus rannten, als sie die heranrückenden Männer sahen. Und ebenso hatte er gesehen, wie Bayer zusammen mit einem der anderen gegen die Haustür drückte, bis diese schließlich mit einem weithin hörbaren Krachen nachgab.
Eine Viertelstunde später hatten die Männer das kleine, mehr hohe als breite Haus schon wieder verlassen, sie hatten sich ruhig unterhalten und schmale Zigaretten geraucht. Hätte Seis die Truppe aus seinem Versteck heraus fotografieren können? Nein, zu groß die Furcht. Eine winzige Reflexion auf der Frontlinse und sie hätten ihn – da war sich der drahtige, vor Anspannung zitternde Mann ganz sicher gewesen – gesehen, gefangen und zu Brei geschlagen. Ich hätte eben gleich zu einem der anderen Häuser fahren sollen, machte sich Seis Vorwürfe, vielleicht hatte ja einer Telefon. Vielleicht hätte man die Polizei verständigen können.

David Seis steht hinter der Theke seines kleinen, 1945 eröffneten Fotogeschäftes. Alle haben sie ihm damals abgeraten, alle haben sie gemeint, die Menschen hätten nach dem verlorenen Krieg ganz andere Sorgen als Portraits von sich machen zu lassen und Grußkarten zu verschicken. Aber Seis hatte gespürt, dass die Leute Ablenkung brauchten, Freude und Zerstreuung, nicht immer nur Kartoffeln und Fett und Brennholz. Mal hatte er sich in Reichsmark und mal in Naturalien bezahlen lassen, war mit seinen

Postkarten durch die Orte und über die Höfe gezogen. Nach und nach, mit jedem Schwatz, jedem Augenzwinkern und jedem Verkauf, hatte er sich einen ausgezeichneten Ruf erarbeitet und bald schon wusste jeder, dass nur er gemeint sein konnte, wenn vom „Bildermacher“ die Rede war.

David Seis steht hinter der blank geputzten Holztheke, vor seinen Ausstellungsstücken und den Proben seiner Arbeit. Er denkt über die Dinge nach, die ihm keine Ruhe lassen, die ihn bis ins Bett, bis in die hintersten Winkel seiner Träume hinein verfolgen. Fast eine halbe Stunde hatten die Männer vor dem Haus herumgestanden, hatten ihre Selbstgedrehten geraucht und mal ein ratlos, mal ärgerlich in die Gegend geblickt. Dann waren sie abgezogen …

… und nur fünf Minuten später, gerade, als David Seis aus seinem Versteck und zum Haus wollte, gerade, als er fragen wollte, was denn passiert sei und ob er vielleicht helfen könne, trat Karl Brenner aus dem Haus. Der junge Mann hielt eine brennende Zigarre in der linken und eine Flasche in der rechten Hand. Er rammte die Flasche gen Himmel, so als wolle er dem Herrgott persönlich ein wenig Schnaps aufs Hemd kleckern. Dann trank er und rauchte, trank und rauchte … und Seis fragte sich schon, ob der jüngere Bruder nun gänzlich übergeschnappt sei, man wusste ja, dass er zum Brüllen und Weinen in den Wald ging. Vielleicht hatte er nun vollständig und unwiderruflich den Verstand verloren, nachdem er mitangesehen hatte …

Aber da war Karl Brenner schon wieder ganz manierlich, ganz ruhig. Er warf den halb gerauchten Stumpen weg, ging zurück ins Haus und kam nur wenige Minuten später mit einem roten, fabrikneu glänzenden Lederkoffer wieder heraus. Der Zipfel eines Hemdes baumelte herunter, so hastig war der Koffer gepackt worden. Als er das rote Kästlein eingeladen hatte, da stieg der jüngere der Brenner-Brüder in seinen grünen VW Käfer und fuhr davon.
Seis wiederum – ganz verdattert noch, mit nassen Knien und dem Kopf voller Fragezeichen – nahm all seine Courage zusammen und ging zu dem still daliegenden Haus. Die kaputte Tür ließ sich kinderleicht aufdrücken und der Fotograf ging zitternd, in steter Erwartung, gleich etwas Fürchterliches zu erblicken, durch die engen Räume. Sogar auf den Dachboden hinauf und in den niedrigen Keller hinab stieg er. Entdeckungen? Keine. Keine Leichen, kein Blut, keine zerschlagenen Möbel, nicht die geringsten Spuren eines Kampfes. Nur die Schranktüren standen offen und eins der Betten war verrückt worden. Hatten Marli und Peter flüchten können? Hinten raus und schnell-schnell in den dichten Wald hinein?
Verwirrt hatte Seis das offensichtlich leere Haus verlassen. Er war auf sein Fahrrad gestiegen und – Kameratasche und Stativ auf den Rücken geschnallt – zu seinem Fotostudio gefahren.

Zurück im Dorf war Karl Brenner zehn Tage später, zurück aus der Wärme, zurück aus Italien, diesem Sehnsuchtsort der Es-geht-wieder-aufwärts-Deutschen. Und einen weiteren Tag später hatte er – unrasiert, mit geröteten Augen, nach Schweiß und nach Schnaps riechend – bei David Seis zwei Schwarzweißfilme voller unscharfer Urlaubsbilder abgegeben.

„Ich habe Ihren Bruder lange nicht gesehen", hatte David Seis gesagt, als der junge Mann so abgerissen vor ihm stand.

„Er musste weg ... er wohnt jetzt nicht mehr hier."

„Ja ist denn etwas passiert?"

„Nein ... er musste nur weg."

Schon war Karl Brenner aus dem Laden gehuscht.

12

Zwei Tage sind vergangen und Thomas Brenner ist obenauf. Er war beim Arzt, hat auf einem Ergometer gestrampelt, sich seine stabile Konstitution bestätigen lassen und dem Doktor ein Attest abgeschwatzt. Fröhlich vor sich hin pfeifend (ein wenig zu fröhlich, ein wenig verkrampft fröhlich?) macht er einen Großeinkauf beim Baumarkt: Zwanzig Umzugskartons, ein Vorschlaghammer, ein sehr guter Bohrschrauber, ein Werkzeugkasten mit 98 Teilen und fünf Rollen große, stabile Müllsäcke.

„Das wären dann 296,79."

„Aber gerne doch."

„Haben Sie alles gefunden, was Sie gesucht haben?"

„Ja, habe ich. Müssen Sie das jeden einzelnen Kunden fragen?"

„Ja, eigentlich schon."

„Was für ein Quatsch."

„Wem sagen Sie das."

Und ab in den Supermarkt, Wasser und Nahrung für zwei, drei Tage muss her. Schnell zuzubereitendes, nicht allzu ungesundes Zeugs. Ein bisschen Obst, ein bisschen Gemüse dazu, drei Packungen Energieriegel obendrauf und fertig. Vom Parkplatz aus ruft Brenner seine Tochter an.

„Jana, ich bin es. Ich wollte noch sagen: Falls deine Mutter sich meldet, dann sag ihr bitte nicht, dass du alleine zu Hause bist."

„Nee … mach ich nicht."

„Sonst sieht sie sich nur in dem bestätigt, was sie sowieso schon von mir denkt."
„Nee, keine Sorge. Ich sag, du bist gerade unterwegs und sie soll dich auf dem Handy anrufen."
„Okay, Jana, ich verlasse mich darauf, dass du keinen Mist baust. Falls ich zurückkomme und jemand hat aufs Sofa gekotzt …"
„Du bist derjenige, der ständig Mist baut. Rufst du mich an, wenn es etwas Neues gibt?"
„Ja, das mach ich. Bis bald, mein Schatz."
„Bis bald, Papa. Pass auf dich auf."
„So gut es eben geht", lacht Brenner. „Und danke für das Essen."
„Klar doch."

—

Da ragt es, höher als breit und mit spitzem Giebel, in den schlierigen Himmel, ein heruntergekommenes, über Jahrzehnte vernachlässigtes Stück Provinz mit vierzig Jahre alter Marmelade im Keller. Die Dachrinne hängt noch etwas trauriger herab als beim letzten Besuch … und die Flechten fressen die Fensterrahmen.
Es ist kurz nach elf und Brenner steuert seinen Passat in die schmale, mit Unkraut zugewachsenen Auffahrt. Er steigt aus und schaut sich um. Die Arme hat er in die Seiten gestemmt, ganz so, als wolle er sagen: Komm nur, du kannst mir gar nichts! Wollen doch mal sehen, wer hier wen kleinkriegt!
Haustür auf, dann den Kofferraum, schon beginnt er,

die Sachen auszuladen, die er gekauft hat. Nur keine Zeit verlieren, nicht länger als nötig in dem verlassenen Haus bleiben.
Als er seine Einkäufe in die Küche geschafft hat, steigt der 42-jährige hinauf auf den Dachboden, öffnet ein schmales Fenster und streckt seinen Kopf ins Freie. Etwa 300 Meter bis zum Wald, etwas weniger bis zum nächsten Gebäude. Das Fenster ist nicht groß genug, als dass sich jemand hindurchzwängen könnte … ein achtjähriges Kind oder eine schmal gebaute Frau vielleicht, nicht aber ein erwachsener Mann. Brenner geht nach unten und holt den Vorschlaghammer, sechs Kilogramm Metall an achtzig Zentimeter Esche. Und wenn ich das ganze verdammte Haus einreiße, denkt er.
Zwei Stunden später hat Brenner Blasen an den Händen, Schweiß auf der Stirn und außerdem einen großen Schrank, eine Kommode, zwei uralte Lautsprecherboxen, vier wacklige Holzstühle, zwei Wäschetruhen und einen Esstisch zu Kleinholz verarbeitet. Er wirft das modrig riechende Holz aus dem schmalen Fenster in den Garten hinunter. Die Tischplatte bleibt stecken und Brenner tritt sie fluchend durch den Rahmen.
Anschließend holt er von unten drei Müllsäcke und vier Umzugskartons und packt alles hinein, was er an Kleinkram findet.
Um 15 Uhr ist der Dachboden leer und Brenner macht Pause. Von oben nach unten wird er sich das alte Haus vornehmen, wird er es ausweiden und entbeinen. Sollte das baufällige Gebäude nichts

versteckt halten, sollten da überhaupt keine Geheimnisse sein, dann … ja was dann? Einfach nach Hause fahren und weiterleben? In einer anderen Richtung weiterforschen?

Nicht so viele Gedanken, Brenner. Eines nach dem anderen. Nach dem Dachboden ist der erste Stock dran, Schlaf- und Badezimmer. Raus mit dem Müll, zum Teufel mit den alten, schlechten Möbeln. Schon schmerzen die Arme vom Schwingen des schweren Hammers. Das Ehebett widersteht den Schlägen, da muss er lange Nägel ziehen.

Als Brenner das Wummern eines großen Diesels hört, tritt er an das offene Schlafzimmerfenster, das zur Straße geht. Ein alter Bauer auf einem alten Traktor.

„Was machst du?", ruft der Bauer, als er den Mann am Fenster sieht.

„Was?"

Der Alte beugt sich nach vorne. Ein letzter Rülpser und der Motor ist aus.

„Was du machst, hab ich gefragt."

„Ich entrümpele!", ruft Brenner zurück.

„Dein Haus?"

„Ja! Mein Haus!"

Der Alte überlegt, fährt sich über das stoppelige, faltige Kinn. Dann zeigt er auf einen Haufen zertrümmerter Möbel; splittriges Holz und abgeplatzter Lack.

„Was machst damit?"

„Nichts."

Wieder reibt und knetet er sein brokkoliartig

zerfurchtet Kinn.
„Ja kann ich's dann mitnehmen?“
Fast muss Brenner lachen.
„Ja, alles was draußen liegt, das können Sie alles mitnehmen. Ich brauche den Müll nicht. Lassen Sie nur mein Auto stehen.“
Der Alte nickt, startet den Traktor und fährt davon. Sicher besorgt er einen Anhänger, denkt Brenner, … oder Verstärkung. Beherzter Griff zum Vorschlaghammer und schon schlägt er, ein klein wenig erholt, die Nachttische zu Klump. Irgendwelche verborgenen Fotos oder Dokumente? Nein, nichts. Keine Tagebücher, keine Briefe, keine versteckten Geburts- oder Sterbeurkunden, nada. Jedes Brett betrachtet Brenner von allen Seiten, bevor er es aus dem Fenster wirft. Schließlich holt er die Müllsäcke und räumt den Krempel ein, den seine Eltern bei ihrem Auszug Anfang der 70er Jahre zurückgelassen haben: modrig riechende Decken und Kissen, fadenscheinige Bettlaken und Nachthemden, hölzerne Zahnbürsten, Stücke milchig-grüner Seife, ein Emaille-Nachttopf, alte, nach Schimmel riechende Bücher, zwei Wandteppiche mit Naturmotiven, löchrige Männerunterhosen, rostiges Werkzeug …
Kurz nach 18. Uhr ist Brenner fertig mit dem 1. Stock. Er hat nicht das Geringste gefunden, nicht den geringsten Hinweis auf den Verbleib seines Onkels. Schon kommt ihm sein Tun lächerlich vor, schon spielt er mit dem Gedanken, zurück in die Stadt zu fahren.

Aber er bleibt, isst einen der pappsüßen Energieriegel und betrachtet seine blasenverzierten Hände. Als er vor das Haus tritt, ist der alte Bauer zusammen mit einem jüngeren Mann – offensichtlich der Sohn. Die beiden haben die gleichen Gesichtszüge, sogar den gleichen Haarausfall – gerade dabei, das Holz in einen alten Opel Kadett zu laden.
„Hinter dem Haus ist noch mehr", ruft Brenner. „Habt ihr Handschuhe für mich?"
Die beiden schauen ihn an, als spreche er Swahili.
„Arbeitshandschuhe, Herrgott! Habt Ihr ein Paar Arbeitshandschuhe für mich? Ich hab' Blasen an den Händen."
Der Alte nickt dem Jungen zu und der zieht seine Handschuhe aus. Sie sind verschwitzt und verdreckt, dünn und löchrig.
„Danke."
Der Jüngere nickt nur.
„Was macht ihr mit dem ganzen Holz?"
„Feuer", sagt der Ältere. Er spricht den breiten Dialekt der Gegend.
„Sagt Ihnen der Name Peter Brenner etwas?"
Kopfschütteln.
„Und Marli Karrenmacher?"
„Kenn ich nicht."
„Aber meinen Vater kannten Sie doch … Karl Brenner. Oder etwa nicht?"
Wieder Kopfschütteln. Und dann sagt der Alte, nach einigem Zögern und einigem Herumkauen auf wasauch immer, etwas, das Brenner nicht versteht:
„Nichts ist so öd wie die Wahrheit."

…
„Und was soll das heißen?“
„Nichts speziell.“
„Und warum haben Sie es dann gesagt?“
Der Alte zuckt nur mit den Schultern.
„Na scheiß drauf, ist ja auch egal.“
Brenner geht zurück ins Haus, zieht die innen feuchten Handschuhe an, greift sich den Hammer und betritt das im Vergleich zur Küche seltsam schmale Wohnzimmer. Fast der gesamte Boden des düsteren Raumes wäre bedeckt, würde plötzlich, wie von kalter Geisterhand bewegt, die schwarzbraune Schrankwand umkippen.
Brenner geht zum Fernsehtisch, lässt dabei den Kopf des Vorschlaghammers über den unebenen Holzboden schleifen. Gestresste Großstädter würden Geld für das bezahlen, was ich hier tue, denkt er. Dann schlägt er den Hammer in die verstaubte, mit Insektenkot gesprenkelte Scheibe des Schwarzweiß-fernsehers.

—

Kurz nach acht, Tagesschauzeit war das früher. Brenner macht Pause, hockt ein wenig zusammengekrümmt in der Küche und isst die Nudeln, die Jana ihm mitgegeben hat. Er spießt große Batzen auf und zieht sie durch die Paprika-Sahne-Soße; die Gabelzinken zerkratzen den Kunststoff.
Noch hat er nichts gefunden, das schmale Wohnzimmer: Fehlanzeige. Bleibt noch die große Wohn-

küche, ein kleiner Abstellraum im Flur und der Keller. Allein beim Gedanken daran, das nur 1,60 Meter hohe Untergeschoss zu durchstöbern, verkrampft sich Brenners Nacken. Vielleicht sollte ich für heute Schluss machen, überlegt er sich, ... mich ins Auto setzen und eine Kneipe suchen ... oder – hier muss er grinsen – Elena herbestellen.
Aber es ist noch hell ... und beharrlich quält die Ungewissheit. Mit schmerzenden Schultern und Blasen an den Händen isst Brenner seine Nudeln. Jana kocht sie immer so, dass sie noch einen schmalen harten Kern haben, sie sagt, das muss so sein, das machen sie so auch in Italien.Von draußen kommen keine Geräusche mehr, der alte Bauer und sein Sohn bringen ihre Holzbeute in Sicherheit.
Schon ist Brenner beim Nachtisch: ein hübsches, alkoholfreies Tiramisu. Friedlich liegt der Block im eigenen Saft. Wieder dieser Gedanke: Denkt sie, dass ich Alkoholiker werde? Denkt sie, dass ich mit dem Saufen anfange bei all dem Stress?
Als er seine Mahlzeit beendet hat, steht Brenner auf und verlässt die Wohnküche. Er geht nach draußen, in den verwilderten Garten, und betrachtet die Abendsonne. Er denkt an eine seiner Ex-Freundinnen, eine Kindergärtnerin, die ihm vorwarf, er würde nie weinen. Sie war tatsächlich der Überzeugung, mit einem Mann, der nicht weine, stimme etwas nicht. Ist das Leben vielleicht interessanter, wertvoller, befriedigender, wenn man das ganze Spektrum der Gefühlsäußerungen lebt, überlegt sich Brenner, wenn man ungehemmt weinen und lachen

kann? Um 30 % interessanter vielleicht? Um 40 % befriedigender?
Rund um die Haustür stapeln sich die Müllsäcke. Ecken und Kanten drücken durch den Kunststoff. Brenner tatscht an sich herum, sucht nach den Zigaretten. Weinen? Pah!

—

Eine ärgerliche Nacht liegt hinter dem Helden, dem Aufklärer, dem Zerstörer elterlichen Mobiliars. Der Versuch, auf dem Sofa mit den gebrochenen Rippen zu schlafen, endete kurz nach eins. Mit schmerzendem Kreuz und Wut im Bauch zog Brenner von der Küche ins Auto um, schlief fast zwei Stunden auf dem durchgesessenen, bei der leichtesten Bewegung quietschenden Fahrersitz und anschließend weitere drei Stunden im Laderaum des Wagens – bei umgeklappten Rücksitzen, mit mehreren Decken als Unterlage, die Beine V-förmig auseinander und die Füße an der harten Plastikverkleidung. Es ist halb sieben, als Brenner aus dem Wagen kriecht. Er macht ein paar Dehnübungen, spuckt auf den Boden und geht frühstücken.
Ein bitterer, chemischer Geruch ist im Haus. Die Ausdünstungen der zertrümmerten Möbel, denkt er, ... will nicht wissen, denkt er weiter, was ich gestern alles eingeatmet habe. Als er sämtliche Fenster aufgerissen, zwei belegte Brote gegessen und eine halbe Flasche Wasser getrunken hat, macht er sich an die Arbeit; Flur, Abstellraum, Küche und Keller sind

noch übrig. Ob er glaubt, irgendetwas zu finden? Nein. Ob er darauf hofft? Ja natürlich!
Als Brenner den Flur und den Abstellraum fast komplett ausgeräumt hat, läutet das Telefon.
„Hallo Papa, wie läuft es bei dir?"
„Ganz okay, ich komme voran. Mir tut nur alles weh … bin anscheinend keine körperliche Arbeit mehr gewohnt."
„Hast du was gefunden?" Jana spricht den Satz leise, zögerlich. Als erwarte sie eine ärgerliche Reaktion, ein „Das geht dich einen Scheißdreck an".
„Nicht das Geringste", antwortet Brenner, „nur alten Krempel."
„Du kannst mich abholen, dann helfe ich dir."
„Nein, nicht nötig. Kümmer du dich um die Schule."
„Wirklich, ich kann …"
Er unterbricht sie.
„Ich werde das hier alleine durchziehen."
„Vor kurzem hast du noch gesagt, dass du dir mehr Begeisterung von mir wünschst … dass deine Familie ja schließlich auch meine Familie …"
„Jana … Jana, warte mal. Ich habe meine Meinung geändert. Ich will nicht, dass du dich mit der verdammten Vergangenheit belastest. Manchmal denke ich, unsere Familiengeschichte ist wie Gift, das von Generation zu Generation weitergegeben wird … und das jedes Mal ein klein wenig an Wirkung verliert."
„Gift? Ich dachte, wie eine Krankheit. Es würde mir wirklich nichts ausmachen, ich könnte …"
„Ich will dich hier nicht haben. Bitte akzeptiere das."

„Bis dann."
Sie legt auf und Brenner macht sich – nur nicht ins Denken kommen. Der Nutzwert dieser Denkerei liegt nahe Null – sofort wieder an die Arbeit. Auf der vergilbten, sich ablösenden, mit schlechtem Kleister auf die unebene Wand des Flurs geklatschten Tapete zeichnen sich die Umrisse unterschiedlich großer Kreuze ab. Sehr genau erinnert er sich an die dürren, dunklen Männer, die von dort oben herabblickten, mit leicht geöffneten Mündern und blutenden Wunden … und zu denen er, mit sechs, sieben Jahren, ängstlich hinauf sah.
Krachend geht die Flurkommode in die Knie. Brenner lehnt den Hammer an die Wand und greift nach dem Holz.
Als er zwölf war, da hatte er, bei einem der wenigen Besuche im alten Haus, bei denen er mit durfte, dem größten dieser aus dunklem Holz geschnittenen Erlöser einen Penis aus gelber, schmutziger Knete angeklebt. Ob seine Mutter oder der damals schon 57-jährige Vater diesen Akt der Rebellion wieder entfernt hatten, das weiß Brenner nicht. Irgendwann, bei einem späteren Besuch, waren die Kruzifixe dann verschwunden.
Leer ist der Flur, der Abstellraum nur noch ein graues Loch mit schiefen Wänden. Neben der Einfahrt hat sich frischer Unrat gesammelt … und wo verdammt ist dieser Bauer mit seiner Gier nach Feuerholz?
Kurz vor zehn eine weitere Pause. Die Küchenschränke sind ausgeräumt, den schweren Herd und

die Spüle hat Brenner durch den Flur nach draußen gezerrt. Verschwitzt sitzt er in der großen Küche, betrachtet die schiefen, abgenutzten Möbel und zweifelt (wieder einmal) an dem, was er da tut. Die Bilder mit dem durchsichtigen Mann, so überlegt er (wieder einmal), hatte sein Vater ja auch in die neue Wohnung mitgenommen und dort versteckt. Sollte es Dokumente geben, die Hinweise auf den Verbleib Peter Brenners und Marli Karrenmachers liefern, warum sollten sie im alten Haus sein? Bestimmt habe ich, denkt Brenner, sie zusammen mit irgendwelchen Möbeln weggeworfen, damals, als Mama ins Heim kam. Vielleicht hat sie etwas mitgenommen … vielleicht sollte ich hinfahren und ihre Sachen durchwühlen. Vielleicht sollte ich mich mit ihr hinsetzen und sie so lange verhören, bis … Brenner lacht leise auf, ein blöder, ein brutaler Gedanke. Dann isst er einen Energieriegel, trinkt Wasser, zieht sich die löchrigen Handschuhe an und zerschlägt wütend einen der Schränke.
Kurz nach eins ist die Küche leer und Brenner hat sich an schmutzigem Glas geschnitten. Der Verbandskasten aus seinem Wagen ist seit sieben Jahren abgelaufen.

Weiter, immer weiter, trotz brennender Wunde an der Hand und pochender Kopfschmerzen. Zehn Minuten erst ist Brenner gebückt und verdreht im niedrigen Untergeschoss zugange, und schon sind die Nackenschmerzen kaum auszuhalten ... als zöge sich Stacheldraht durch entzündetes Fleisch. Warum zum Teufel haben seine Urgroßeltern diesen verdammten Keller nur 1,60 Meter hoch gebaut, waren die Leute früher wirklich so winzig? Oder war einfach kein Geld da?

Der Keller besteht aus nur einem großen Raum, der unzureichend von einer verschmierten Glühbirne erhellt wird. Zwei Seiten des Raumes nehmen massive Regale aus ungeschliffenem Fichtenholz ein, in denen hunderte von Flaschen und Gläser stehen: Eingemachtes und Eingekochtes, Gurken in Marmeladengläsern und Marmelade in Gurkengläsern, hunderte Stunden Garten- und Küchenarbeit.

Als Brenner die dicken Regalbretter berührt, fühlen sie sich trocken und spröde an, als würde ein einziger Funken ausreichen, sie zu entzünden. Er hält einige der staubigen Gläser gegen das Licht der Glühbirne, betrachtet braun gewordene Marmelade und totenblasse Gürkchen, die von dünnen Dillfäden umschwebt werden. In einem der Gläser schwimmt ein faustgroßer Batzen Schimmel in goldbraunem Saft. Kurz spielt Brenner mit dem Gedanken, das Glas auszukippen und ein wenig im Schimmel zu stochern.

Sieben Umzugskartons füllt er mit der Arbeit seiner Mutter, schleppt sie schnaufend die schmale Kellertreppe hoch und stellt sie hinaus in die Sonne. Hier oben, im Tageslicht, sieht der Inhalt einiger der Gläser tatsächlich noch essbar aus. Ich könnte ein paar davon in die Redaktion mitnehmen, denkt

Brenner, ich wüsste da ein paar Kollegen ... ach Quatsch, zurück in den Keller.
Auf der anderen Seite des niedrigen Raumes, gegenüber der Regale: zusammengeschobene Möbelreste, eine Holzkiste mit leeren Glasflaschen, ein Sack voller rostiger Metallteile, ein Beutel voller Ledergürtel, mit Bohnenband verschnürte Packen alter Lokalzeitungen und der Mitgliederzeitschrift des ADAC, verdrecktes Werkzeug, Schaufeln, Spaten und Hacken. Als Brenner eine der Schaufeln in die Hand nimmt, fällt scheppernd das rostige Schaufelblatt auf den Steinboden und schon rast das Herz. Ungehindert bricht die Nervosität durch und er braucht einige Sekunden, um seinen Atem unter Kontrolle zu bringen. Dann lacht er über sich selbst und tritt das Schaufelblatt weg.
Drei weitere Kartons, zwei Müllsäcke und schon ist der Keller leer. Ab nach oben und den Hals strecken, zwei Aspirin und eine Mahlzeit ohne Appetit. Mittlerweile ist es 15 Uhr und warme Luft weht durch das leergeräumte Gebäude. In der Küche brummen zwei fette Schmeißfliegen und Brenner will zurück in die Stadt.
Als er gegessen hat, geht er einmal durch das ganze Haus, klopft an Wände und Fensterrahmen, zieht große Tapetenstücke von den Wänden und findet doch nichts. Wieder kommt er sich lächerlich vor, wie ein fehlbesetzter Sherlock Holmes-Darsteller: zu groß, zu schwer, zu ungeschickt. Ein Glücksspiel, denkt er, ein verdammtes Glücksspiel ist das alles. Außerdem ein Spiel, bei dem man noch nicht einmal

weiß, ob es überhaupt etwas zu gewinnen … Ha! Ein besonders großes Stück der Schlafzimmertapete, ganz leicht geht es ab. Nichts dahinter als fleckige Wand.
Um 17.15 Uhr steigt Brenner wieder in den Keller hinab. Er setzt sich auf den Fuß der Treppe und leuchtet mit seinem Smartphone in den Raum. Seine Stirn liegt in Falten und das Kinn hat er auf den linken Arm gestützt. Plötzlich springt er auf, nimmt die Treppe, nimmt noch eine Treppe und hastet die Holzleiter hinauf.
Eins, zwei, drei, vier, fünf, sechs, sieben, acht, neun … neun Schritte auf der längeren Seite und … eins, zwei, drei vier, fünf, sechs … sechs auf der kürzeren, das sind die Maße des Dachbodens und damit die des Hauses.
Zurück in den Keller, einmal quer und einmal längs mit großen Schritten, dann noch einmal … und dann ein drittes Mal. Kein Zweifel, der Keller ist zu klein. Acht Schritte und fünf Schritte. Der verdammte Keller ist eindeutig zu klein!

—

Gerne würde er die schweren Holzregale einfach umwerfen; aber sie sind fast bis zur Decke gebaut und lassen sich nicht kippen, so muss er sie einzeln über den unebenen Steinboden Richtung Raummitte zerren. Eine beschissen schwere Arbeit … und nichts als solide Mauer hinter dem groben Holz.
Dann, er ist beim siebten Regal und er hat es weniger

als einen Meter bewegt, bleibt Brenner die Luft weg. Er hockt sich auf den Boden, schließt die Augen und wartet fast eine halbe Minute. Als er wieder hinsieht, ist sie immer noch da, die schmale Tür in der Ziegelwand. Dunkelgrau gestrichenes Metall an dicken, runden Scharnieren.
Brenner reibt sich das Gesicht.
Er rappelt sich auf.
Er wuchtet das Regal zur Seite.
Er rüttelt an der metallenen Türklinke.
Er läuft nach oben, kommt zurück mit dem Vorschlaghammer.
Und nach weniger als zehn Minuten gibt er dieses wütende, nutzlose Einprügeln auf. Die Arme schmerzen und die Ohren sind taub, die Tür aber hat nicht einmal nennenswerte Dellen. Als ein meterdicker Metallblock erscheint sie Brenner, als würde sie durch die Mauer ins Erdreich ragen, als sei die Klinke nur aufgesetzt und keine Mechanik dahinter. Aber als er in das große Schlüsselloch leuchtet, erkennt er eine weitere Ziegelwand, weniger als einen Meter hinter der Metalltür.
Nach oben und die Kartons durchwühlt. Nach zwanzig Minuten ist Brenner mit sieben Schlüsseln zurück, von denen keiner passt. Um 19.30 Uhr ruft er den Schlüsseldienst.

—

117 Euro für zehn Minuten Arbeit mit dem Dietrich („Normalerweise mache ich das in einer Minute. Ein

echtes Miststück, dieses Ding."), weitere zehn Minuten um den neugierigen Latzhosenträger wieder loszuwerden: „Was ich hier mache? Entrümpeln! … Ja, das Haus gehört mir … Nein, ich brauche keinen Container, auch keinen billigen … Nein, bitte rufen Sie Ihren Bekannten nicht an, ich brauche wirklich keinen Container! Auf Wiedersehen!"

Allein steht Thomas Brenner, 42 Jahre alt, Vater einer fast 17-jährigen Tochter und seit sieben Jahren geschieden, vor der niedrigen, nun offenen Tür. Er leuchtet mit seinem Smartphone in den schlauchförmigen Raum und erkennt mehrere Kupferrohre und Kessel, außerdem zwei große Metalltrichter, einen rostigen Benzinkanister und mehrere mit Stroh umwickelte Glasflaschen. Einige sehen wie gewöhnliche Schnapsflaschen aus, andere haben den Umfang von Feuerlöschern.

Zögerlich, das Smartphone vor sich haltend wie der Exorzist das Kreuz, betritt Brenner den schmalen, langen Raum. Die Luft ist kalt und abgestanden … aber es stinkt nicht. Auf dem Steinboden liegt ein altes Sturmfeuerzeug neben zwei etwa fingerlangen Stücken verbogenem Draht. Links der Kupferrohre und Kessel stapelt sich Gerümpel: Kästen mit leeren Flaschen, verrostete Kanister, Holzreste. Rechter Hand ist ein schmales Regal an der Wand befestigt, auf dem zwei alte Gewehre und ein Fernglas liegen, außerdem ein Stapel spielkartengroßer Papierstücke mit Bildern reichsdeutscher Waffentechnik: Das Sturzkampfflugzeug Junkers JU 87, der Panzer-

kampfwagen VI „Tiger“ … alte Sammelkarten, Belohnung für die Hitlerjugend … für Verdienste um Volk und Vaterland, Rasse und Blut. Auch zwei Bilder Adolf Hitlers und mehrere Hakenkreuzabzeichen liegen auf dem Regal.
Brenner atmet durch, hat zu viel Speichel im Mund, stößt mit dem Fuß ein weiteres Gewehr an, das auf dem Boden liegt. Plötzlich der Gedanke, die Tür könne zuschlagen … ein Windstoß, eine unmerkliche Neigung des Raumes. Sofort, noch bevor sie sich festsetzen und wuchern kann, lacht Brenner über seine alberne Furcht. Ganz kurz hebt sich sein Brustkorb, nur ein ruckartig Ausstoßen von Luft ist dieses mit Selbstverachtung getränkte Lachen.
Weiter.
Der kaum einen Meter breite Raum hat die Form des Buchstaben L, hinter der Ecke, drei Meter vor Brenner, streckt sich der kürzere Balken. Glasscherben auf dem Boden, ein verbeulter Metallkanister, mehrere Fetzen Stoff und … vielleicht doch die Tür blockieren, ein Stückchen Holz unterklemmen? Brenner atmet durch, geht tapfer um die Ecke herum und leuchtet in den schmalen, rund fünf Meter langen Gang.
Was man sich nicht alles einbildet, so ganz alleine in der Dunkelheit.

13

„Wo bist du, Papa?“
Sie klingt eher traurig als gereizt.
„Jana … tut mir leid, ich … bist du noch da?“
„Ich habe mindestens zehnmal bei dir angerufen. Was ist los mir dir? Ich wollte schon ein Taxi nehmen und zu Opas Haus fahren! Ich hätte fast die Polizei gerufen!“
„Jana, ganz ruhig … es ist alles in Ordnung.“ Brenner spricht langsam. Jedes Wort eine Aufgabe. „Ich war mit Tobias unterwegs … ich hätte mich melden sollen, tut mir leid.“
„Bist du betrunken?“
„Nein, ich … ja, ich habe etwas getrunken. Aber betrunken bin ich nicht. Ich hätte dich anrufen sollen, tut mir leid. Aber ich musste einfach den Kopf frei kriegen und da bin ich mit Tobias los … keine Ahnung, wo der abgeblieben …“
„Und wo bist du jetzt?“
„Im Auto. Ich habe im Auto geschlafen. Ich konnte nicht mehr fahren. Könntest du ein bisschen leiser sprechen?“
„Kommst du bald nach Hause?“
„Ich … ich will noch zwei Stunden schlafen, dann komme ich nach Hause. Mach dir bitte keine Sorgen um mich. Ich muss … ich muss morgen unbedingt in die Redaktion … ich muss wieder arbeiten.“
„Ist etwas passiert? Hast du etwas über deinen Vater und seinen Bruder herausgefunden?“

„Nein, ich … oder doch." Brenner schließt die Augen, schüttelt den Kopf, nimmt Anlauf. „Also … ich habe herausgefunden, dass meine Vorfahren eine Bande von Schnapsbrennern waren. Im Keller des alten Hauses ist ein Bereich abgeteilt … so eine Art Geheimraum hinter einer Metalltür. Dort steht eine komplette Ausrüstung zum Destillieren von Alkohol."

„Was denn für Alkohol?"

„Alkohol eben … Selbstgebrannter."

„Und sonst hast du nichts herausgefunden, nur dass dein Vater Schnaps gebrannt hat?"

„Mein Vater, mein Großvater … wer auch immer. Ich habe keine Ahnung, wie alt der Kram ist. Vielleicht könnte ich alles wieder zusammenbauen und uns was dazuverdienen … oder mit dem Ding bis zum Mond fliegen."

„Was?"

„Wenn alles explodiert, wenn … ach, egal."

„Und über den Bruder von Opa hast du überhaupt nichts herausgefunden?"

„Nein … nichts. Kann ich dich gleich zurückrufen?"

„Okay."

„Ich muss nur schnell pinkeln."

Brenner legt auf, kurbelt das Fenster hinunter, streckt seinen großen, dummen Kopf aus dem Fenster und macht den Hals lang. Er glaubt, sich übergeben zu müssen und will nicht auf den Lack kotzen.

Losgelegt hat er rund 13 Stunden zuvor mit Heinecken, war dann zu Glenmorangie übergegangen und hatte schließlich – weg mit dem verdammten Geld, nur weg mit dem Dreckszeug, bevor es noch schlecht wird! – zuckrige, klebrige Cocktails bestellt. Dunkel erinnert er sich an den Versuch, einer völlig fremden Frau einen hellblauen Cocktail aufzudrängen. Er erinnert sich an ein kippendes Schirmchen und seine schmutzigen Finger im Getränk, beim ungeschickten Versuch, den Schirm wieder aufzurichten. Noch dunkler erinnert er sich an seinen Freund Tobias, der ihn hinaus auf die Straße zerrt und ihm das verschmierte Glas aus der Hand nimmt. „Oh je", stöhnt Brenner. Dann zieht er den Kopf zurück, atmet durch und ruft seine Tochter an.

„Jana?"

„Und, fertig gepinkelt? Oder musstest du kotzen?"

…

„Gewöhn dir mal lieber diesen beschissen vorwurfsvollen Ton ab, du hörst dich …"

Sie unterbricht ihn. Wie, fragt sie, wie höre ich mich an."

„Wie deine Mutter hörst du dich an. Und wenn du irgendwann mal eine halbwegs harmonische Beziehung führen willst, dann … "

„Was dann?"

„DANN SOLLTEST DU AB UND ZU MAL DIE KLAPPE HALTEN!"

Schweigen. Brenner hört Janas schnellen Atem … und hofft, dass sie sich beruhigt.

„Okay, Jana … hör mir zu." Er wartet einen Moment und … tatsächlich, tatsächlich hält sie den Mund. „Zu meinem Vater und seinem Bruder: Der Raum im

Keller, in dem diese alte Ausrüstung zum Schnapsbrennen steht … ich glaube, dass sich der Bruder meines Vaters dort unten versteckt gehalten hat, bis dieser Adolf Bayer mit seinem Schlägertrupp wieder abgezogen war. Danach hat er zusammen mit seiner Freundin das Dorf verlassen … er muss eine Heidenangst vor diesem Bayer gehabt haben, immerhin hat der Kerl zuvor schon jemanden umgebracht … diesen ehemaligen SS-Mann."
„Aber warum dann diese Sache mit den Fotos? Warum hat sich dieser Fotograf … wie heißt der noch?"
„Seis, David Seis."
„Warum hat sich dieser Herr Seis die Mühe gemacht und die Bilder manipuliert?"
„Das weiß ich nicht."
„Aber er muss doch irgendeinen Grund gehabt haben."
„Wahrscheinlich hat Seis mitbekommen, dass Peter Brenner verschwunden ist. Und er dachte fälschlicherweise, mein Vater hätte seinem Bruder etwas angetan."
Sie zögert, überlegt. Brenner hält sich den Mund zu, schluckt einen Rülpser. Als Jana weiterspricht, kommen ihre Worte leise, zögerlich.
„Irgendwie passt das … irgendwie passt das alles nicht zusammen, irgendwie …"
„Muss es das denn?", fragt Brenner. Und als sie nicht antwortet: „Ich mache nur kurz die Augen zu, dann komme ich nach Hause. Wartest du auf mich?"
„Ja."

„Ich hab dich lieb, Jana."
Wieder zögert sie.
„Okay. Bis nachher, Papa."
„Hast du mich auch lieb?"
„Ach, Papa. Ja, natürlich. Du bist doch noch betrunken, oder?"
„Nur ein bisschen … tut mir leid."
Sie legt auf und er kommt sich dumm vor … dumm und alt und lächerlich. Dann schließt er die Augen und denkt nach. Nach einigen Sekunden huscht ein Lächeln über sein Gesicht.

14

Zwei gute Tage sind vergangen. Arbeitet Thomas Brenner? Gewiss doch, immer noch verkauft er Zeit und Arbeitskraft an eine Zeitung, die er selbst nicht lesen würde, trotz unentschuldigten Fehlens wurde ihm nicht gekündigt. Disziplinarische Maßnahmen? Keine. Er wurde lediglich zum Chefredakteur zitiert, welcher ihm (sehr vorsichtig) ins Gewissen redete, unangenehm berührt ob des stoischen Ausdrucks auf Brenners Gesicht auf dem Kunstleder seines Drehsessels herumrutschte und dem Rangniederen schließlich sogar Kaffee brachte. „Sie sind ja trotz allem ein guter Mann", sagte der Chef, als er Brenner zur Tür seines Büros begleitete. Brenners launige Antwort: „Sie bestimmt auch".

In exakt dem Moment, in dem sich die schwere Glastür zwischen den beiden Männern schloss, erstarb auf beiden Seiten des Milchglases das Höflichkeitslachen.

Jana wiederum schwänzt die Schule. Es ist kurz vor neun, ihr Vater ist in der Redaktion und sie ruft ihren Freund – ja, der aus dem Burgerladen, der Kerl, der Thomas Brenner gar nicht so unsympathisch war – an. David heißt er, wie dieser seit Jahrzehnten tote Fotograf … der mit den Dunkelkammer-Kunststücken.

„Kommst du? Mein Vater ist weg."

„Findest du echt, dass wir das machen sollen?"

„Du hast versprochen, dass du mir hilfst."
„Ich meine ja nur … wegen deinem Vater. Wenn der …"
„Hilfst du mir jetzt oder muss ich jemand anderen fragen?"
„Nee, ich helf dir. Bin in zehn Minuten bei dir. Bis gleich, Süße."
„Bis gleich."
Jana setzt sich auf die Wohnzimmercouch, greift sich die Fernbedienung und schaltet die Kanäle durch. Ein bisschen habe ich David schon satt, denkt sie, … wie schnell das doch geht.

—

Als Jana zusammen mit ihrem Freund vor dem seit vier Jahrzehnten nicht mehr bewohnten Haus steht, staunt sie über den erbärmlichen Zustand des Gebäudes. Zuletzt war sie vor fünf Jahren hier, damals war der Rasen gemäht und es lag kein Müll vor der Haustür.
„Ziemliche Bruchbude", sagt David. Er legt die Hand ans Kinn und mustert das Haus … als sei er ein verdammter Bauingenieur, denkt Jana.
„Wartest du bitte hier?"
„Soll ich nicht mitkommen?"
„Nein, ich will alleine da rein gehen. Das ist so 'ne Art Familienangelegenheit."
„Könntest du mir vielleicht mal sagen, was wir hier machen?"
Jetzt klingt er beleidigt.

„Nachher. Ich brauche nur zehn Minuten."
Sie gibt ihm einen schnellen Kuss auf die Wange, läuft zur Haustür und zieht die fünf Schlüssel aus der Tasche, die sie aus dem Schreibtisch ihres Vaters genommen (gestohlen) hat. Ganz hinten lagen sie, verdeckt von Briefumschlägen, umzingelt von Büroklammern, halbleeren Batterien und Rollen durchsichtigen Klebefilms. Schon der erste Schlüssel passt.
„Gehen wir nachher noch schwimmen?"
Jana antwortet ihm nicht. Sie betritt den leergeräumten Flur und glaubt, den Geruch ihres Vaters wahrzunehmen. Mit schnellen Schritten geht sie zu der schmalen Treppe, die in den Keller führt, und steigt, jetzt ganz langsam, sich mit der rechten Hand am schmutzigen Geländer haltend, in den niedrigen, fensterlosen Raum hinab. Wäre die Decke nur fünf Zentimeter höher, könnte sie aufrecht stehen.
An den Spuren auf dem Steinboden erkennt Jana – sie ist ja nicht dumm, die fast 17-jährige –, welche der Regale ihr Vater bewegt hat. Sie legt ihr Smartphone auf den Boden und schafft es, unter Aufbietung all ihrer Kräfte, die graue Metalltür freizulegen. Die Hand an die Klinke und … nicht abgeschlossen. Erschrocken drückt Jana die Tür wieder zu, als müsse sie etwas am Herauskommen hindern. Dann lacht sie – ganz ähnlich, wie es ihr Vater bisweilen tut – über sich selbst, lacht sich Mut an, bückt sich nach dem Smartphone und öffnet die schwere Tür.

Er hat nicht gelogen, im kaltblauen Licht der winzigen LED-Leuchte schimmern stumpf die Rohre und Kessel der alten Destille. Jana streckt den Arm aus und wischt mit ihrem dünnen Zeigefinger über das staubige Kupfer.

Mehrere Glasflaschen stehen auf dem Steinboden, die meisten mit Stroh umwickelt … damit sie nicht so leicht brechen, denkt sie, damit der kostbare Alkohol nicht verloren geht. Ihr Vater hat ihr erklärt, dass die Geheimbrennerei früher hart bestraft wurde, deshalb hätten sie im Keller dieses Versteck gebaut. Sogar mit Zuchthaus sei unerlaubtes Brennen bestraft worden, hatte Brenner seiner Tochter erklärt. Ob ihr Nachname vom Schnapsbrennen komme? Nein, nicht unbedingt, es habe ja auch Ziegelbrenner gegeben, Aschenbrenner und Kohlenbrenner. Sogar Brandstifter hätten den Namen verpasst bekommen.

Jetzt hinein in den schmalen Raum. Jana tritt auf ein Stück Draht, das unter der Gummisohle ihres Chucks knirschend über den Boden rutscht. Ruhig, ganz ruhig … und pass auf, wo du hintrittst. Ein schneller Blick nach links und dann einer nach rechts. Neben der zerlegten Destille ist ein schmales Regal an der Wand befestigt, auf dem zwei Gewehre und ein Fernglas liegen. Auf dem Steinboden ein weiteres Gewehr, umgeben von gebrochenem Glas.

Das Mädchen atmet stoßweise, unnatürlich hart, schließt für einen Moment die Augen. Dann geht sie an den Gewehren vorbei zu dem Knick, den der schlauchartige Raum macht. Sehr langsam, mit den gebremsten Bewegungen eines sich anschleichenden

Raubtieres, dabei zitternd wie ein aufgeregtes Kaninchen, dreht sie ihren schmalen Körper um die Ecke.
Das bläulich-blasse Licht wandert die steinerne Wand entlang und erst will Jana nicht wahrhaben, was da vier Meter vor ihr, am Ende des schmalen Ganges, auf dem Boden liegt. Könnte es nicht auch etwas anderes … könnte es nicht … könnte es denn nicht …
Sie taumelt zurück.
Ein erstickter Schrei und Tränen in den Augen.
Mit eingezogenen Schultern und offenem Mund läuft die 16-jährige zu der niedrigen Metalltür. Raus, nur raus. Die Treppe und die Tür, der leere Flur … raus, nur raus hier.
Vier Minuten später wählt Jana die 112. Dreimal fragt sie der Mann, ob sie auch wirklich keinen Scherz mache. Nein, nein, wirklich nicht, kein Scherz, wirklich nicht.
Eine Viertelstunde später treffen die Beamten ein.

Frühling 1957

Ein 30-jähriger Mann und eine sechs Jahre jüngere Frau sitzen in absoluter Dunkelheit auf kaltem Steinboden. Er hält sie im Arm, streichelt ein wenig ungeschickt, ein wenig fahrig, ihr glattes, nach Lavendelseife riechendes Haar. Der Mann will ruhig wirken, sicher, weiß aber, dass sie seine Angst spürt.

„Ich höre nichts mehr", flüstert sie. „Glaubst du, sie sind gegangen?"

Er spürt ihr Zittern, drückt sie an sich, küsst ihre Wange.

„Jetzt höre ich auch nichts mehr", flüstert er. „Aber gerade waren noch Schritte auf der Treppe."

„Warum hat der Karl abgeschlossen?"

„Ich weiß es nicht. Warten wir noch ab."

„Geh und klopf an die Tür. Bitte."

„Nein, warten wir noch. Vielleicht lauern sie uns auf."

Sie warten, die junge Frau zittert. Es ist kalt hier unten und sie trägt nur ein leichtes Sommerkleid, vor einer halben Stunde hat sie noch im Garten gearbeitet. Als die Männer übers Feld kamen, da musste es sehr schnell gehen.

„Man hört schon seit fünf Minuten nichts mehr", flüstert sie. „Wann kommt der Karl und lässt uns heraus?"

„Er muss gleich kommen. Hab Geduld, Marli."

„Und wenn er nicht kommt?"

„Mach dir keine Sorgen … er wird schon kommen. Warte, Marli, ich mache das Feuerzeug an, dann

können wir uns anschauen."
Da beginnt sie zu weinen.

...

Wie viel Zeit ist vergangen? Eine Stunde? Zwei Stunden? Sie rufen nach Karl. Nicht das geringste Geräusch von oben.

...

Sie hält das Feuerzeug, während er im Schloss stochert. Fast eine Stunde versucht er es.

...

Gemeinsam stemmen sie die Beine gegen die Wand. Sie gibt nicht nach. Er brüllt vor Wut.

...

Wie kalt es hier unten ist. Der Durst kommt.

...

Sie kratzen in den Fugen. Er will das Schloss aufschießen, aber es ist keine Munition da. Sie zittert vor Kälte und vor Angst.

...

Das Benzin ist verbraucht, kein Licht mehr. Beide brüllen aus Leibeskräften.

...

Er weint wie ein kleines Kind. Noch nie hat sie ihn weinen hören.

...

Stundenlang stochert er im Schloss, flucht, schimpft und betet dabei. Dann kratzen beide wieder in den Fugen, versuchen, die Steine zu lockern.

...

Wie viel Sauerstoff ist in solch einem schmalen, niedrigen Raum?

…

Grässlicher Durst, Übelkeit und Kopfschmerz, Platzangst. Sie schreit ihn an, beschimpft ihn, macht ihm Vorwürfe, dass er sie mit nach unten genommen hat, obwohl die Männer doch nur hinter ihm her waren. Gleich darauf entschuldigt sie sich bei ihm. Es ist ja nur die Angst, die Angst vor dem Tod. Aber nein, sagt er in die Dunkelheit, wir sterben ja nicht. Stunde um Stunde arbeitet er weiter … und hat doch kaum mehr die Kraft, zwischen den Steinen zu kratzen. Das dünne Messing verbiegt sich, die Kanten werden stumpf, das Glas bricht und er schneidet sich tief. Die Klinge des Taschenmessers bricht ab. Mit einem der Gewehre schlägt er nutzlos gegen die Wand, der Raum ist zu schmal, er kann nicht ausholen.

…

Diese Kälte, diese elende Kälte. Nichts als Stein und Erde, Scherben und Metall. Die Minuten schleichen, zieren sich, machen Umwege in der Dunkelheit … und zugleich schrumpft die Zukunft ganz unbegreiflich zusammen. Stück um Stück bricht vom Leben ab, Heiraten und Kinder, ein eigenes Haus, der langersehnte Umzug in die Stadt, Urlaube, die Sonne des Südens, irgendwann Enkel auf dem Schoß … nichts bleibt, alles bricht weg. Und dabei hatten sie sich alles schon ausgemalt.

…

In seinen Armen, an seine Brust gelehnt, das schöne Sommerkleid betupft mit seinem Blut, schläft sie ein.

…

Bald darauf sinkt auch ihm der Kopf herab. Noch im Hinübergleiten, kaum noch seiner Lage gewahr, hofft er auf die Schritte des jüngeren Bruders.

…

Zweimal noch wachen sie in Dunkelheit und Kälte auf. Zweimal noch schlafen sie aneinander geklammert ein.

Zu diesem Buch

Vielleicht ist Ihnen aufgefallen, dass meinem Roman der gerne gegebene (und meist unnötige) Hinweis auf die Zufälligkeit jedweder Ähnlichkeit mir realen Personen und Ereignissen fehlt.

Nun, er wäre gelogen. Der Roman, den sie gelesen haben (falls Sie ihn noch nicht gelesen haben und direkt zum Schluss gesprungen sind: Lesen Sie an dieser Stelle nicht weiter, Sie könnten sich das Buch verderben) ist nur zum Teil Produkt meiner schriftstellerischen Vorstellungskraft, ebenso beruht er auf Geschichten, die mir erzählt wurden, und auf Themen, mit denen ich mich – warum und wie ausführlich auch immer – befasst habe.

Die Grundidee zu „Bleib bei uns, denn der Abend kommt", ist schon einige Jahre alt. Ende 2012 – ich hatte damals gerade mein erstes Buch veröffentlicht – erzählte mir ein Freund, der damals als psychiatrischer Gutachter arbeitete, von einem Mann in den späten Vierzigern, mit dem er sich beruflich zu befassen hatte.

Dieser Mann hatte die lästige Angewohnheit, immer und immer wieder mit dem Gesetz in Konflikt zu geraten: Er beleidigte Polizisten, musste mehrmals den Führerschein abgeben und wurde diverser Körperverletzungs- sowie Eigentumsdelikte angeklagt. So prügelte er sich betrunken mit gleich vier (seiner Ansicht nach zu lauten) Jugendlichen, stahl in einem Elektronikgeschäft mehrere Smartphones und

rammte mutwillig den Wagen eines Mannes, der ihm den letzten Parkplatz streitig machte.
Erstaunlich bei alldem: Der Delinquent war weder Trinker noch Berufskrimineller. Er stammte aus gesicherten Verhältnissen, hatte einen akademischen Titel und einen gutbezahlten Job mit Führungsverantwortung, er wohnte in einem der etwas teureren Stadtviertel und war Familienvater. Gleichzeitig beging er alle paar Monate Straftaten, die – so mein Freund ein wenig vereinfachend – typisch für „junge Männer aus der Unterschicht“ seien.
Mein Freund (nennen wir ihn doch einfach M) führte im Laufe der Jahre zahlreiche Gespräche mit besagtem Mann.
Nach und nach stellte sich heraus, so M, dass der Endvierziger, der ihm gegenüber saß, seit seiner Jugend in Konflikt mit dem überängstlichen, manisch religiösen Vater gelebt hatte … und noch lebte. Der Vater (1919 geboren, 2001 verstorben) sei, so erklärte mir M, kriegstraumatisiert gewesen, habe wochenlang das Haus nicht verlassen, habe bis zum Kreislaufkollaps gefastet und sich überhaupt von aller Welt bedroht geglaubt. Noch Jahrzehnte nach dem Ende des Zweiten Weltkrieges, in dem er auf deutscher Seite als Maschinengewehrschütze gedient hatte, habe der Vater außerdem alle paar Jahre die Wahnvorstellung entwickelt, den Großteil derer, die er umbrachte, persönlich gekannt zu haben.
M interpretierte die fortgesetzten Regelverletzungen des Mannes, über den er im Laufe der Jahre mehrere Gutachten anzufertigen hatte, als indirekten Wider-

stand gegen den Vater und als „Akte der Selbstvergewisserung“. Indem der Sohn den Rebellen spielte, indem er in regelmäßigen Abständen Ärger suchte, sich prügelte, Gesetze brach und sogar seine berufliche Existenz und seine Ehe aufs Spiel setzte, bewies er sich selbst, nicht nach dem Vater zu kommen, nicht wie der ungeliebte, gar verachtete „Alte“ zu sein. Als Kind und in früher Jugend hatte er das ängstliche, teils irrationale Verhalten seines Vaters nur als verstörend empfunden … als Heranwachsender aber hatte ihn die Furcht davor gepackt, die Züge des Vaters im eigenen Verhalten zu entdecken.

M's Erzählung ging mir nicht aus dem Kopf und inspirierte mich zu dem Roman, den Sie, verehrte Leser, gelesen haben … zur Geschichte vom Mann, der – auch in der Hoffnung, sich selbst und seine Wut dadurch besser zu verstehen – in die Abgründe seiner Familiengeschichte steigt.

Aber es finden sich noch andere Einflüsse in „Bleib bei uns, denn der Abend kommt“. So habe ich mich vor rund zehn Jahren recht ausführlich mit dem Thema „Geisterfotografie“ befasst … insbesondere interessierten mich die Tricks, mithilfe derer geschäftstüchtige Scharlatane ihrer leichtgläubigen Kundschaft weismachten, auf Fotografien seien Verstorbene zu erkennen. Ich habe viele Geisterfotos gesehen und einige waren wahre Kunstwerke, angefertigt mit Verstand und handwerklichem Können. Die Resultate meiner eigenen Bemühungen, in der Dunkelkammer durch Bildmontage Geisterfotos zu

erzeugen, blieben allerdings stümperhaft. Hätte ich jemanden mit meinen Fotos erschrecken können? Wohl kaum.
Nun könnte ich noch viele weitere Inspirationsquellen auflisten, so gab es ein Vorbild für die Figur des Adolf Bayer ... einen Mann, den ich während meiner Studienzeit kennenlernte. Und ja, dieser fast hundertjährige Mann forderte mich tatsächlich zum Armdrücken heraus.
Aber Schluss jetzt, ich wollte ja nur einen kleinen Einblick in die Entstehung meines Buches geben, ganz kurz nur die Fensterläden öffnen um sie dann, bevor der Ausblick langweilig zu werden droht, wieder zuzuschlagen.
Patsch! Zu ist das Fenster!
Ich verabschiede mich nun von Ihnen ... und schreibe diese vorerst letzten Worte in der Hoffnung, dass „Bleib bei uns, denn der Abend kommt" Sie berühren und unterhalten konnte.
Vielleicht ja bis zum nächsten Mal!

Oliver Susami

Weitere Werke des Autors

S3, Eine Annäherung an das Unheimliche

Leserkommentare:

„Subtile Wissenschaftsspukgeschichte“
„Schaurig schön“
„Ein realitätsnaher Hybrid-Roman“
„Der Gruselfaktor ist enorm“
„Für Geisterjäger und Anhänger des Paranormalen“
„Endlich mal was anderes“
„Ein wirklich gut gemachtes, spannendes Buch.“

Vierter Stock Herbsthaus

Leserkommentare:

„Als wäre man einfach mit dabei“
„Leicht und flüssig geschrieben aber dabei so spannend, dass man immer weiter lesen muss“
„Ein intelligent geschriebenes Buch mit Suchtpotential!“
„Reichhaltig, irgendwie zitternd und voller Zwischentöne.“
„Für Liebhaber des feinen Horrors ohne Blut und Kettensäge“
„Ich musste mich geradezu zum Aufhören zwingen“

Die Knochenfrau

Leserkommentare:

„Fesselnder Grusel-Thriller mit Realitätsbezug"
„Nicht eine einzige Zeile Langeweile"
„Gut ausgearbeitet und glaubwürdig"
„Absolut spannend"
„Super Schreibstil und tolles Buch"
„Konnte es kaum aus der Hand legen"
„Freue mich schon auf das nächste Werk des Autors"

Tonicland

Leserkommentare:

„Sehr schöne, gruselige und nachdenkliche Dystopie“
„Spannend und flüssig zu lesen“
„Endlich mal was anderes als Atomkrieg oder Zombies“
„Susami schreibt ohne jeglichen Kitsch“
„Unbedingte Kaufempfehlung von mir!!“

14475057R00166

Printed in Poland
by Amazon Fulfillment
Poland Sp. z o.o., Wrocław